MARCO DE NINOS

Marco de Ninos

Libro Uno de Una Serie Para Ninos

Mary Mulligan

K&C Publishing LLC

CONTENTS

PROLOGO

Grand Union Flag

La libertad no existía más, pero no perdieron la libertad, perdieron la ilusión de la libertad. La bandera del Congreso, una bandera con trece franjas rojas y blancas iguales que representan las colonias y la Union Jack de Inglaterra, en lugar de las cincuenta estrellas en azul, ondeaba en lo alto de la escuela, la bandera que ondeaba en 1775 antes de la libertad de Estados Unidos. Rosa sabía que era una señal de 'Cadre'.

Mike fue quién empezó a llamar al grupo 'Cadre'. Vivía para Carpe Noctem , las noches en que todos practicaban Jiu Jitsu. Cuanto más se desquiciaba el mundo, más se apoyaba Mike en sus amigos. Se estaban uniendo más que solo amigos ahora. Se estaban convirtiendo en familia. Los tiempos difíciles y la guerra tienden a afectar a las personas, igual que la escuela secundaria.

El sonido metálico de los ganchos golpeó el poste rápidamente en el viento. Sonaba como una campana rota que sonaba. Sin himno, solo repiqueteo. Rosa lo miró mientras su mente vagaba por la Campana de la Libertad en Filadelfia, ese verano cuando ella y sus hermanos visitaron la histórica campana rota con sus abuelos. Parecía que había pasado toda una vida. Antes de que el Cadre perdiera la confianza en ella, antes de que se viera comprometida.

Esta no era su guerra y Rosa estaba enojada porque sus amigos buscaron ser parte de ella. Eran solo niños, ¿cuánto podrían impactar las cosas? Si no hubiera tenido esa noche, esa horrible experiencia, juraría que todo fue una conspiración. El frío del frente que se movía hizo temblar a Rosa. Los sonidos metálicos como una campana rota ahora eran más rápidos. Sus hermanos vivían para la historia, las historias de guerra y para ver reliquias como la Campana de la Libertad.

Esa enorme campana sonó para la primera lectura de la Declaración de Independencia en 1776. El abuelo habló una y otra vez durante ese viaje sobre la historia del tiránico gobierno británico. Deseaba haber prestado atención ahora. Ted y Jake lo hicieron. Les importaba la historia. Esa bandera era simbólica. Representaba algo que estaban haciendo; sería conocimiento que podría aprovechar. Desconcertada por su intención, Rosa lamentó su exclusión como Cuadro. La inclusión como Cuadro terminó el día después de que se estableciera un 'Código de Conducta'. Jake pensó en la idea en un esfuerzo por atraer a Piper al grupo. Los cuatro ya practicaban Jiu Jitsu, pero Piper tenía años de entrenamiento en Muay Thai. Todos estuvieron de acuerdo en que ella sería una valiosa adición. Jake lo creó porque un código al que todos los Cadres se adhirieron sonaba genial. No tenía idea de la fuerza que se extendería solidificando sus amistades entre ellos.

Tampoco tenía idea de que tan clara de cuánto se podía confiar en Rosa como uno de ellos. Originalmente estaban todos juntos en esto, incluida Rosa, su hermana gemela. Mike fue quien aprovechó verbalmente la creación de Jake de las reglas del 'Código de conducta' que eliminaron a Rosa como una Cuadre. Ella ignoraba por completo que él lo hizo todo a pedido de Hunter. No podía culpar a Mike, ella era la que más le hacía daño. No, estaba enojada, pero estaba enojada con todos ellos.

No solo estaba enojada por ser excluida, también estaba enojada porque Ted y Jake estaban de acuerdo y favorecían a los demás sobre ella. Ellos eran sus hermanos. Ella era familia. La familia siempre debe ser lo primero sin importar la situación. Para sus hermanos ese aparentemente ya no era el caso. Esa fue una de las principales razones por las que hizo lo que hizo. El grupo debería haber permanecido solo ellos tres con Nikki como vigía. Jake no debería haber creado las estúpidas reglas del 'Código de Conducta'. Ted nunca debería haber incluido a Mike, y Mike ciertamente no debería llamarlos Cadres.

Rosa podría intentar sembrar dudas con su discurso, pero eso significaría hacer algo contra Mike. Mike al menos trató de protegerla una vez. En realidad, sería más sencillo provocar una ruptura entre Hunter y Jake, pero Hunter fue el único que no la presionó para obtener respuestas. Rosa tendría que conformarse con estar enfadada con todos ellos, pero ninguno individualmente. ¡Maldita sea! Quería culpar a alguien, quizás culpa al Cuadro que colgó la bandera.

No dejes que la oscuridad de otra persona robe tu luz.

Rosa finalmente encontró el dicho después de escucharlo esa terrible noche. Resultó que la fuente era una publicación anónima de Pinterest. Por supuesto, qué estereotipo de Abbey, una madre de mediana edad. Sin embargo, el dicho tenía sentido y se quedó con ella. Absolutamente nadie iba a robar la luz de Rosa, ni Jake, ni Ted, ni Nikki, ni Mike, ni Hunter y ciertamente tampoco Piper. Sus seis amigos formaron el Cuadro, pero ella no.

El Cadre iba a mantenerla a distancia. Me dolía pensar. Al mirar hacia arriba, Rosa notó manchas de color rojo pardusco adornando los ojales que aseguraban que la bandera no se rompiera. Algo debe haber salido mal. Rosa juró que no se preocuparía. Todavía estaba enojada con todos ellos. No, ella no estaría preocupada por ninguno de ellos.

El color rojo parduzco era el mismo color que cubría sus manos aquella noche. Rosa inconscientemente miró hacia abajo, como solía hacer desde esa noche, asegurándose de que la sangre de Abbey no estaba allí. No, no lo era, y eso ya se le había pasado hace mucho tiempo de todos modos. Todavía tratando de convencerse a sí misma, pensó que no debería preocuparse por la sangre de Cadre.

Nadie se preocupó cuando todo en lo que Rosa trabajó incansablemente durante seis meses terminó con una matanza fatal de mosquitos. Fue por diseño. Hunter, su enemigo convertido en aliado, fue el único que nunca la presionó para obtener respuestas. Ninguno de ellos preguntó nunca sobre su pasantía perdida. Estaba tratando de convencerse a sí misma de que era porque no les importaba. Sería más fácil si no les importara.

Todo lo que Rosa quería de ese estúpido viaje a Filadelfia era probar un famoso bistec con queso. Jake arruinó eso. Eso era todo lo que siempre quiso, un simple sabor de comida. La comida unía a la gente. La comida ayudó a las personas a tener algo en común. La comida importaba a todos. Eso fue lo que le enseñó la abuela Mary, LA COMIDA LO ARREGLA TODO. No importa qué, la gente tenía que comer.

¿Podría la comida recuperar su posición como Cuadro? Quizás. Ted todavía aceptó con gusto la comida extra que ella le trajo en secreto.

Sus pensamientos vagaron. Al menos pudo ver y quedarse con su abuela por última vez ese verano hace toda una vida. Su abuela, Mary, pasaba horas con ella, compartiendo experiencias sobre ser chef en una de las cocinas más elegantes del Upper East Side de la ciudad de Nueva York. Ella contó tantas historias, tantos cuentos familiares, algunos verdaderos, algunas fábulas.

Rosa sintió una conexión especial con la abuela Mary. Encendió su pasión por la cocina. Su historia favorita siempre fue la de la mamá de la abuela, la bisabuela de Rosa y cómo sobrevivió al Holocausto solo porque cocinaba muy bien. La abuela Mary solía contarlo mientras preparaba el pastel del pobre, una receta que no incluía huevos, porque en ese momento muy pocas personas podían comprar huevos. Rosa notó que puso cuatro cucharadas de canela en lugar de las dos cucharaditas que requería la receta.

Torts Del Pobre

2 tazas de azúcar

2 tazas de pasas

2 1/2 tazas de agua

4 cucharadas de manteca (1/2 barra de mantequilla)

1 cucharadita de clavo molido

4 cucharaditas de cacao amargo

2 cucharaditas - 4 cueecharadas de canela

Mezclar los primeros 7 ingredientes y hervir por 10 min.

Enfriar un poco y mezclar con harina, etc.

3 tazas de harina

2 cucharaditas de bicarbonato de sodio

1 cucharadita de sal

Hornear por 40 minutos a 350 grados.

Armada con el teléfono de su hermano Ted ese verano, Rosa configuró el video para grabar mientras absorbía el reconfortante aroma de ese delicioso pastel que se estaba horneando. Luego hizo la pregunta que sabía que le daría la versión íntegra de su cuento favorito.

"No entiendo cómo puede ser eso, ya que no somos judíos".

En el momento justo, la abuela explicaría cuántos cristianos, al igual que judíos, murieron, porque Jesús les enseña a amarse unos a otros y enfrentarse al mal. Apuntar a cualquier persona con odio es pura maldad. Muchas personas no judías se pusieron de pie y actuaron. Desafortunadamente, muchos no fueron lo suficientemente fuertes, esperaron demasiado y la mayoría también fueron asesinados.

Su rostro solemne y sus pensamientos tristes serían rápidamente borrados por el orgullo. Una sonrisa emergería revelando años de arrugas alegres. Luego contaba la historia, un poco diferente cada vez pero siempre cautivadora.

"La bisabuela era una que se puso de pie. Cuando fueron por su compañero de trabajo, Arnon, otro sous chef, le pidió que le advirtiera a su esposa. Y antes de que preguntes, sí, las mujeres alemanas siempre trabajaron. No necesitaban ningún movimiento feminista para sacarlos de sus traseros". Rosa puso los ojos en blanco. Sabía que el movimiento feminista era importante y su difícil situación no se trataba solo de que les permitieran trabajar. Su abuela le sonrió y procedió sonriendo.

"Bueno, la bisabuela, haciendo lo que le pidió Arnon, corrió directamente a su casa justo a tiempo para ver cómo se llevaban a la esposa de Arnon. Los dos hicieron un breve contacto visual, y la esposa de Arnon le hizo un leve asentimiento para indicar que no reconociera que la conocía. Tu bisabuela estaba angustiada. Dos de sus amigos más cercanos fueron arrastrados a la fuerza frente a ella ese día.

"Una vez que todos se fueron, ella se quedó mirando esa casa. Los tres creían que estarían a salvo si seguían obedeciendo la ley. Eran sólo tres personas de todos modos. ¿Cuánto podrían hacer? Sabía en el fondo que les había fallado a sus amigos. Entonces el bebé lloró por dentro. Corrió y encontró al pequeño Arnon junior escondido en el fondo de un armario. No había forma de volver a conectar al pequeño Arnon con su madre o su padre. Si ella lo entregó a las autoridades. Bueno, ella había oído historias.

"La bisabuela llevó al pequeño Arnon a la iglesia. El cura estaba furioso con ella. Él la presionó para que entregara al bebé, señalando que era demasiado sospechoso que una mujer soltera tuviera un bebé. La consecuencia para ella, si ese niño empezaba a mostrar características judías, sería demasiado grave. El pequeño Arnon ya tenía una espesa cabellera negra. Ella se negó, rogando por ayuda con cualquier opción alternativa. El sacerdote luego amenazó con entregarla él mismo si no se iba.

"La bisabuela sabía que Dios no la abandonaría. Ella se negó a hacer lo que exigía el Sacerdote, sin tener en cuenta las consecuencias que se le presentaran. Se sentó a llorar durante horas. El sacerdote finalmente regresó con una de las monjas para ayudarla a convencerla de que entregara al niño. "Afortunadamente, la monja reconoció a tu bisabuela. Lo siguiente que sabes es que tu bisabuela trabajaba como sirvienta contratada aquí en Nueva York, y el pequeño Arnon creció como el hermano de mi padre, Frank.

"Algunos dicen que la moraleja de esa historia es que las buenas personas siempre pueden marcar la diferencia. Algunos dicen que es confiar en Dios, que Él nunca te abandonará. Digo, nunca se subestima el poder de negociación de una comida deliciosa".

Rosa reproducía ese video privado en el canal de YouTube todas las noches mientras estaba sentada en la oficina del asistente del subdirector matando el tiempo. Pero al igual que ser un Cadre, sus hermanos y sus amigos cambiaron su acceso a la cuenta y la echaron.

Loca de nuevo, tal vez debería esperar que las manchas de color marrón rojizo fueran manchas de sangre. Se avecinaba una guerra y Rosa no tenía más remedio que estar del lado equivocado. Solo podía estar enojada por eso, enojada con sus hermanos, enojada con sus amigos.

Sí, los traicionaría de nuevo. Los traicionó porque los amaba. Todos ellos. No, si era honesta consigo misma, lo último que quería era que alguno de ellos saliera lastimado. Así fue como terminó en el lado equivocado de esta guerra, para empezar.

Sus traiciones no importaban, solo eran niños. ¿Qué diferencia podrían hacer unos pocos niños? No, deberían centrarse en sobrevivir a lo que se avecinaba, no en cambiarlo. Sus hermanos, sus amigos, el 'Cadre' estaban en una misión y eran demasiado tercos para abandonarla. Rosa no pudo evitar reflexionar sobre lo que había llevado a su otrora feliz familia extendida a un lugar donde estaban en guerra con el mundo exterior y, hasta cierto punto, entre ellos, donde algunos se identificaban como Cadres, y ella había perdido la confianza. de los más cercanos a ella. Mientras continuaba sumida en sus pensamientos, Rosa se dio cuenta de que todo comenzó con el viaje de un día a Filadelfia con sus abuelos, aparentemente para ver la Campana de la Libertad, pero para ella, principalmente para comprar un famoso sándwich de queso Philly.

1

POR EL AMOR DE LOS ARCOÍRIS

Rosa caminó por la acera, como si estuviera surcando una ventisca, a pesar de que era verano y la temperatura era más que sofocante. Cinco minutos antes, Rosa no podía decidir si la palabra pegajoso o estancado describía mejor el aire ese día, pero ahora, después de haber aceptado el desafío de su hermano gemelo, Jake, todo lo que podía pensar era si podría escapar. con eso. Pero hacía CALOR y cada paso era pesado, lo que requería un esfuerzo adicional solo para poner un pie delante del otro.

Rosa estaba en una salida de vacaciones de verano, aunque en su familia tales salidas incluían un componente educativo ya que ella y su gemela eran educadas en casa. Era finales de junio y, como todos los veranos, a los mellizos se les permitió disfrutar de un mes de vacaciones con sus abuelos, los padres de su padre, en Catskill, Nueva York. Sin embargo, su mamá requería un mínimo de al menos un viaje de un día que involucrara una lección de historia. Alrededor de la tercera semana, también se quedaron unos días en el departamento de su abuela materna. Rosa vio la excursión de un día a la historia como una penitencia por unas excelentes vacaciones.

Este verano, la excursión de un día a la historia fue en la apestosa y contaminada Filadelfia, " Filthadelphia ", como la llamaba el abuelo, para ver la Campana de la Libertad. Rosa no podía creer que este fuera el lugar de nacimiento de América. Además de la suciedad y el calor, sus abuelos eligieron el viernes equivocado para visitar la Ciudad del Amor Fraternal, dos días antes del desfile anual del orgullo gay, y los vendedores, que esperaban que las festividades informales comenzaran temprano, ya se estaban preparando para un largo fin de semana. Hacía que encontrar un lugar para estacionar fuera casi imposible.

Después de estacionar a lo que parecieron millas de distancia, y finalmente llegar afuera del edificio que alberga la Campana de la Libertad, luego caminar a través de las exhibiciones en el Liberty Bell Center (Rosa las encontró aburridas), era casi la hora del almuerzo y Rosa no podía esperar para comer. La historia la aburría muchísimo, pero la comida era diferente. Todo lo relacionado con la comida le encantaba. El abuelo, mientras tanto, permitió que aumentara su emoción, considerando la oportunidad de ver la gran campana como su último hurra de la aventura del día.

Para aliviar un poco su propio aburrimiento, o tal vez simplemente porque nunca podía dejar de hacer travesuras por mucho tiempo, Jake desafió a Rosa a tocar la enorme campana de cobre marrón. Mientras consideraba su desafío, notó que incluso si sus dedos estaban sudorosos. La campana apenas tenía el brillo suficiente para revelar las huellas de su toque. No iba a ser fácil. La campana estaba acordonada con un cable de metal para mantener las manos sucias del público lejos de ella, con la única excepción de las personas con discapacidad visual, y Rosa no estaba segura de poder alcanzar lo suficiente para tocarla.

Y siempre estaba el factor de la guardia, una presencia corpulenta que parece lo suficientemente amigable, e incluso responde alegremente a las preguntas de los otros miembros del público que desafiaron el calor del verano para visitar la campana. Pero no había duda de que era capaz de detener incluso al infractor de reglas más decidido si se presentaba la situación.

"¡Hazlo!" Jake articuló a espaldas del abuelo y la abuela. "¡HAZLO!".

¿Por qué Jake siempre hace cosas así?

Notó que al menos había una ligera brisa donde estaban parados y que el corredor ofrecía sombra. Parece tan silencioso, casi demasiado silencioso. Nadie estaba mirando. Rosa sabía por qué seguía sudando, y esta vez no era por el calor incesante.

¿Puedo tocar el timbre sin que nadie, especialmente ese enorme guardia de seguridad, se dé cuenta? Debe comer como un caballo para tener ese tamaño.

Si lo hacía, la recompensa era la promesa de Jake de apoyarla en ir a almorzar a Caseus Magna. Siempre pensando con el estómago, Rosa había investigado todo sobre las 'buenas comidas' en Filadelfia. Caseus Magna's fue el lugar para un famoso Cheesesteak. Era imprescindible para cualquier entusiasta que fuera relevante en el mundo de la cocina. Iba a hacer todo lo posible por probar uno. Caseus Magna's estaba convenientemente ubicado cerca de donde estaban de visita en el Parque Nacional Independencia.

Consulte por conveniencia.

Esa fue una parte fundamental para ganarse a sus abuelos. Sus esperanzas dependían por completo de las rodillas artríticas del abuelo, que ya estarían inflamadas, y un lugar cercano para sentarse sería un alivio bienvenido. Los bistecs con queso de Caseus Magna eran famosos por usar rib-eye real. Rosa podía sentir la textura del panecillo tibio, suave y empapado en queso llenando su boca. Incluso la idea de los sabores la hizo babear. Era la época del año en que los pimientos probablemente se recogían frescos. Pero si no hubiera asientos, podría ser una causa perdida, porque el abuelo nunca estaría de acuerdo en pararse en la larga fila de Caseus Magna para terminar solo comiendo mientras caminaban de regreso al auto. Por eso Rosa trató de reclutar a Jake. Sabía que si no era la única que preguntaba, sus posibilidades de conseguir lo que quería eran mucho mayores.

Odiaba pedirle nada a Jake, su gemelo biológico. Gemelos o no, no se parecían en nada, incluso si todas las personas que conocían se referían a ambos como "pequeños Murphy ". Murphy era su apellido y la gente lo usaba como apodo. El famoso 'apenas podemos distinguirlos' por lo general siguió. Era una forma de cariño, pero Rosa lo sabía mejor. O eso, o los adultos eran realmente estúpidos y poco originales.

Jake era un chico rubio. Rosa era una chica morena. El adjetivo "pequeños" no era solo porque eran preadolescentes. Solía superar a Jake, pero después de un crecimiento acelerado

, finalmente se acercó a su altura este año. Dejando a un lado el crecimiento acelerado, ambos todavía eran pequeños para su edad, tal vez no significativamente pequeños, pero aún pequeños. Jake nunca se quedaría quieto tampoco.

¿Cuánto más diferentes podemos ser?

Lo que más la irritaba de Jake era que cada vez que pedía un favor, Jake quería algo a cambio. En el caso de hoy, el desafío era tocar la campana para ganar su apoyo para almorzar en Caseus Magna's. Sabía que tocar la campana estaba en contra de las reglas.

¿Por qué no puede ser amable y decir que sí?

Cuando no visitaban a sus familiares, Rosa y Jake vivían en bases militares o cerca de ellas, siguiendo a su padre por todo el mundo mientras seguía su carrera militar. En la actualidad, vivían cerca de la base de la Fuerza Aérea MacDill en Tampa, Florida, lo que de repente estalló en los pensamientos de Rosa cuando su mirada se desvió hacia un aliado potencial a quien no había considerado: su "hermano" mayor Ted. Rosa se dio cuenta de que debería haberle preguntado a Ted. Simplemente no estaba acostumbrada a tenerlo allí. Ted tenía catorce años, dos años mayor que ellos.

¿Cómo pude haberlo pasado por alto?

Él medía seis pies y era más alto que ella, Jake y sus abuelos. Era prueba de que el calor la estaba afectando.

Ted no era un hermano biológico, pero, sin embargo, se lo consideraba parte de su familia. Además de ser mucho más alto que los demás, Ted era negro, mientras que el resto de la familia era blanca, y aunque algunos no lo consideraban parte integral de la familia, las personas que importaban sí lo hacían. A Rosa le gustaba Ted. Era perpetuamente feliz y, a diferencia de Jake, era amable con ella. Estas fueron sus primeras vacaciones de verano con ellos.

Ted era el hijo del tío Malcolm. Malcolm Cramer no era realmente su tío, pero sirvió como infante de marina en la misma unidad que su padre. Los dos hombres se conocían desde antes de que ella y Jake vivieran. Ambos hombres a menudo se encontraban estacionados en las mismas bases. Su base actual era MacDill AFB, que era predominantemente de la fuerza aérea, a excepción de algunas unidades adjuntas muy parecidas a la de ellos. Sin embargo, su madre no se parecía en nada a la madre de Ted. Su madre hizo que su misión fuera mantener a su familia como una unidad muy unida. Pelotón Murphy lo llamó. Ella educó a los dos niños en casa a un nivel de intensidad que le valió el apodo de MTA, abreviatura de Mamá Tigresa Alemana. La llamaban 'la general alemana' cuando las cosas no estaban tan alegres. Con cuatro pies, diez pulgadas de alto y solo 105 libras, no se parecía en nada a un general. Sin embargo, no querías estar cerca si la hacías enojar. La educación en el hogar les permitió mudarse fácilmente con su padre y tener un horario flexible sin la preocupación de interrumpir la escuela. Su objetivo era mantener a Platoon Murphy lo más cerca posible, específicamente para su padre.

Si bien Malcolm y papá habían estado juntos en varios despliegues, algo los acercó especialmente en su último despliegue. Desafortunadamente, su madre no permitía ninguna conversación al respecto frente a los niños, lo que solo aumentaba el misterio. Su madre incluso lo consideró la zona de conversación 'No Go'. Después de que los dos regresaron a casa, papá y Malcom eran casi inseparables. Los niños no recordaban una época en la que Malcolm no se llamara Tío Malcolm. A menudo comentaba cómo envidiaba a su familia y reconocía que estaba más cerca de ellos como familia que de la suya propia. Lamentablemente, Malcolm y Ted rara vez se veían, hasta hace seis meses.

Años antes, la mamá de Ted afirmó que no podía manejar el "no saber" si su esposo alguna vez regresaría de la guerra, y se separó de Malcolm cuando Ted era pequeño. Ted vivía con su madre en el área de Miami, lo que logísticamente no dificultaba la visita. Sin embargo, a su madre le gustaba la atención de ser madre soltera y lo usaba como una insignia de honor, asegurándose de que Malcolm lo escuchara repetidamente en cada llamada telefónica y cada visita a Ted. Como resultado, las visitas se volvieron mucho menos frecuentes.

Sin una figura paterna en su vida, surgieron problemas cuando Ted entró en la adolescencia. A menudo actuaba, imitando el mal comportamiento que aprendió en la televisión o de otros niños. Ted también comenzó a salir con el tipo equivocado de niños en la escuela. Su mamá se dio cuenta de inmediato e hizo que Ted se involucrara en deportes, lo que lo ayudó a enfocarse en las cosas correctas y le hizo ganar un nuevo grupo de amigos. Como resultado, sobresalía en la escuela y pasaba el rato con los niños adecuados. Sin embargo, la desventaja fue que impulsó su peculiar confianza recién descubierta, lo que solo alimentó la desobediencia de Ted hacia su madre.

En casa, su relación con su madre podría describirse mejor como podrida. Ted hizo que la vida amorosa de su madre fuera un infierno. Una noche se pasó de la raya cuando una de sus citas apareció con una camiseta que decía "Ora por la paz". Ted llamó cobarde al hombre, mientras lo empujaba hacia atrás por la puerta. Ese fue el punto de inflexión. La madre de Ted admitió que no podía criarlo sola y se acercó a Malcolm. Decidieron que Ted debería vivir permanentemente con su padre, y la relación de Ted con los Murphy floreció. MTA dio la bienvenida al desafío adicional de un tercer estudiante, solidificando así a Ted en un papel de cuasi-hermano mayor para Jake y Rosa. Se formó oficialmente el pelotón Cramer-Murphy.

Rosa pensó en el comienzo de ese día, el abuelo fue el último en subirse al auto.

De la manera más genial posible, se puso los anteojos para leer y dijo: "Son 106 millas hasta Chicago, tenemos el tanque lleno de gasolina, medio paquete de cigarrillos, está oscuro y usamos anteojos de sol. ¡Golpealo!".

La abuela lo miró. "Niños, así se ve el abuelo después de dos tazas de café. Tenga cuidado al hablar con él después de una copa y evítelo como la plaga antes de eso. Y Hun, solo nosotros, los viejos, conocemos las citas de los Blues Brothers.

Si bien disfrutaba mucho tener un hermano mayor, Rosa estaba un poco molesta con Ted durante el viaje de Catskills a Filadelfia.

Tal vez por eso me olvidé de preguntarle sobre Caseus Magna. Ted parecía casi demasiado emocionado de ver la Campana de la Libertad.

Ella le dirigió miradas divertidas durante todo el viaje de cuatro horas mientras él hacía más y más preguntas molestas de historia. El abuelo era un conductor lento, por lo que incluso si el viaje estaba a la vuelta de la esquina, sus pasajeros se prepararon para un viaje extra largo. Filadelfia desde Catskills solo debería haber sido alrededor de tres horas y media, pero con su forma de conducir, cuatro era más probable. El abuelo insistió en que la Campana de la Libertad era una visita obligada. Ted estaba empezando a recordarle a Rosa a Jake con todas sus interminables preguntas tontas de historia. El viaje fue simplemente doloroso.

Según Jake, las vacaciones eran la única razón para estudiar durante todo el año. Sabía que las lecciones de historia de los viajes de un día durante las vacaciones de verano eran influencia de su madre, pero su abuelo siempre tenía una manera de hacerlos aventureros. La presencia de Ted añadió aún más diversión. Ahora los niños superaban en número a las niñas y, a diferencia de Rosa, Ted parecía disfrutar de la historia tanto como Jake.

El abuelo divagó: "En 1776, esta campana sonó en la primera lectura de la Declaración de Independencia: la lectura fue el ocho de julio, no el cuatro. En realidad, ahora se rumorea que es posible que la campana ni siquiera haya sonado el día ocho. Los historiadores afirman que el campanario de la casa estatal estaba en reparación en esa fecha. Aunque hay que tener cuidado con la gente que reescribe la historia. La verdad se vuelve borrosa. La campana le costó a Estados Unidos 100 libras para comprarla originalmente a los ingleses. La razón inicial para adquirir la campana no tenía nada que ver con lo que llegó a representar, o los ingleses probablemente no la habrían hecho. Aunque el gran gobierno es arrogante como el infierno, entonces, quién sabe, tal vez los malditos británicos lo habrían construido de todos modos. La campana se adquirió para la nueva casa estatal de Pensilvania, que ahora se conoce como Independence Hall. "[1]

De vuelta en el Liberty Bell Center, Rosa estaba mirando la espalda de todos menos la de Jake. Él estaba frente a ella, y ahora estaba poniendo los ojos en blanco por su retraso. Tenía muchas ganas de probar el panecillo suave, los pimientos perfectamente cocinados y el sándwich de bistec cubierto con queso. Su estómago gruñó.

Vale la pena el riesgo.

Siendo pequeña, todavía era una pulgada más alta que Jake, por lo que Rosa, mirando sus brazos, midió mentalmente el alcance de Jake. El de ella debe ser el mismo. Al estirarse lo suficiente, Rosa pensó que podría cubrir la distancia desde el cable que protegía la campana. Si aterrizaba de puntillas con la pierna derecha sobre la barandilla y extendía la mano derecha, podía alcanzar un toque rápido. Jake exageró sus ojos en un no verbal, "Hazlo".

El abuelo estaba a punto de continuar, pero se detuvo cuando Jake citó de repente a Frederick Douglass.

"Les pido... que adopten los principios proclamados por ustedes mismos, sus padres revolucionarios y por la vieja campana en el Salón de la Independencia".

Ted nunca oyó hablar de Frederick Douglass. Para detenerse aún más, Jake preguntó sobre el famoso crack.

Mierda, última oportunidad.

Rosa estaba a punto de acercarse cuando una pequeña perturbación llamó su atención. Un ciego había entrado en la habitación donde estaba la campana, y su compañero, al ver al guardia, preguntó si estaba permitido que su amiga tocara la campana. Las personas con discapacidad visual fueron la única excepción a la regla de tocar. El guardia accedió al instante, dio un paso adelante, desabrochó el cable e hizo un gesto a la pareja para que avanzara. Con ellos en el camino, el guardia perdió de vista temporalmente a Rosa y ella aprovechó la oportunidad para dar un paso adelante, manteniendo a la nueva pareja entre ella y el guardia.

Cuando el caballero ciego se acercó para leer la inscripción de la campana al tacto, Rosa también se acercó. Pero cuando se acercó lo suficiente para alcanzar la campana, instantáneamente escuchó: "¡JOVEN SEÑORA!" en una voz profunda y retumbante. Las sirenas sonaron. El ciego saltó como si lo hubieran picado, pisó a su compañero que gritó y cayó de espaldas sobre el guardia, que perdió temporalmente el equilibrio. Rosa entró en pánico y trató de retroceder, tropezando y amortiguando su caída con las palmas de las manos cuando aterrizó de cara en el azulejo. Ted, sobresaltado por la conmoción, saltó hacia atrás chocando con el abuelo y luego cayó sobre él.

El abuelo jadeó, apenas respirando, "Ted, no eres ligero".

Jake aulló de risa.

La voz que bramaba pertenecía al guardia de seguridad cuyo ceño fruncido era lo suficientemente mezquino como para asustar a una gallina. Parecía estar decidiendo qué hacer. Parecía mucho más alto que Ted y cuádruple de circunferencia. Incluso con el largo cabello castaño de Rosa apartado de sus ojos, su cuello tenía que arquearse tanto que le dolía solo mirar hacia arriba para ver la cara del guardia. Probablemente algo bueno ya que pareció palidecer una vez que llegó a su imponente mirada.

¡Él es un gigante! ¡Un gigante ceño fruncido!

La abuela actuó rápido ayudando a Rosa a levantarse, fingiendo que Rosa se lastimó las manos.

"Dios mío, tenemos que llevarte a un médico", exclamó la abuela, dando una excusa para irse.

Mirando rápidamente las manos de Rosa y apartándolas de la vista del guardia, la abuela sacó a todos del Liberty Bell Center y del Parque Nacional Independence.

Además de que Ted aterrizó encima de él, el abuelo ya había estado demasiado de pie ese día. Abandonar el área a un ritmo acelerado le producía dolor, que se convirtió en cojera, ralentizándolos a todos.

Estos niños serán mi muerte.

Finalmente, después de alejarse una distancia considerable, el abuelo tuvo que detenerse debido al dolor en las rodillas. Jake todavía estaba aullando de risa, deteniéndose solo lo suficiente para decir: "Fue como fichas de dominó".

La abuela miró a Rosa y preguntó: "¿Por qué? ¡Y si comienzas con el nombre de Jake, te devolveré a ese guardia!

(Silencio)

"Hmm, no hay respuesta. Supongo que es la hora del almuerzo de todos modos", dijo la abuela.

Ted se disculpó nuevamente con el abuelo y comentó sobre el enorme tamaño de la guardia. Rosa no se atrevió a sugerir el de Caseus Magna, su desventura la convenció, sin necesidad de discusión, que el de Caseus Magna tendría que esperar hasta otro día mientras el grupo se dirigía hacia McDonald's, en sentido contrario al de Caseus Magna.

La risa de Jake se estaba volviendo contagiosa mientras recreaba toda la escena, describiendo gráficamente sus rostros atónitos dramatizando sus caídas. No había duda de por qué ganó en el juego de Charades. Sin prestar atención a su entorno, Jake casi se topa con un manifestante con el ceño fruncido y cabello de arcoíris, que parecía ser un hombre, pero vestía ropa de mujer, que intencionalmente se interpuso en su camino obligando a los niños a esquivarlos. Aprovechando el fin de semana del desfile que se avecinaba, muchos activistas decidieron protestar por el uso del baño sin género.

El abuelo murmuró: "Qué bajo hemos caído".

Esto, o cruzar los brazos, era una señal segura de que Rosa y Jake podían contar con agregar nuevas palabrotas a su vocabulario. La abuela le disparó al abuelo esa mirada. Mientras caminaban, fue el turno de la abuela de divagar. "No escuches a tu abuelo. Probablemente no nos vio. La gente en general es buena. Ambos lados políticos simplemente no están de acuerdo sobre cómo lograr los mismos resultados. ¿Quién no quiere aire limpio, seguridad o...?

El abuelo interrumpió: "Cariño, en nuestros días, había centristas. Los niños ya no tienen ese lujo, pero ustedes tres son inteligentes. Sigue aprendiendo tu historia y no te convertirás en un espectáculo de monstruos con cabello de arcoíris que no es una 'ella'".

"¿QUÉ DIJISTE VIEJO?" gritó a través de un megáfono detrás de ellos.

El abuelo agarró a Jake y Ted, silbando con urgencia: "Lleva a las mujeres de regreso al auto".

"SÉ QUE ERES VIEJO, PERO TÚ ME PUEDES ESCUCHAR A TRAVÉS DE ESTE MEGÁFONO. ¡VIEJO SORDO RACISTA, CISGÉNERO, HOMBRE BLANCO!".

Ted respondió bruscamente: "No lo llames racista".

El abuelo repitió: "¡Jake! Chicas al coche. ¡Chicas al coche! Ted, a él no le importa que seas negro. Solo quiere pelear".

Jake y su abuela tiraban de Rosa, que estaba paralizada de miedo, llevándola calle abajo. Rápidamente desaparecieron entre la multitud de la acera. Ted se volvió queriendo la confrontación. La persona promedio normalmente se sentía intimidada por el tamaño de Ted hasta que vieron su rostro y se dieron cuenta de lo joven que era. La persona promedio tampoco tiene una multitud enojada que los respalde, esperando una excusa para apuntar a alguien en quien concentrar toda su ira. Como la mayoría de los matones, el portador del megáfono vio a la familia de dos maneras, niños y ancianos, objetivos perfectos . El resto de los manifestantes no solo comenzaron a prestar atención, sino que se dirigían directamente hacia el abuelo y Ted desde todas las direcciones. El abuelo vio que la multitud hostil comenzaba a formar un círculo con él y Ted adentro.

Rápidamente agarró el brazo de Ted, gruñó: "Ahora", y lo arrastró por un callejón lateral.

El olor golpeó a Ted como si chocara contra una pared.

Los Port-O- Pottys que se hornean todo el día bajo el sol de Florida no son tan malos.

El manifestante de cabello arcoíris comenzó a trotar para atraparlos lo mejor que pudo con tacones rojo rubí y una minifalda de lentejuelas amarillas. Sostenía el megáfono en su mano izquierda, con su mano derecha cerrada en un puño. Su voz grandilocuente resonó a través del megáfono.

"¡CORRE HOMOFOBE CORRE!".

Al escuchar esto, Ted se detuvo y se enfrentó al gigante de seis pies y cinco pulgadas de alto, 300 libras, vestido con minifalda y cabello de arcoíris.

Cuando los dos se miraron a los ojos, el gigante ya tenía su puño en vuelo. Pero el manifestante había ignorado al abuelo, quien golpeó el puño en el aire, alejándolo de su objetivo: la cara de Ted. El impulso y la intervención del abuelo también alejaron al manifestante de ellos, exponiendo su espalda. El abuelo clavó su rodilla en la parte posterior de la rodilla derecha del gigante, que en ese momento estaba soportando la mayor parte de su peso, bajándolo a su nivel, que era al menos medio pie más bajo. El abuelo envolvió su brazo izquierdo alrededor del cuello del gigante y enroscó su brazo derecho con fuerza, lo que en menos de diez segundos cortó la sangre a su cerebro, mientras el abuelo simultáneamente lo arrastraba hacia atrás, evitando que recuperara sus pies y su equilibrio. El megáfono del gigante cayó a su lado mientras su muñeca y todo su cuerpo se aflojaron. El abuelo bajó suavemente el gigante al suelo.

"Dame tu agua, Ted".

Ted sacó la botella de agua del bolsillo lateral de su mochila sin pensarlo dos veces.

La multitud dobló la esquina para ver al abuelo inclinado sobre el gigante, fingiendo estar dando agua y primeros auxilios.

El abuelo dijo en voz alta: "Por favor, llama a una ambulancia, el calor debe haberlo afectado".

En ese instante cuatro policías doblaron la esquina. El abuelo siguió actuando.

Un manifestante gritó: "Espera, hizo algo. ¡Arrestenlo!". Dos oficiales apartaron al abuelo. Uno dijo: "Vimos lo que estaba pasando. ¿Qué le hiciste, viejo?

El abuelo susurró: "Estrangulamiento. Se volvió hacia mi nieto de catorce años".

Los acusadores comenzaron a hacerse más fuertes y audaces. "¡Arrestenlo!".

El sargento en la escena se volvió hacia la multitud. "¡Eso es suficiente! Resolveremos esto en la estación.

Esposó tanto a Ted como al abuelo mientras los conducían suavemente a la parte trasera de un coche patrulla. El gigante estaba empezando a despertarse cuando estaban a una buena cuadra de distancia. El oficial que conducía comenzó a sonreír de oreja a oreja. Luego agradeció al abuelo por el dolor de cabeza que acababa de ahorrarle a la policía.

"¡La semana pasada se necesitaron seis policías para reinar en Cookie, después de que recibimos una llamada por alteración del orden público!".

"¿El nombre de ese tipo es Cookie?" preguntó Ted con evidente incredulidad.

"Sí, ese gigante se llama Cookie", respondió el oficial. "La Coalición Peoplekind , que es el nombre que usan, ya presentó varias demandas contra el Departamento de Policía de Filadelfia en nombre de Cookie, alegando fuerza excesiva contra una mujer y más. Las órdenes son, cuando se trata de Cookie, no importa lo que Cookie remueva, tenemos que mantenernos a una distancia de observación hasta que ocurra algo descaradamente aplicable. Viejo, no te ofendas, pero tú contra Cookie es una pareja tipo David y Goliat. Tuviste mucha suerte. Pensamos que íbamos a doblar esa esquina para verte muerto.

"De todos modos, la orden de retirarse se debe a que lo último que necesita el departamento fue una repetición de la semana pasada, especialmente durante el mes del Orgullo. La razón por la que ahora todos conocemos y usamos el nombre de Cookie es porque Cookie es 'género fluido'. Si decimos "él" o "ella" en un día en que Cookie se identifica como del sexo opuesto, se presenta otra demanda. Aparentemente, no se apreció que yo fuera el oficial que usó 'eso' para dirigirse a

Cookie, y mi nombre figuraba en todos los documentos de las demandas".

Ted intervino: "En la escuela nos dicen que usemos Ze. De esta manera, no tienes que preocuparte por cuál de los sesenta y tres géneros se identifica una persona".

El abuelo solo suspiró. El oficial se rió y le dijo a Ted: "Por cómo se viste Cookie hoy, técnicamente te habría golpeado una chica si no fuera por tu abuelo. Está bien. El haberlo llamado "eso" en medio de la batalla la semana pasada probablemente sea la misma razón por la que el sargento me dejó ser el que los sacara de allí. Preferiría estar en el coche. Ese calor es insoportable. Lo único peor era ese hedor. Cinco minutos más y habría tenido que quemar este uniforme.

Se volvió hacia el abuelo y le preguntó: " ¿Tienes un auto estacionado cerca? ¿Y podría quedarse fuera de la ciudad por el resto del día?

El abuelo accedió con gusto. En una nota de despedida, el oficial le mencionó a Ted: "¡El entrenamiento de sensibilidad al que me obligaron a asistir ahora dice que hay ochenta y cuatro géneros!".

El abuelo suspiró: "Gracias, oficial".

El abuelo y Ted pusieron el auto en marcha y se enfriaron antes de que llegaran los demás. Ted estaba a punto de hablar cuando el abuelo dijo: "¿Cómo te atreves? ¡Usted tiene mucho que aprender! ¡Ni una palabra tuya! Eso podría haber ido mucho peor. ¿Que estabas pensando? ¿Por qué te enfrentaste a un tipo que era cinco pulgadas más alto y pesaba 100 libras más? ¡Estábamos libres en casa hasta que decidiste desafiar a Cookie!

Ted miró al abuelo, confundido, y dijo: "¡No me pareció tan duro!".

Cuando el abuelo habló a continuación, lo hizo con toda la moderación que pudo reunir, para no perder la compostura.

"¿Tienes alguna idea de lo cerca que estuvimos de ser golpeados por esa mafia? ¿Pensaste por un momento en algo más que en tu ego? Si no hubiera estado allí para intervenir, podrías estar de camino al hospital ahora mismo. ¿Cómo le explicaría al resto de la familia que mi nieto terminó en el hospital después de un viaje de un día de historia a la Campana de la Libertad?

Ted habló en el tono más suave posible. "¿Me llamaste tu nieto?".

El abuelo lo miró, "Oración del soldado : ' Señor, no me dejes demostrar que soy indigno de mis hermanos'. Mi hijo Charlie y tu padre, Malcolm, son más hermanos que nadie en la Tierra. ¡Eso te convierte en mi nieto, te guste o no!

Ted sonrió más grande, "¡Mi abuelo es un mal culo!".

Fingiendo la voz más enojada que pudo en ese momento, el abuelo respondió: "Mal o no, nunca pones a la familia intencionalmente en peligro. Los hombres de verdad tienen algo que perder. Te alejas, o difusas las situaciones, aunque estés cien por cien en lo cierto. Si absolutamente tienes que pelear, golpeas primero y golpeas fuerte. ¡Ni una palabra más!".

La abuela, Jake y Rosa subieron y se prepararon para el viaje de cuatro horas. Rosa había estado llorando.

La abuela dijo: "Mira cariño, te dije que estarían bien. ¿Cómo regresaron al auto más rápido que nosotros, muchachos?

El abuelo respondió: "Por la gracia de Dios".

Mientras conducían, Jake volvió a hablarle de Frederick Douglass a Ted. "¿De verdad nunca has oído hablar de él? ¿Pensé que estabas sacando A en la escuela? Contento de compartir su sabiduría, comenzó Jake: "Frederick Douglass era un intelecto famoso. A principios de 1800 nació esclavo, huyó a Nueva York, tal vez fue a Massachusetts, de todos modos trabajó en una Sociedad Anti-Esclavitud o algo así. Fue tan influyente que se le considera "el padre del movimiento por los derechos civiles". Durante la Guerra Civil fue el responsable de reclutar el primer regimiento negro para luchar por el Norte".

Ted dijo: "¿Pensé que los esclavos no sabían leer? ¿Cómo podría ser un intelecto?

Jake se encogió de hombros y dijo: "Debe haber sabido leer porque es realmente famoso por asesorar a Lincoln sobre la Proclamación de Emancipación. Tuvo como tres nombramientos presidenciales hasta que Grover Cleveland lo destituyó, pero incluso lo nombraron nuevamente después de eso".[2]

Esta fue la primera vez que el abuelo no ayudó con una conversación de historia.

Jake esperó hasta que estuvieron fuera de la ciudad, distrayéndose con pensamientos de cómo debe haber sido estar en la Guerra Civil, pero finalmente sintió que la tensión del abuelo comenzaba a disminuir a medida que el tráfico comenzaba a disminuir. Con una sonrisa, dijo: "¡Día épico! Rosa se plantó en la cara y Rainbow Brite intentó atacarnos".

Rosa, sintiéndose tan aliviada de que todos estuvieran bien, ahora estaba tratando de contener la risa. Murmuró: "Genial, ahora voy a tener pesadillas con mi muñeca". Hacía tiempo que se había olvidado de Caseus Magna.

Jake se esforzó por no reírse más fuerte, pero le resultaba difícil respirar. Siempre que fuera después del segundo café, el abuelo rara vez se enfadaba. Sin embargo, ahora no era el momento de reír.

La abuela señaló un Baskin-Robbins. "Tal vez deberíamos tomar helado para calmar nuestros estómagos por pernernos el almuerzo y ayudarnos a aguantar hasta la cena".

El abuelo cambió de carril, dirigiéndose hacia la heladería. Mirando por el espejo retrovisor a los tres niños, un hoyuelo comenzó a mostrarse en su mejilla cuando dijo: "Solo si puedo tener chispas de arcoíris en la mía".

El auto estalló en carcajadas.

[1]http://www.uhistory.org/libertybell/quotes.html

[2]Dictionary of American Negro Biography, sv "Douglass, Frederick".

2

MOUNTAIN DEW CRUSH CON SABOR A CEREZA

D.C. Capital Building

" ¡ Pfff ! Ultraligero como si! ¡Hunter! Pon mi bolso en el techo y ciérralo para que nadie más empuje su bolso junto al mío rasgándola", dijo Megan, señalando con su larga uña pintada de malva.

"¿Por qué te preocupas mamá? Siempre soy yo a quien ven llevándolo de todos modos. Además, Porsche lo fabrica, de ninguna manera se rayará. Ahora, si compras el Guard Red 718 Boxter en lugar de este bolso..." Hunter miró a su madre, pero sus ojos se dirigieron a examinar su manicura.

"Mamá, ¿incluso estás escuchando?".

¡Excelente! Lo que sea.

Todo lo que Hunter podía ver era su cabello rubio cubriendo su rostro mientras miraba hacia abajo esperándolo. Como de costumbre, se apresuró a sentarse junto a la ventana. No importa, ella todavía se movía a paso de tortuga tomando el asiento del pasillo.

¿Por qué le encanta hacer esperar a la gente?

Al abordar en primera clase, sentarse al frente aseguró que todos los pasaran. La mayoría de los hombres miraron a su mamá cuando abordaron. ¿Por qué no lo harían? Mostraba tanta piel que su atuendo apenas era apropiado para la playa. Hunter clavó los ojos en uno de los ojos deslumbrantes. —Perve —susurró.

El hombre detrás de 'el pervertido' miró hacia otro lado evitando la situación. El tacón alto de Megan 'accidentalmente' se enganchó en la pierna de su pantalón. ¡Todos tenían que fijarse en Megan!

Tomando su iPad, Hunter inhaló una respiración larga y profunda.

Si su perfume fuera éter al menos podría desmayarme. ¿Por qué ella actúa así?

Apretó su iPad hasta que sus manos se pusieron rojas.

Ella no es una esposa trofeo imbécil. La fortuna de su familia hace que el apellido Harris sea poderoso.

La herencia italiana cien por ciento verdadera se extendió a Hunter a través de ambos padres, pero afortunadamente para él, se parecía a la apariencia de su madre, incluso en sus pómulos altos.

"¿Explícame de nuevo por qué nos dirigimos a DC?" preguntó Hunter.

Ladeando la cabeza, hablando en un tono más alto de lo normal, Megan respondió: "Tu padre, el gran Jonathan Harris, el congresista republicano más conocido proveniente del prestigioso distrito catorce de Florida, debe asistir a las sesiones. La lluvia, la nieve e incluso el sol de verano no pueden mantenerlo alejado. ¡Tú sabes todo esto!

Hunter sacó el pasaporte nuevo y sin sellar de su bolsillo y preguntó: "¿Dime otra vez por qué obtuve esto?". Sin anticipar una respuesta, Hunter continuó: "Sabes que inicialmente dijiste coliseos en Roma. Se supone que hacer que me conforme con 'en el campo' es Martha's Vineyard, o los Hamptons, ¡no DC!

"Necesitamos tiempo familiar de calidad con papá".

¿De verdad dijo eso con una cara seria? ¿Honestamente pensó que esto reavivaría su relación fallida?

Hunter negó con la cabeza.

(Bing!)

Al hacer clic en la notificación se abrió Facebook. Se publicó una nueva foto de Mike con su madre, Abbey, de pie en la cubierta de un crucero. Parecían tan felices.

¿Por qué no devolviste la llamada a la señora Swanson? Podría estar con ellos ahora mismo en un crucero de siete días por el Mediterráneo".

Le dio una palmada en el brazo con el pasaporte.

"¡Mike es mi mejor amigo!" Megan movió sus uñas cuidadas en su dirección y espetó: "Son dinero nuevo".

Hunter no creía que las cosas pudieran empeorar. "Oh, contraté a una niñera, María. Apenas habla inglés. Se notificó tarde, por lo que ella es la única disponible. ¡NO ejecutes este!".

"¿EN SERIO MAMÁ?" ¡Qué desperdicio total de verano!

Eran las 9:00 am del primer lunes y Megan abrió la puerta con ropa ajustada de yoga preparada para saludar al nuevo conductor que estaba contratando el servicio. En el pasado, los conductores asignados eran ex militares, por lo que podían ser asignados como seguridad si la ocasión lo requería. Megan rápidamente se puso una camiseta grande y se echó el pelo hacia atrás al ver a Shabir.

"¿Se supone que los conductores asignados a mi hijo están... entrenados?".

Shabir respondió rápidamente: "Sí, señora Harris. Tengo experiencia de combate anterior.

"¿Pero como el ejército estadounidense? Estás bien, ¿sabes? Siguió un silencio incómodo.

Al ver esto, Hunter se protegió los ojos mientras bajaba las escaleras formales y salía por la puerta principal.

Shabir agregó claridad con una sonrisa: "Tengo experiencia de combate trabajando con el ejército estadounidense en Afganistán, dos años como intérprete.

"Oh, um, aquí está el itinerario de la semana. Oye, ya que eres intérprete, tal vez puedas ayudar a María a hablar con Hunter en inglés".

Hunter iba a pasar las próximas tres semanas en agendas de nueve a cinco visitando sitios históricos, parques y monumentos nacionales con dos extraños.

Mike está viajando por el Mediterráneo en este momento y yo estoy atrapado siendo arrastrado a estúpidos sitios históricos por alguien que no sabe inglés mientras un afgano nos conduce. ¿Por qué mi mamá me hace esto? En serio. Tengo trece. ¿Por qué no puedo quedarme solo para jugar Fortnite? Finalmente pude superar a Mike.

Hunter estaba ocupado caminando a los sitios de "visita obligada en DC" con una persona que de vez en cuando tocaba su brazo y señalaba cosas. En el tercer 'Mira' mientras María señalaba, Hunter decidió que esto tenía que parar. Aunque María no entendía inglés, planteó un gran giro. Más difícil o no, Hunter todavía estaba terminando esto.

¿Cómo se llamaba ella? ¿María?

" Y qué, es otra estatua Consuela."

Guau, este es un tipo especial de estupidez. ¿Por qué lo intenta siquiera?

Cuando Hunter le decía comentarios sarcásticos, todo lo que hacía era frotar la cruz alrededor de su cuello murmurando. "Consuela, esa baratija no va a responder".

Cada lugar que visitaron estaba inundado de turistas. Hunter no sabía qué político lo dijo, pero quienquiera que haya sido, tenía razón sobre oler a los turistas en DC.

Estas personas huelen como el vestuario después de la práctica de fútbol del viernes. Apestan lo suficiente, mis ojos están llorosos. No son tan malos como las personas sin hogar ocasionales, pero demonios, se beneficiarían de una ducha.

DC en verano era miserable.

Peor aún, si no estaban abrumados por los turistas, estaban siendo inundados por manifestantes moralmente justos. La gente siempre estaba enfadada por algo.

¿Realmente creen que reunirse y marchar logra algo?

Su papá los llamó 'idiotas útiles'.

Entiendo la parte idiota, pero ¿qué uso posible podría tener esta gente?

Normalmente, Hunter podría conseguir que una niñera dejara de trabajar en una semana. No María, se presentó el lunes siguiente por la mañana escoltada por Shabir por segunda semana. Hunter decidió duplicar su crueldad.

"Consuela, será mejor que tengas los papeles a mano o mi papá te denunciará ante el Servicio de Inmigración y Control de Aduanas. ¿Conoces ICE? Il ghiaccio ." Hunter terminó en italiano.

Cada vez que María intentaba hablar inglés, Hunter cambiaba al italiano.

"Mi papá te va a revocar el estatus de ciudadanía Consuela". Hunter dijo constantemente alejándose de María. Lo hizo cuando las multitudes eran más densas y llevaba a Uber a casa a menudo sin su consentimiento. Shabir siempre rescató el día. Se le había proporcionado acceso para rastrear el teléfono celular de Hunter.

Los ojos de Megan estaban muy abiertos de asombro cuando le entregó un cheque a María el viernes de la segunda semana.

Bueno, esta es la primera. Ella realmente debe necesitar el dinero.

Megan anticipó plenamente el regreso de María el lunes por la mañana por tercera semana.

Tal vez el no poder hablar inglés impidió que Hunter la echara .

Hunter brilló cuando escuchó a su madre ese tercer lunes por la mañana.

"¡Exijo que me devuelvan mi dinero! Su proceso de notificación es lo que falta". El comportamiento de su madre se volvió rígido. "¿INEVITABLE? El cheque ya se ha cobrado. Esto fue deliberado y sí, es SU responsabilidad. Como servicio de coordinación, esto depende de usted para el personal. ¿Qué quieres decir con que no hay nadie más?

Megan señaló al aire como si estuviera pinchando la frente de alguien.

La persona al otro lado del teléfono debe haberse reído porque su madre se puso roja.

"¿Acabas de decir que el aviso tardío es un problema porque se corre la voz, cancelo los cheques de las niñeras que renuncian antes de tiempo?".

¡Oh, esto se está poniendo bueno!

Su mamá había hecho eso muchas veces antes. Para Megan, si una niñera no cumplía con el plazo total del tiempo contratado, no merecía pago ni por un día de trabajo.

"¡ES VIOLACIÓN DE CONTRATO!".

El teléfono pasó volando junto a la cabeza de Hunter.

Supongo que iremos a la tienda de Apple hoy. ¿Por qué está tan obsesionada con dejarme desatendido de todos modos?

El lunes sin una niñera comenzó lo que Hunter describió como 'la semana del infierno'. No, nunca llegaron a una tienda de Apple. Megan simplemente recibió un teléfono nuevo el mismo día con entrega urgente. Su mamá lo acosaba constantemente. Se obsesionaba con las cosas grandes, las cosas pequeñas, cualquier cosa en la que pudiera pretender encontrar fallas. Incluso encontró fallas en su corte de pelo.

Ahí va de nuevo llamando a papá. ¿Cuál es su queja esta vez, crujo demasiado fuerte comiendo papas fritas?

Hunter estaba empezando a entender por qué su padre trabajaba TODO el tiempo. Deseando que sus padres se llevaran bien, Hunter pensó en el domingo.

¿No pueden al menos aprender a enviar mensajes de texto para que no tenga que escucharlos discutiendo?

Sonriendo, buscó en Google Iglesias Católicas Romanas DC. Surgió la Basílica del Santuario Nacional de la Inmaculada Concepción.

Me pregunto si tiene cúpula ya que dice arquitectura románico-bizantina. Una de las diez iglesias más grandes, a papá le gustará eso.

Jonathan le enseñó que ir a la iglesia se trataba de ser visto. A Hunter no le importaba, solo le gustaba que sus padres estuvieran juntos y no discutieran. Pero no era domingo, era miércoles. Es curioso que su madre no se haya quejado todavía.

Quizás papá bloqueó sus llamadas.

Hunter se salió con la suya jugando Fortnite hasta las 11:00 am antes de que su madre anunciara: "Vamos a almorzar a la oficina de tu padre. Ponte algo mejor que ESO".

De ninguna manera papá se tomará tiempo para ir a almorzar.

En negación, Hunter todavía se imaginaba de todos modos.

¡Nadie ignora a Megan!

Shabir les abrió la puerta del coche. Puso los ojos en blanco para que solo Hunter lo viera, mientras la madre de Hunter decía: "Hunter, no te emociones tanto. Tu papá no es nada especial. Después de todo, hay 435 personas en el Congreso, lo mismo que él".

"Los jóvenes deberían estar orgullosos de sus padres", dijo Shabir. Megan cerró la puerta de un portazo y levantó la mampara entre el compartimento del conductor y el de los pasajeros.

Hunter se inclinó: "Mamá, él es el presidente del Comité de Medios y Arbitrios de la Cámara, el comité más antiguo del Congreso y el principal comité de impuestos. ¿Significa algo?

"¿La escuela te enseñó eso?". Ella preguntó.

¿Escuela? Nadie aprende cosas así en la escuela.

¿Nunca lo escuchas? Papá siempre bromea diciendo que tiene derecho a las declaraciones de impuestos de cualquier ciudadano con o sin causa probable, y no importa cuán honestos sean los impuestos de alguien, puedo asegurar que no lo sean".

Hunter podía oír la voz de su padre en el pasillo cuando llegaron.

"El proyecto de ley del Programa de Escuelas Chárter Comunitarias va a ser aprobado. ¿El Comité de la Cámara de Educación y Fuerza Laboral? No pudieron pasar la prueba del olfato de un perro de caza. Mira, la versión que presentamos PASARA".

¡Oh chico! ¡Aquí va de nuevo!

"Los sistemas escolares de Estados Unidos están fallando. Hay que tomar medidas. La excusa de no votar para aprobar este proyecto de ley ya no es aceptable. El veinticinco por ciento de los niños en los Estados Unidos no están aprendiendo a leer", agregó el congresista.

Me pregunto qué pobre tonto está al teléfono.

"El analfabetismo en Estados Unidos tiene un impacto directo en otros gastos tributarios. ¡Las cifras cuantitativas muestran que una sociedad completamente alfabetizada podría comenzar a tener un impacto en tan solo cinco años!" Los periódicos, la televisión, las redes sociales, todos estaban en marcha, generando conciencia sobre el Programa de Escuelas Charter de la Comunidad. Se estaba gastando mucho dinero para crear conversación sobre el proyecto de ley. Incluso se crearon pegatinas para los parachoques: '¡Si crees que la educación es cara, prueba con la ignorancia!'; 'Un Lector es un Líder'; 'La educación es nuestro pasaporte al futuro—Malcolm X.'

¡Oh Dios mío! nunca termina Mamá cerrará esto. Déjame irritarla.

Hunter comenzó a hurgar en los gabinetes.

"CCSP es un proyecto de ley bipartidista republicano/demócrata. Asegura un alto nivel de educación. Los sistemas escolares incluyen un enfoque en los programas técnicos, lo que permite a los estudiantes excelentes roles de aprendizaje que tendrán tanto peso como los títulos universitarios. Los niños podrán pasar por alto la universidad e ingresar directamente a la fuerza laboral. Los padres recibirán cupones para que puedan elegir entre escuelas. Todo el mundo gana.

Irritado, su madre no había terminado con esto todavía. Hunter descubrió un gran globo ornamentado que se abrió y reveló una botella de whisky escocés.

"Las restricciones en las opciones escolares incluyen la distancia y los puntajes de las pruebas de los niños. La puntuación se realiza en una estrategia de curva de campana. Esto promueve la justicia y la igualdad. Se debe asistir a la escuela de lunes a viernes, las veinticuatro horas del día, en forma de internado, cinco días a la semana. Esto elimina los costos asociados con el transporte diario. Bla, bla, bla... Todos los niños se beneficiarán. Les digo que esta es la solución que nuestro país necesita".

Hunter imitó la conversación unilateral con la mano. Megan casi sonrió.

"Es perfecto", dijo Isabella, asistente del presidente Harris, mientras acariciaba la mejilla de Hunter con la mano. La mujer era de su altura: alta, con cabello castaño oscuro casi negro. Hunter nunca vio a nadie como ella. La más mínima hendidura en su barbilla la hacía deslumbrante y única.

¿Quién eres tú?

Isabella vestía elegantemente con una blusa de seda blanca con pantalones negros y tacones negros. Solo el botón superior de la blusa estaba abierto para revelar un discreto collar colgante de esmeraldas. Coincidía con sus hermosos ojos que miraban directamente a Hunter. Isabella era comparativamente opuesta a Megan, su madre, en todos los sentidos.

"Sra. Harris encantada de conocerte. El presidente Harris está en su oficina dos puertas más abajo. Mi nombre es Isabella", dijo extendiendo su mano hacia la madre de Hunter.

"Sé dónde está mi esposo", espetó Megan, ignorando la mano de Isabella y empujándola.

Isabella volvió con gracia su apretón de manos sin respuesta a Hunter. Abrazó suavemente la mano de Hunter y lo condujo a una sala de conferencias.

Sus manos son tan delicadas.

En ese momento, Isabella podría haber llevado a Hunter al pozo más profundo de la tierra.

Acompañándolo a una silla en el lado de la ventana de la mesa de conferencias ovalada, ella le preguntó: "¿Quieres un refresco?".

Hunter asintió como respuesta. Isabella llevó un Mountain Dew rojo, el favorito de Hunter, todo el camino hasta él. Mientras se lo entregaba, ella golpeó su rodilla muy suavemente mientras se sentaba.

"¿Está al tanto del proyecto de ley de educación en el que está trabajando su padre?". Hunter no lo estaba, pero asintió con la cabeza de todos modos.

Estoy asintiendo de nuevo, ¿por qué no dije simplemente que sí?

"¿Te gustaría ayudar a tu padre a aprobarlo?". Antes de que pudiera detenerse, Hunter asintió con la cabeza por tercera vez.

¿Qué soy un muñeco cabezón? Qué estúpido debo parecer.

Isabella sintió su nerviosismo. Para romper el hielo, "¿Puedo probar tu refresco? Nunca probé el sabor rojo".

¡Guau! Sus labios están tocando la lata donde mis labios tocan.

Llámame Izzy. Isabella es demasiado formal para tener amigos. ¿Prefieres pizza o comida china para el almuerzo?

Hunter estuvo a punto de asentir con la cabeza de nuevo.

¡Soy un idiota!

"PIZZA", espetó.

"Mi preferencia también, gran elección."

Acercó un teléfono de conferencia plano de tres lados, pulsó un botón y marcó el número de Avaroni's Pizza Rhea. Pidió tres costras profundas, una Carnivore, una Berkeley Vegan y una Roasted Garlic Chicken. "Allí, hay mucho para elegir".

Hunter se quedó mirando una línea cerosa de brillo de labios que sabía el sabor de los labios de cereza.

¿Una mujer así trabaja en la oficina de mi padre?

Girando su asiento, Izzy señaló por la ventana los amplios escalones de mármol blanco.

"Mañana tu padre va a hablar en un podio en la parte superior central de esos escalones. Quiere explicar al público el proyecto de ley del Programa de Escuelas Chárter de la Comunidad".

Hunter solo vio sus hermosos ojos verdes.

"Hunter, ¿sabes que hay 365 escalones ahí afuera? Esos pasos van a retener a mucha gente. ¿Sabes por qué hay 365 escalones? Hunter adivinó: "¿Para cada día del año?".

"¡Correcto! ¿Alguna vez has hablado frente a una multitud antes? El colgante de esmeralda brilló, pero aún así no se comparaba con las motas verde oscuro en los ojos que lo miraban.

"El Community Charter School Program es la forma en que su padre garantiza que todos los niños reciban la mejor educación. Sería mucho más poderoso si pronuncias el discurso en lugar de tu papá. Eres el ejemplo perfecto de un joven inteligente y bien educado. Una cosa es hablar de algo, pero ver el trato real, ese es un mensaje mucho más poderoso. Sin embargo, esos escalones tienen una gran multitud. Será muy intimidante. ¿Qué piensas? ¿Lo harás?".

Qué suave fragancia de lavanda.

Hunter asintió con la cabeza de nuevo. Ni siquiera había mirado por la ventana.

Esa tarde, Hunter no vio ni a su padre ni a su madre ni una sola vez. Él no se había dado cuenta. Nada podría haber sido mejor que sentarse junto a Izzy preparándose para su discurso al día siguiente. Todo lo que tenía que hacer era dar un discurso. Iría hasta los confines de la tierra si Izzy se lo pidiera. Izzy le dio a Hunter tres tarjetas con viñetas para practicar:

Tarjeta 1:

Datos sobre la alfabetización en Estados Unidos

1 de cada 4 niños en los Estados Unidos crece sin aprender a leer.

2/3 de los niños que no pueden leer de manera competente al final del cuarto grado terminarán en la cárcel o en asistencia social.

Más del 70% de los reclusos no pueden leer por encima del nivel de cuarto grado.

Tarjeta 2:

Casi el 85% de los menores que son juzgados son analfabetos funcionales.

Las adolescentes que tienen pocas habilidades literarias tienen seis veces más probabilidades de tener hijos fuera del matrimonio.

Los informes muestran que las bajas tasas de alfabetización le cuestan directamente a la industria de la salud más de 70 millones de dólares al año.[1]

Tarjeta 3:

Esta es una evidencia directa de la correlación entre la capacidad de leer y una mayor delincuencia, mayores costos de atención médica y más personas en asistencia social. Todo lo cual cuesta dinero a los contribuyentes. Impulsar el Programa de Escuelas Chárter de la Comunidad puede ser costoso, pero ahorrará dinero a largo plazo. Los niños valen la inversión.

Alrededor de las seis de la tarde, Izzy acompañó a Hunter al servicio de automóviles. Shabir estaba allí para llevarlo a casa.

"Tu padre usará una corbata a rayas azules y rojas con un traje azul oscuro mañana. ¿Tienes algo parecido? Tú y tu padre estarán parados uno al lado del otro".

Dándole a Hunter un beso tranquilizador en la mejilla, Izzy susurró: "No te preocupes por hablar en público. Lo más importante que debes hacer es relajarte y ser tú mismo".

Esa noche, Hunter practicó su discurso docenas de veces.

Tal vez le gusto a Izzy. No puede tener más de veinticinco años. Las tarjetas de notas son simples, pero si acierto con las declaraciones de apertura y cierre, Izzy tendrá que estar impresionada. Perfecto, esta camisa es exactamente lo que quiere Izzy.

Hunter no sabía si su padre llegó a casa esa noche. Megan lo sacó corriendo por la puerta sin desayunar. "El servicio de automóviles está aquí".

"¡Mamá, su nombre es Shabir!".

Gracias a Dios que es Shabir. Él siempre almacena refrescos para mí.

El congresista Harris programó su conferencia de prensa a las 10:00 am en punto.

"¿Qué está tomando tanto tiempo?" se quejó Hunter.

Espero poder ver a Izzy antes del discurso.

"El viaje fue la mitad de esto anoche, ¿qué pasa?".

Shabir había aprendido habilidades de escucha selectiva cuando se trataba de Hunter, pero decidió responder. "No puedo controlar el tráfico".

Hunter buscó en Google accidentes de tráfico en DC. Los algoritmos de búsqueda arrojaron enlaces, siendo el primero un artículo sobre DC como la segunda ciudad más congestionada de los Estados Unidos. Boston fue el primero.

Estúpidos algoritmos.

Finalmente, al llegar a las 9:30, Hunter se dirigió directamente a la oficina de su padre y escuchó la voz de su padre gritar: "¡Megan hizo esto a propósito!".

Hunter dobló la esquina tan pronto como lo escuchó y entró a la oficina de su padre para ver a tres personas mirándolo fijamente. El ceño fruncido que apareció en el rostro de su padre lo golpeó como un ladrillo.

Llegué a tiempo, ¿por qué está enojado? Todavía tienen media hora antes del discurso .

La mujer mayor que estaba allí se rió.

¿Cómo se atreve a reírse de mí? Qué bruja, debe ser más vieja que la suciedad.

Justo cuando estaba a punto de insultarla en voz alta, ella se volvió hacia su padre.

"Me tenías en esto, Jonathan. Con toda seriedad, espero que lo reconsideres. Salió de la habitación, sacudiendo la cabeza. Su padre no se rió para nada, "ISABELLA".

"¡Hola, Hunter!" Izzy se miró a los ojos y saludó a Hunter primero con una gran sonrisa cuando entró en la habitación.

"Isabella, ¿es esto lo que sugeriste que usara Hunter, o es mi esposa divirtiéndose a mi costa?". Izzy, que ya sabía la hora, fingió mirar un delicado reloj plateado de todos modos.

"Sí. Mencioné que hiciera juego con tu corbata azul y roja. No puedo imaginar una camisa que lo haga mejor. ¿Estaba esa congresista Beagle amenazando con acabar con este proyecto de ley otra vez?".

"¡Sí!" Jonathan puso los ojos en blanco y se llevó tres dedos a la frente.

¿Qué hice mal?

"Hunter, tu camisa se ve perfecta. No mucha gente puede lucir la bandera de Estados Unidos con tanta clase. ¿Tienes tus tarjetas de notas? preguntó Izzy. Las tenía, pero la mirada en el rostro de su padre le dijo que debería preocuparse.

Al entrar en el ascensor, Jonathan anunció: "Cambio de planes. Voy a dar todo este discurso. Si esa camisa no grita grandilocuente, no sé qué lo hace. Ni siquiera debería estar en el podio. Haz que se pare a tu derecha, Isabella.

"Señor, Hunter tiene este discurso grabado. Al menos permítale pararse a su lado y leer las viñetas. La grandilocuencia no se puede inferir de los hechos puros. La narrativa emocional de tu discurso quedará marcada cuando la gente te vea como un padre".

El congresista Harris cerró los ojos, respiró hondo y dijo: "Solo lea las notas, pero solo cuando lo rodee con el brazo. No digas nada más, no hagas nada más y no me avergüences más".

¿Avergonzarlo más?

Hunter hizo la transición a Ant-Man mientras caminaban por la rotonda.

¿Avergonzarlo más?

No ayudó que la rotonda fuera una habitación enorme. El corredor que conducía a las puertas era incluso grandioso.

¿Por qué papá estaba avergonzado? Tiene que estar orgulloso de mí, o ¿por qué tenerme en el podio? MIERDA, la multitud es gigantesca . ¡Voy a vomitar por completo!

La multitud se extendía de un extremo a otro de la enorme escalera. Ni siquiera podía ver hasta dónde llegaba.

¡Súper mierda!

Hunter estaba mirando a la multitud cuando su padre se detuvo. Hunter chocó contra él. La mirada que sobresalía hacia él lo decía todo.

¡Guau! ¿Está enojado? Oh no, ¿se supone que debo pararme a la derecha oa la izquierda de él?

El bronceado de Hunter se convirtió en palidez. Cruzó las piernas.

¿Por qué tomé refresco? Es demasiado tarde para usar el baño ahora. ¿Lavanda?

La mano de Izzy tocó el hombro de Hunter. Ella susurró: "A la izquierda de tu padre".

Te amo.

Hunter se colocó a la izquierda de su padre y le devolvió la sonrisa.

Ella también debe gustarle, para saber exactamente lo que estaba pensando. Puedo hacer esto.

Mientras Hunter miraba a la multitud, algunas personas lo miraron a los ojos.

Todos me están devolviendo la sonrisa, no, espera, es posible que todos se estén riendo de mí como esa bruja. ¿Por qué hay tanta gente aquí para un simple discurso? Volvió a mirar a Izzy. *Ella no se está riendo de mí. Ella me está sonriendo. ¡Tengo esto!*

El presidente Jonathan Harris comenzó, "El Programa de Escuelas Chárter Comunitarias..."

La multitud estaba vestida con el atuendo de la iglesia dominical, en su mayoría trajes para hombres.

Deben estar muy calientes.

Cada pocos metros, alguien sostenía una cámara enorme, generalmente en equilibrio sobre un hombro. Hunter miró todas las diferentes cámaras . Parecían boomboxes gigantes que los raperos aspirantes a ser matones solían lucir en los viejos videos de los ochenta. Los hombros de Hunter se relajaron. Movió la cabeza al ritmo de las cámaras moviéndose al unísono.

¡Tengo esto! ¿Qué tan difícil puede ser? Lo único que distrae es un grupo de personas que visten galones de prisión y sostienen carteles. ¿De qué demonios se trata eso? Todos deben apoyar la educación. Que perdedores.

Pasaron los minutos. Jonathan pasó su brazo alrededor de Hunter.

Esa es la señal.

Hunter apoyó las notas en el podio.

Izzy dijo que está bien leerlos si tengo que hacerlo.

Al pisar el centro, Hunter tuvo que caminar de puntillas para que el micrófono captara su voz. Empezó a leer.

Recuerda una pequeña pausa entre balas para mirar a la multitud.

Se volvió hacia Izzy detrás de él. La vio sonriendo.

No te olvides de mirar a la multitud lentamente, escaneando de izquierda a media a derecha, de vuelta a la tarjeta. Demonios, gente apestosa con rayas de prisión. ¡Tan totalmente molesto!

Después de completar la primera tarjeta de notas, Hunter escudriñó la multitud antes de comenzar la segunda tarjeta. Se quedó mirando, y sólo a, la gente de rayas de la prisión.

¿Están haciendo saltos? Mierda, estoy haciendo una pausa demasiado larga.

Pasando a su tercera carta, Hunter se inclinó hacia el micrófono y el vaso de agua que estaba allí se derramó. Borró las palabras de la tarjeta. Jonathan Harris comenzó a hablar tomando el relevo como rescate, pero Hunter habló de todos modos.

"¡Este proyecto de ley evitará el analfabetismo, reducirá el crimen, los costos de atención médica y el bienestar!" Hunter miró hacia Izzy, quien sonrió y aplaudió suavemente. Jonathan Harris bromeó sobre lo importante que obviamente es este proyecto de ley para Hunter y luego concluyó el discurso. Luego vino el cuestionamiento de la horda de reporteros destinados a oponerse al proyecto de ley.

¿Por qué a la gente no le gusta?

La gente de la raya de la prisión coreó: "¡No encarcelen a nuestros niños!". Un reportero dirigió una pregunta a Hunter, pero su padre se negó a dejar que Hunter respondiera.

Izzy vio eso, qué vergüenza. Puede manejar a un reportero de mala muerte. Izzy confiaba en él.

Mientras se alejaban del podio, otro hombre bajo y fornido preguntó: "Hunter, ¿cómo te hace sentir saber que si esto sigue adelante, solo podrás ver a tu padre los fines de semana?".

"¡Excelente! Sería más de lo que lo veo ahora".

Jonathan se recuperó con una declaración: "Solo porque he estado trabajando muy duro en este proyecto de ley. Es por eso que Hunter está sacrificando su verano aquí conmigo, para que podamos pasar juntos tanto tiempo de calidad como sea posible".

La sonrisa de Hunter se extendió de oreja a oreja. Izzy también sonrió.

Cuando las puertas del ascensor se cerraron, el presidente Harris gritó: "Se suponía que debías leer las notas exactamente. Sonabas completamente farisaico, improvisando esa última carta. ¡Cómo te atreves a hablar sobre mí! ¡Cuando empiezo a hablar te detienes! ¿Y cómo te atreves a responder a esa pregunta? Ese reportero es una comadreja. Nunca pierda el tiempo validando sus preguntas. ¡Esas personas no son dignas de respuestas!".

Hunter se sonrojó. Sus rodillas se doblaron. Se agarró a la barandilla.

¿Por qué no está orgulloso de mí?

"Isabella, lleva a Hunter a comprar un refresco o algo así. Sácalo de aquí.

Hunter estaba visiblemente temblando cuando entraron en la pequeña sala de estar.

Izzy esperó a que el presidente Harris estuviera fuera del alcance del oído.

"Olvídate de tu padre. ¡Lo hiciste perfecto! Ha estado haciendo esto por más de veinte años, y estuviste tan bien en ese podio como él lo estuvo hoy. Habrías hecho mejor, apuesto, si te hubiera dejado hacer todo el discurso como lo planeamos originalmente. Oye, les pedí que se abastecieran de Mountain Dew rojo. ¿Quieres uno?".

El temblor de Hunter cesó.

¿Izzy está diciendo la verdad? ¿Papá es realmente envidioso?

Izzy abrió la tapa de dos latas y le entregó una a Hunter.

"Apuesto a que tu padre solo arremetió debido a la pregunta de ese reportero comadreja. Ahora él y tu madre van a tener que ser vistos en público juntos, haciendo otras cosas además de ir a la iglesia. A su novia no le va a gustar nada eso".

¿Esperar lo? ¿Izzy acaba de decir eso? papa tiene novia? ¿Cómo pudo hacerme eso? Todo este tiempo supe que mi padre evitaba a mamá, pero no tiene que evitarme a mí. ¿Papá está eligiendo pasar tiempo con una chica extraña en lugar de conmigo?

Hunter fue a dejar el refresco, pero había montones de calcomanías en los parachoques por todas partes.

"¿Le pasa algo a tu refresco?" preguntó Izzy. Hunter volvió a mirar esos ojos verdes.

Ella es hermosa.

"No vi a ningún manifestante haciendo saltos con carteles anti-soda".

Él sonrió.

Tal vez podría perdonar a su padre por querer pasar tiempo con la chica adecuada.

"Ya que hasta ahora solo he tomado refresco, debería esperar para beberlo".

La expresión de Izzy se convirtió en sorpresa.

"¿Cómo no vomitaste? Hablar en público es una de las cosas más aterradoras que una persona puede hacer. Las encuestas muestran que es el mayor temor de la gente. Hablar frente incluso a grupos pequeños es estresante. Acabas de hablar frente a más de 300 personas, la primera vez que hablas en público, ¿y lo hiciste con el estómago vacío? ¿Sabes lo difícil que es eso? Nadie debería haber sido capaz de lograr eso. Eso es como ir a correr un maratón y cortarte una pierna el día anterior. Nunca jamás hagas discursos con el estómago vacío".

Izzy miró a su alrededor y dijo: "Los reporteros se arrastrarán por toda la capital el resto del día, así que hoy está fuera. ¿Quieres hacer algo divertido conmigo mañana?

Bobble-head-asintiendo-Hunter estaba de vuelta.

¿Me acaba de pedir una cita? No importa.

"¡Excelente!" Izzy se levantó de un salto, se despidió de él con un abrazo y dijo: "Encontrémonos aquí a la misma hora que hoy. Ahora, dile a tu padre que mañana me lo tomo libre. Tengo algo muy divertido en mente. Oye, usa una sudadera con capucha si tienes una".

[1]   https://www.dosomethin.org/us/facts/11-facts-about-literacy-america

3

"SHH, ¿HUELES ALGO?" – CAZAFANTASMAS

Shh. Listen. Do you smell that?
Dr. Ray Stantz, Ghostbusters

Platoon Cramer-Murphy pasó el resto de las vacaciones lejos de cualquier ciudad, en casa de sus abuelos en Catskill, Nueva York. Catskill es una ciudad del valle del río Hudson, famosa por la historia Rip Van Winkle, escrita por Washington Irving. Thomas Cole, el famoso pintor, a menudo lo convirtió en el tema de sus pinturas al óleo. Catskill organizó el Festival de Música de Woodstock y preparó el escenario para la película Dirty Dancing.

Hace sesenta años, Catskills, la gran área del norte del estado de Nueva York, era el lugar para vacacionar antes de que los viajes aéreos se hicieran comunes. A los habitantes de la ciudad les encantó que estuviera a dos horas al norte de Manhattan. La ruta 9W, mejor conocida como The Palisades Interstate Parkway, lo atraviesa, al igual que la Interestatal 87. En 1984, el abuelo y la abuela Murphy se casaron y se mudaron a Catskills.

El pelotón Cramer-Murphy no sabía nada de esto, ni le importaba. Para ellos, Catskills significaba vacaciones de verano. Cada verano vuelan a Newark, Nueva Jersey, el lugar más maloliente del mundo, para que su abuelo los recoja y los lleve a la casa de sus abuelos en Catskills.

Rosa no necesitaba mirar el reloj mientras conducían. Solo tomaría unos veinte minutos. "Puedo oler la madreselva". El abuelo normalmente siguió su observación: "Debe ser hora de comenzar a buscar parches de moras silvestres". No tenía que mirar, aunque el abuelo conocía todos los lugares ocultos.

Los niños llenaron muchos recipientes Tupperware usados y lucían bocas moradas mucho antes de llegar.

"¿Por qué tu padre se mudaría de aquí?" preguntó Ted.

Además de vivir en un lugar increíble, los vecinos de sus abuelos, el Sr. y la Sra. Sweet, tenían cuatro hijos de edades similares a las de ellos. Aunque los niños Sweet eran en su mayoría descendientes de ingleses, su cabello rojo escocés los hacía fáciles de identificar. Scarlett, apodada Scout para abreviar, era la más joven con once años, Max era el mayor con dieciséis, Cody tenía doce y Sam catorce. Todos eran ávidos cazadores. Incluso Scout sabía la forma correcta de limpiar y preparar un animal. Su favorito era el faisán. Su padre, el Sr.

Sweet, le enseñó que cada vez que matas a un animal, utiliza la mayor parte del cuerpo posible para honrarlo.

"¿Cuántas plumas nuevas agregó Scout a su atrapasueños?" preguntó Rosa.

Ahora cubre toda la pared. Estarás asombrado", respondió la abuela.

Scout era tan intimidante cuando nos conocimos ese Día de Acción de Gracias, hasta que descubrí que era como yo.

"Los venados son demasiado pesados para nosotros", proclamó Scout, enganchando el brazo de Rosa y rápidamente dejando atrás a los niños. "Sé que la caza de ciervos evita que los ciervos mueran de hambre durante el invierno, pero me hace llorar. ¿Prometes no contarlo? Ese pequeño secreto unió a las chicas.

Los Sweets no vivirían de otra manera. A menudo bromeaban sobre no encajar en la sociedad normal. La sociedad normal los consideraría 'preppers' porque podrían sobrevivir fácilmente unos meses sin cambiar su estilo de vida si ocurriera un desastre. Con toda honestidad, son solo personas que viven dentro de sus posibilidades, no creen en las deudas y siempre están listas para una tormenta de nieve.

La Sra. Sweet trabajaba para la oficina de correos entregando correo, y el Sr. Sweet trabajaba para el Departamento de Conservación Ambiental de Nueva York, asignado al Área de Manejo de Vida Silvestre de Rogers Island como Analista Ambiental. Ninguna ocupación pagaba bien, pero amaban su trabajo.

La Sra. Sweet a menudo explicaba: "Solo se le puede pagar tanto por la tarea de saludar oficialmente a sus vecinos todos los días". Le encantaba cotillear y controlar a la gente del pueblo. El Sr. Sweet era lo opuesto a ella, podía pasar días observando la naturaleza y los patrones migratorios sin apenas hablar con la gente. Para la pareja, vivir dentro de sus posibilidades equivalía a ser frugal, pero viviendo la vida de sus sueños.

Se sorprendieron cuando descubrieron un programa de radio de un tipo llamado Dave Ramsey de Tennessee, que hizo millones enseñando a la gente lo mismo.

"La deuda es una tontería, el efectivo es el rey, y la hipoteca de la casa pagada toma el lugar de un nuevo BMW como símbolo de estatus".

"Tal vez no todos los sureños son malos. Este chico Dave lo entiende". Dijo la Sra. Sweet sonriendo mientras su programa se reproducía de fondo. "Sé quien eres, administra bien el dinero y retírate con dignidad".

Incluso fue humilde y bromeó diciendo: "Yo no enseño nada nuevo. Esto es algo que enseñaron los abuelos de la gente, pero la mayoría de nosotros éramos demasiado tontos para escuchar".

La otra broma en curso que contó la Sra. Sweet fue: "Hace mucho tiempo nos habrían encerrado por negligencia infantil, porque nuestros niños son lo que ellos llaman 'niños de campo libre', a los que se les permite viajar sin supervisión hasta donde sus motos BMX pueden llevarlos. . Gracias a Dios que conozco a todos en la ciudad.

Los Sweet creían que asignar responsabilidades a los niños y confiar en ellos para que estuvieran solos eran las acciones de desarrollo más importantes que los padres pueden tomar. Los niños aprenden mejor de otros niños, y los adultos están para guiarlos y alentarlos. Sus hijos tenían tres reglas cardinales. Uno, nunca vayas a ninguna parte solo. Dos, estar en casa para la cena a las cinco. Y, tres, empaca un PB&J. Confiaban en que sus hijos fueran inteligentes. Más importante aún, creían que albergar a los niños demasiado cerca causaría peores problemas de ansiedad a largo plazo.

El mayor, Max, acababa de celebrar su decimosexto cumpleaños ese mayo. Fue el primero de los niños Sweet al que se le permitió un teléfono celular. Atesorándolo más que su permiso de aprendizaje para conducir, él y Ted instantáneamente se unieron gracias a la tecnología. Ted había tenido un teléfono celular desde que podía recordar. A Jake y Rosa, como a los otros niños, aún no se les había permitido teléfonos.

Ted estaba encantado de enseñarle algo a alguien dos años mayor que él. "Es imposible dominar todas las complejidades y las capacidades ya que los teléfonos avanzan muy rápido, pero lo tengo prácticamente al día".

Scout y Rosa se mantuvieron en contacto durante todo el año por correo electrónico. Scout tenía una manera única de ser tan hábil como los niños, pero sin embargo era una niña descarada. Cualquier cosa que no fuera de segunda mano, Scout la compraba en rosa brillante o morado. El camuflaje rosa fue hecho para ella.

Después de ese simple secreto compartido, los dos eran inseparables. Scout tomó a Rosa bajo su ala incluso si era un año más joven. Al principio, Rosa estaba nerviosa por estar afuera jugando sola. Fue un alivio pasar el rato con alguien que no fuera Jake. Rosa siempre se alegraba de subirse al tren de 'las chicas son mejores que los chicos', ya que Scout fue su primera amiga de verdad.

Los niños pasaban los veranos con la imaginación desbocada. Todos los días estaban afuera, a menudo antes del amanecer, pescando en el Hudson, revisando las trampas Have-A-Heart, reubicando bichos molestos y persiguiendo aventuras interminables. El Sr. Sweet siempre les sugería las tareas de investigación más raras para que los ayudaran, como etiquetar mariposas monarca o recolectar muestras de musgo. El juego favorito de Jake era Revolutionary War. Los chicos siempre hacían que Rosa y Scout jugaran a ser los conservadores comprensivos, para poder derrotarlos.

A menudo, los niños simplemente exploraban el bosque o buscaban a lo largo del río Hudson en sus bicicletas BMX. Los niños Sweet eran dueños de las cuatro bicicletas, pero como eran siete niños, cuando las dos familias se juntaron, estaban dispuestos a compartir. Los niños tenían clavijas adheridas a la rueda trasera del eje trasero de cada moto todoterreno. Aunque las clavijas se instalaron para acrobacias, inventivamente, un mes al año, esas mismas clavijas se convirtieron en transporte secundario para ciclistas. Scout y Rosa fueron designados pasajeros, siendo los más pequeños, mientras que Max y Ted fueron designados vendedores ambulantes, siendo los más grandes, y Cody, Sam y Jake rotaron turnos.

"Podemos hacerlo totalmente".

Este verano, Sam y Cody decidieron que querían convertirse en YouTubers famosos.

"El teléfono de Max tiene video. No hay nada más que necesitemos. Usando una vieja computadora portátil para juegos, Sam estaba listo para configurar su canal. "Ahora necesitamos un tema de enfoque".

"¿Por qué no hacemos un canal de autos?" Max sugirió, pero fue superado en número en una votación de uno a seis.

"¿Qué sabes de autos, Max? Solo tienes tu permiso de conducir unos meses y ni siquiera tienes licencia de conducir", argumentaron los otros niños. Scout y Rosa sugirieron un tema de conservación de la vida silvestre. Fueron votados cinco a tres. Cody favoreció su idea.

Sentado alrededor de una fogata una noche, con un malvavisco ardiendo en la punta de su bastón, Sam tuvo un momento eureka. El Sr. Sweet los estaba molestando a todos con la historia de la Masacre de Brimmer, alegando que eran los descendientes de la decimotercera generación.

Sam espetó: "Un canal de caza de fantasmas". Todos los niños aceptaron por unanimidad el plan.

Jake espetó: "Podríamos hacer espíritus de la Guerra Revolucionaria". El Sr. Sweet se duplicó en asustar a los niños, ya que odiaba ser interrumpido.

Advirtió: "Sean cuales sean los fantasmas que caces, ¡siempre debes saber que Old Man Brimmer te estará cazando a ti! Es por eso que tu madre y yo oramos por una niña cada vez que estaba embarazada".

"Mira, las niñas son mucho mejores que los niños", triunfaba Scout con una gran sonrisa, mientras sostenía la cabeza lo más alto posible.

Mirando directamente a los ojos de sus hijos, el Sr. Sweet miró a su alrededor y susurró lentamente: "El viejo Brimmer tuvo una muerte horrible, tratando de escapar de los paganos violentos. Fue la Guerra Francesa e India, que es incluso más antigua que la Guerra Revolucionaria. Los miembros de la familia Brimmer eran meros granjeros que se mantuvieron al margen de la guerra, pero nunca se puede permanecer al margen de la guerra. Siempre debes elegir un bando. La guerra rodeaba a los Brimmers. Un día, mientras el Viejo Brimmer hacía que sus tres hijos trabajaran en su campo, se encontró con una manta india de color rojo brillante, arrojada intencionalmente por los salvajes asesinos. Cuando se inclinó para recogerlo, un indio pasó velozmente al galope y lo desolló. Ni siquiera tuvo la oportunidad de gritarles a sus hijos. Los indios rápidamente mataron a su hijo mayor, Jeremías, a continuación. Los otros dos hijos, Godfrey y Jonathan, todavía eran jóvenes. Intentaron correr, pero no pudieron escapar".

El Sr. Sweet hizo una pausa mientras comía su malvavisco. Miró a su alrededor para asegurarse de que tenía la atención de todos. La historia cautivó a Cody al punto de quemar su malvavisco.

"Cuanto más tiempo permanece el espíritu de una persona, más mala se vuelve. Peor aún, Old Man Brimmer era un hombre malo para empezar. Algunos dicen que los dos hijos restantes, capturados por esos indios, solo sobrevivieron a la larga y traicionera marcha a pie hacia Canadá y fueron vendidos como esclavos, porque era mejor que vivir con Old Man Brimmer. Su espíritu es el espíritu más mezquino que frecuenta estos lugares. La gente presenta informes de un anciano con sangre que brota de su cuero cabelludo a lo largo de estos bosques. Es el Viejo Brimmer. Busca desde Bear Mountain hasta Hoosick Falls. No se dan cuenta de que está muerto.

Pregúntale a tu madre si no me crees. No creerás que echa sal en las líneas del porche todas las noches para protegernos a Scout ya mí, ¿verdad? Es un hecho que cada pocas generaciones, los niños descendientes de la línea de sangre Brimmer desaparecen. Ustedes tres muchachos tienen exactamente la edad que caza Old Man Brimmer. Esa sal lo mantiene fuera por la noche. Pero si estás en el bosque, ¿cómo te protegerás de él? Jake no se dejaría disuadir por una falsa historia de fantasmas. Siguiendo el tema del canal de YouTube Ghost Hunter, Jake investigó los sitios de batalla de la Guerra Revolucionaria, que abundan en Catskills y sus alrededores. Un tercio de todas las batallas de la Guerra Revolucionaria tuvieron lugar en el estado de Nueva York.[1]

Los niños comenzaron al anochecer del día siguiente. "Nosotros dirigiremos, ya que somos dueños de los teléfonos", declararon Max y Ted. Los otros cinco niños ensayaron durante todo el día. Nadie se quedó fuera.

Todos tenían asignaciones específicas durante el video. La tarea de Scout era hacer brillar la linterna hacia las caras de los niños para que tuvieran una apariencia espeluznante. La tarea de Jake era describir la historia de su ubicación. La tarea de Sam era describir fantasmas, fingiendo ser el experto en apariciones. La tarea de Cody era observar y detectar avistamientos. Rosa estaba encantada de que solo se le asignara fingir agregar ruidos misteriosos.

Todos se agruparon en sus bicicletas de montaña y salieron después de cenar esa noche. A excepción de dos autos vacíos, el lugar estaba completamente vacío. Toda la escena podría haber estado fuera de cualquier era en el tiempo, excepto por los autos. El área estaba oscura y completamente tranquila, demasiado tranquila.

"Es extraño, ni siquiera puedes escuchar el zumbido de los grillos o las langostas". Sam observó.

Jake vaciló mientras miraba a su alrededor.

Es tan aterrador aquí. No era tan espeluznante en línea.

"Tal vez está muy oscuro debido a la capa de nubes que oculta la luna", dijo Jake con un tono de confianza en esta voz.

"Obtienes una A por encontrar un lugar espeluznante, Jake. Esto es aterrador como el infierno". Sam dijo.

Jake los tranquilizó. "Oye, somos muchos. Nadie está solo. Estaremos bien."

Al menos no tenía sangre Brimmer corriendo por sus venas. Jake miró a su alrededor para notar que Sam y Cody se movían y respiraban rápido.

A Sam se le ocurrió una salvación y mencionó que, "Grabar videos con teléfonos por la noche no resultará con la calidad suficiente. Deberíamos volver mañana, hacer algo diferente durante el día".

Max le dio un codazo a Ted y dijo al grupo: "Deberíamos probar un video de prueba". Al presionar un botón en su teléfono, dijo: "Mira, la calidad es buena", mintió Max. *Sam tenía razón, no fue genial.*

Los dos niños mayores planearon divertirse. No estaban dispuestos a dejar que los chicos más jóvenes se echaran atrás. Al ver el empujón, Scout le sonrió a Rosa y comenzó a bromear, haciendo movimientos de aleteo con los brazos, llamándolos gallinas. Rosa se unió a ella. Las dos chicas dieron vueltas riéndose, agitando los brazos, fingiendo picotear el suelo.

Cody se sonrojó.

Rosa me ve asustada.

Todavía preguntó: "¿Alguien más huele una mofeta?". Estuvieron de acuerdo en que olía, pero si un zorrillo estaba lo suficientemente asustado como para rociarlo, lo más probable es que abandonara el área. Otra excusa derribada. Las burlas solo empeoraron.

Sam sugirió que empezaran. "Cuanto antes termine esto, antes podremos irnos. Terminemos con esto y salgamos de aquí".

Comenzaron las tres futuras estrellas de YouTube.

Jake habló primero. Scout iluminó su rostro desde abajo para dar un efecto de sombra. Jake pasó tiempo extra explicando interminablemente la historia de la batalla. Estaba empezando a tener diarrea en la boca.

Cuando termine mi parte, comenzaremos a adentrarnos en el bosque. No entremos en el bosque. Seguir hablando.

Jake vaciló por un breve momento. Scout apuntó con la linterna a Sam. El turno de Jake, intencionado o no, había terminado.

La linterna que brillaba sobre Sam no solo indicaba su turno, sino que los niños debían comenzar a caminar hacia el bosque. En lugar de hacer una transición suave, los tres chicos se miraron, congelados. Rosa, fuera de video, ya medio en el bosque, comenzó a agitar los brazos. Los niños sabían que tenían que empezar a caminar o sufrir una horrible humillación que no vivirían por años.

"A los espíritus les gusta observar desde las sombras", comenzó Sam. "Para echar un vistazo a uno, vamos a entrar en el bosque". A medida que el bosque se hizo más denso, también lo hicieron las palabras de Sam: "La mayoría de los gh - gh - gh -fantasmas, si su - su -vemos alguno, son b-, be-, be- benévolos, inofensivos". Sus palabras luego se aceleraron: "Son amigables. Simplemente están atrapados en nuestro mundo. No pueden pasar al otro mundo. No dañan a las personas. Estos fantasmas a menudo se ven por accidente y no significan ningún daño, ningún daño en absoluto".

Él dudó. Rosa lo tomó como una señal e hizo susurrar los arbustos. Scout encendió la luz alrededor agregando intriga.

Cody no necesitaba actuar. Estaba muerto de miedo.

El viejo Brimmer quiere matarnos. Soy el tatara-tatara-tatara- tatara-tatara-tatara-tatara-tatara-tatara-tatara-tatara-tatara- tatara-tataranieto del Viejo Brimmer. Eso me convierte en su objetivo número uno. Seré un desaparecido seguro.

Los tres chicos se miraron. Puede que Ted y Max tampoco fueran los mayores admiradores de la situación, pero no estaban dispuestos a demostrarlo. Cuanto más temblaba la voz de Sam, más aterradora se volvía la situación.

Sam explicó en qué se diferencian los poltergeists de los fantasmas. "Exploraremos a los poltergeists en videos posteriores". Diciéndose a sí mismo, más que a la cámara, "Los poltergeists tienden a rondar las estructuras. Entonces, no estarían aquí en el bosque. Los poltergeists pretenden y dañarán a los vivos. Intentan reclamar las estructuras que frecuentan".

Scout enfocó la linterna alrededor. Como estaba previsto, Rosa golpeó tres veces una tabla. Sam miró a su alrededor y dijo: "¿Un Tommyknocker?".

Justo cuando lo hizo, dos figuras saltaron de la oscuridad, "¡ Buuu !".

"Son los chicos Brimmer, Godfrey y Jonathan", gritó Cody. Sam, Cody y Jake se subieron a las bicicletas y se marcharon tan rápido que desaparecieron como fantasmas en el aire.

Las dos figuras apenas tenían veinte años y vestían ropas gastadas y harapientas. Como no querían detenerse, dirigieron su atención a los cuatro niños restantes. Uno, que tenía oídos raros, se volvió hacia Scout.

Sin moverse ni un centímetro, Scout le enfocó los ojos con la linterna, lo cegó, y gritó a todo pulmón: "¡VETE!".

Esto no disuadió a los extraños. Funny Ears fingió agarrar a Scout a la manera de un zombi. Cuando su mano realmente tocó su hombro, Scout soltó un grito espeluznante de puro miedo.

Rosa, con la tabla todavía en sus manos, saltó del bosque y golpeó a Funny Ears en la espalda. El hombre reaccionó rápidamente. Girando, agarró el extremo que lo golpeó con su mano izquierda, girando su cuerpo en un círculo rápido, agarrando el otro extremo de la tabla justo debajo de la mano derecha de Rosa, con su mano derecha. Mientras lo hacía, la fuerza del movimiento atravesó el tablero hacia Rosa, haciéndola caer.

Cogiendo a Orejas Graciosas desequilibrado, mientras dudaba después de ver caer a Rosa, Max lo empujó con todas sus fuerzas. Funny Ears aterrizó sobre su trasero, luego rodó sobre su espalda con las rodillas y las manos en alto. Parecía una cucaracha moribunda. Ted se acercó para pararse hombro con hombro con Max.

"Ella es una niña pequeña", gritó, todavía sosteniendo su teléfono filmando. El amigo del hombre, que no quedó cegado por la linterna de Scout, estaba a solo unos metros de distancia, con las manos en posición de rendición a la altura del pecho. Fue el enfrentamiento más extraño. Tanto Scout como Rosa se acurrucaron detrás de Max y Ted, dejando que sus hermanos formaran un muro entre ellos y los extraños.

"¡Me golpeó con una tabla!" soltó Orejas Graciosas, tan indignado como podía estar todavía tirado en el suelo.

Max intervino: "Te reconozco perdedor. ¿No te graduaste hace años? ¿Miedo de crecer y mudarse del sótano de mamá? Esto hizo que Orejas Graciosas frunciera el ceño.

Ted habló: "Escuchen fumetas, los tenemos en una película fumando. Tomamos videos de sus rostros, sus autos y sus placas. Ahora te tenemos en un video empujando a niñas pequeñas".

El otro hombre, a unos metros de distancia, le sonrió a Ted. Todavía tenía ambas manos en alto en una pose de rendición. "Cálmate. No hay necesidad de problemas. Nos iremos." Luego bajó la mano derecha para ayudar a su amigo a levantarse y dijo: "Josh, todos son niños. Vamos." Luego se disculpó: "No teníamos la intención de hacer daño. Solo queríamos divertirnos con un susto".

Dirigiendo su sonrisa a Rosa, dijo: "Las ex novias de Josh le agradecen por golpearlo con una tabla. Niños, ¿quieren que los lleve a casa? Los niños se negaron rápidamente.

Los picos de adrenalina de Max, Ted, Scout y Rosa se beneficiaron de la larga caminata de regreso. Sólo quedó una bicicleta atrás, y las cuatro no cabían en ella.

El tono de voz de Max cambió a crítica. "Ted, ¿por qué te echaste atrás? Totalmente podríamos luchar contra esos tipos. Uno incluso levantó las manos ya asustado. Sabes que tenían que ser apedreados. ¿Lo que da?".

Como tenían mucho tiempo mientras caminaban, Ted explicó con todo detalle la lección que aprendió en el viaje a Filthadelphia . Esta fue la primera vez que Rosa se enteró de lo que realmente sucedió. Ted también aprendió de Rosa por qué estúpidamente trató de tocar la campana.

Luego, Ted repitió la frase de su nuevo abuelo: "Los hombres de verdad tienen algo que perder. Nunca pelees a menos que sea absolutamente necesario".

Cuando regresaron a casa, apoyaron la cuarta bicicleta contra las otras tres bicicletas colocadas contra la mesa de picnic. Sam, Cody y Jake, que habían estado en casa durante mucho tiempo, ya estaban ocupados planeando el próximo video.

Sam reunió el coraje para preguntar: "¡Oye! Max, ¿puedo tener el teléfono? Tengo que reenviar el video. El canal es SSweet1776, para Sam Sweet. El 1776 es porque los fantasmas de la Guerra Revolucionaria serán nuestro enfoque. Después de todo, es el año de nacimiento de América. Cody encontró una imagen de la Declaración de Independencia. Vamos a utilizarlo como telón de fondo. ¿No es genial?

Jake agregó: "Sí, también estamos agregando que William Jennings Bryan cita como descripción: *'Nuestro gobierno concebido en libertad y comprado con sangre solo puede ser preservado mediante una vigilancia constante'.* La mención de la sangre lo hará espeluznante.

Max le entregó su teléfono a Sam. En cualquier otra ocasión, le clavaría la cabeza a su hermano por un truco como este. El problema era que los tres merecían llaves de cabeza y él solo tenía dos brazos. ¿Cómo puedo vengarme de que nos dejen, huyendo como las chicas Nancy?

"Ted, ¿muestra las imágenes de los dos fumetas?".

Ted hizo que las imágenes se reprodujeran de inmediato. "Aww, ¿te asustaron los perdedores de Puff the Magic Dragon? ¿Ver? Tenemos una prueba en video de que tus hermanitas tienen más fortaleza intestinal".

"¡Rosa lo golpeó con una tabla!" Scout dijo, y agregó: "Te dije que las niñas son más duras que los niños".

Los chicos parecían irritados. Recordando las burlas anteriores de las chicas, Ted venció a Max en su venganza.

Con las manos en las caderas, Ted hizo su mejor imitación de pollo, " puk , puk , pukaawwak ".

Scout y Rosa se echaron a reír a carcajadas y se unieron, incluso saltando arriba y abajo en la mesa de picnic. Max luego se tapó la boca con las manos y cantó como un gallo que pretende arañar el suelo. Se estaban divirtiendo tanto haciendo el tonto, pukaawwaking y aleteando para avergonzar a los tres niños, ni siquiera notaron cuando los niños se fueron y entraron.

[1]https://parks.ny.gov/historic-preservation/heritage-trails/revolutionary-war/default.aspx

4

PEGATINA PARA EL PARACHOQUES BANDIDOS

Mientras tostaba una tarta helada de fresa, Hunter le envió un mensaje de texto a Shabir. Garabateó una nota: "Se fue a la oficina de papá". Salió de la casa adosada antes de que su madre lo viera a él y su atuendo. Puede que no tenga una sudadera con capucha, pero vestía jeans oscuros y una camiseta negra. Hunter llegó antes de lo esperado y se sentó en el escritorio de caoba de su padre. No había nadie alrededor.

Una voz resonó por el pasillo. Hunter saltó empujando la silla de cuero debajo del escritorio. Su padre fue la segunda voz que escuchó. Perfume entró primero en la habitación.

¡Maldita sea! ¡El perfume de mamá! Espera, ¿se está riendo?

Su padre se detuvo al entrar, pero la risita pertenecía a una rubia tetona mucho más joven que su madre. Su risa se detuvo y su sonrisa desapareció cuando vio a Hunter.

Esta debe ser la novia. Papá definitivamente tiene un tipo. No puedo arruinar mis planes con Izzy. Izzy, la forma en que actuó con mamá ayer.

Hunter extendió su mano, "Encantado de conocerte. Soy Hunter."

¡Guau! Sueno convincente.

La mujer llevaba cafés grandes en cada mano. Marcas de lápiz labial adornaban ambas copas, incluso la que tenía escrito 'Jonathan'.

Sí, definitivamente la novia.

"Oh Discúlpeme. Déjame dejar esto. Miró a Jonathan, que aún no había dicho una palabra. La mirada comunicó sus pensamientos mutuos.

¿Hunter escuchó nuestra conversación?

Eww !

Darle la mano fue como cebar un hilo de pescar: enganches puntiagudos en todas partes desde los bordes de sus joyas. Al igual que Megan, tenía las uñas largas y cuidadas y usaba anillos llamativos y pulseras que resonaban.

¿Cómo puede estornudar en un pañuelo sin rascarse la cara?

A pesar de esto, Hunter siguió sonriendo mientras la rubia se presentaba. "Mi nombre es Amanda." "Buenos días Amanda.

Papá, sé que estás ocupado, quería decirte que estoy aquí. Envíame un mensaje de texto si quieres algo, de lo contrario, estaré con tu ayudante hoy".

Las calcomanías en los parachoques llamaron la atención de Hunter.

Mamá estaría furiosa si alguien le pegara uno de estos en su auto.

Hizo una pausa para leer las consignas.

¡Si crees que la educación es cara, prueba con la ignorancia! *¡Eh, pegadizo!*

Un lector es un líder *Eslogan típico de aliento: aburrido.*

La educación es nuestro pasaporte al futuro: Malcolm X *¿Quién es ese tipo?*

Hunter se quedó boquiabierto cuando miró hacia arriba y vio a Izzy parada allí, vestida para un partido de tenis, luciendo diminutos pantalones cortos blancos, una camiseta sin mangas con la bandera estadounidense y zapatillas rojas Alpine Swiss.

Definitivamente le gustó mi camiseta con la bandera ayer, o ella no tendría una.

El cabello oscuro de Izzy fluía en una cola de caballo a través de una gorra de béisbol roja que hacía juego con el rojo de sus zapatillas. Sin mostrar una onza de grasa, el músculo tonificado le dio curvas perfectas con los músculos de los hombros bien definidos, e incluso el músculo sobre la rodilla formó una lágrima perfecta. Izzy miró la imagen de la aptitud.

¡Guau, es hermosa!

"Sígueme."

¡En cualquier sitio!

"No es un crimen real, es más una travesura". dijo Izzy.

Los ojos de Hunter se abrieron.

¿Qué diablos es una alcaparra?

Antes de que tuviera la oportunidad de preguntar, Izzy elaboró: "Una travesura es una especie de broma solo un poco más desviada. ¿Qué hay de la palabra antic? ¿Nunca te han dicho que estoy harto de tus payasadas? Las alcaparras o payasadas son las mismas cosas, más o menos.

Estaban llenando la mochila negra de Under Armour con todas las calcomanías que inundaban las mesas donde Izzy y Hunter compartieron un refresco por última vez. Siempre pensará en ella cuando beba Mountain Dew rojo. Fácilmente podría haber habido quinientas o más calcomanías en los parachoques.

"Sin embargo, las alcaparras son mucho más divertidas que las bromas, porque siempre existe la posibilidad de que alguien se lo tome en serio. Por lo tanto, existe el riesgo de meterse en problemas. Entonces, el objetivo número uno es que no te atrapen".

Afortunadamente para Hunter, Izzy venía equipada con dos sudaderas con capucha.

¿Quién sabía que existían las sudaderas con capucha ligeras?

Ella le entregó la sudadera con capucha azul oscuro sólido, guardando la púrpura para ella. Combinaba con su personalidad, con su suave aroma a lavanda.

Izzy sugirió: "Vamos a esperar para ponérnoslos. Me aseguré de traer unos con cremalleras para que podamos quitarlos fácilmente si tenemos que escondernos. ¡Oye! Incluso tengo pañuelos a juego para cubrirnos la cara.

"Nuestro primer objetivo es el estacionamiento del Capitolio. Es viernes a las 10:30 a.m., por lo que deberíamos poder etiquetar todos los autos sin toparnos con nadie. Aunque como es viernes, el garaje solo estará medio lleno. Evite mirar hacia arriba, especialmente cerca de las esquinas, para que las cámaras no capten nuestras caras. También evita a los guardias o a las personas".

"Hagamos de esto una competencia. ¡UN CONCURSO DE CAPER! Podemos ver quién podría pegar calcomanías en la mayoría de los autos más rápido", sugirió Hunter, sonriendo.

"Nuestro desafío comenzará en el último piso del garaje, cada uno tomando lados opuestos de las filas de autos, y descenderá lo más rápido posible al piso inferior, O lo más lejos posible hasta que lo vean. Las reglas son que nos detengamos y nos escondamos si vemos a alguien. Si alguien nos ve, corre hacia los escalones y abandona el garaje. Si por alguna razón nos separamos, nos vemos en un lugar llamado L3 Bar and Grill en Pennsylvania Avenue. Obtenga este L3 es la abreviatura de Abogados, Cabilderos y Liquidez".

"¡Guau! ¡Los adultos son estúpidos! ¿Quién se jacta de ser abogado o cabildero?", preguntó Hunter. Izzy se rió de su proceso de pensamiento.

"Estúpido o no, L3 es hacia donde nos dirigimos. El perdedor del CONCURSO DE ALCAPARRAS tiene que comer al menos un ala de pollo cubierta con la salsa picante que elija el ganador". Izzy omitió el hecho de que L3 Lounge tiene cincuenta salsas diferentes, algunas de las cuales requieren que se firmen exenciones antes de comer.

"La gente simplemente puede contratar a alguien que limpie autos para quitar las calcomanías de los parachoques, ¿verdad? Entonces, esto realmente no está haciendo nada malo, ¿verdad? preguntó Hunter.

"En realidad, las calcomanías de los parachoques se pueden quitar con esfuerzo y una navaja de afeitar, por lo que la gente ni siquiera tiene que contratar a alguien. No, no te preocupes, esto realmente no está haciendo nada malo". Izzy lo tranquilizó.

Mi papá trabaja aquí. Papá realmente se avergonzará si me atrapan. Esperar. que la congresista Beagle trabaja aquí. ¿Me pregunto qué coche es el de ella?

Izzy, al darse cuenta de la vacilación de Hunter, dijo: "Será divertido. No nos atraparán. Solo recuerda silbar si ves a alguien".

Ambos sacaron una pila de pegatinas de parachoques de una pulgada de grosor. Hunter, mostrando buenos modales, usó la mochila.

"Pañuelos arriba. Llamo al interior de las filas de autos". dijo Izzy.

Aceptando ir a la cuenta de tres. Izzy comenzó a contar, "Uno, dos, espera, ¿quién es ese?".

Hunter se giró, pero era un truco. Izzy ya estaba en el parachoques de su segundo auto. La carrera estaba en marcha. Diablos, empezó sin él. Los dedos resbaladizos impidieron que Hunter avanzara tan rápido como Izzy. No pudo quitarse la pegatina rápidamente. Además de hacer trampa y obtener una ventaja de dos autos, Izzy aceleró a una ventaja de cinco autos en muy poco tiempo y terminó el primer piso minutos antes que él. Al doblar una esquina, Hunter vio el error de Izzy al elegir la fila interior cuando dobló la esquina. Izzy tenía muchos autos más que tenía que etiquetar para mantener su ventaja.

Izzy escogió muy mal. Fácilmente podría estar dos pisos más adelante si eligiera la fila exterior.

Hunter le ganó terreno. Por cada auto que etiquetaba, Izzy tenía que etiquetar tres. Hunter no solo ató a Izzy, sino que ahora estaba frente a ella. A punto de pasar al siguiente piso, Hunter escuchó.

(¡Bip-bip!)

Era el pitido que hace un automóvil cuando un conductor presiona 'bloquear' o 'desbloquear' las puertas del automóvil. El pitido provino de un hombre corpulento vestido con un traje azul oscuro y una corbata amarilla que le caía sobre la enorme barriga. Era un desastre desaliñado. Arrugó aún más la chaqueta de su traje, colocándosela sobre un brazo, buscando en su maletín con la otra mano. Hunter miró hacia Izzy. Izzy no se había fijado en el hombre en absoluto.

Hunter estaba a punto de silbarle a Izzy.

Espere silbar alertará al hombre igual que alertará a Izzy. Peor aún, llamará la atención sobre ambos. ¡Vaya, ella es rápida!

A Izzy solo le quedaba una pegatina más antes de doblar la esquina, donde se encontraría con el hombre gordo.

Izzy está demasiado concentrada. ¡Es un curso de colisión en ciernes! ¡Tengo que detenerla!

Hunter se enderezó, se bajó la capucha y el pañuelo y caminó por un camino de intercepción. Izzy se topó con Hunter. Colocando una mano en cada uno de los hombros de Izzy, Hunter giró suavemente a Izzy en la dirección opuesta al hombre. A tres coches de distancia, Hunter miró hacia atrás. El hombre se estaba poniendo ahora la chaqueta del traje.

Con las manos de Hunter aún sobre los hombros de Izzy, susurró: "Agáchate detrás de la camioneta plateada".

En silencio, observaron al hombre torpe. El hombre colocó su maletín sobre el capó del auto aún buscando como si fuera un pozo sin fondo.

Este tipo está tardando una eternidad .

¡Lentes! El hombre finalmente encontró sus anteojos.

Necesita anteojos. Probablemente ni siquiera nos vio a mí ya Izzy.

Los dos permanecieron agazapados detrás de la camioneta mientras el hombre esperaba el ascensor.

A ella no le importa mis manos sobre sus hombros. Mmm lavanda.

Izzy susurró: "Te estoy ganando".

Con una voz desafiante y rebelde demasiado alta, Hunter dijo: "No, no lo eres. Yo estaba por delante.

Al oír el ruido, el hombre, esta vez con las gafas puestas, se volvió. Izzy se llevó un dedo a los labios para hacer callar a Hunter. Se agacharon más.

(BING!)

Las puertas del ascensor se abrieron, el hombre entró, las puertas se cerraron.

Hunter se apresuró a aclarar las reglas del concurso: "Voy mucho más rápido por mi lado que tú".

Izzy argumentó: "Pero golpeé el doble de autos".

Hunter, en broma, proclamó: "Bueno, sí, tienes muchos más autos de tu lado. No es mi culpa que hayas elegido mal.

"Nuevas reglas", proclamó Izzy. "Quien pueda obtener la mayor cantidad de calcomanías en la mayor cantidad de autos, entre aquí y el hueco de la escalera, gana. No importa de qué lado estés. Cuente en voz alta a medida que avanza. Cuando lleguemos a la escalera, nos iremos.

Hunter se subió el pañuelo y la capucha, "Está bien, a la cuenta de tres".

Hunter se fue sin siquiera contar uno.

Necesito todas las ventajas posibles. Dang ella es rápida.

Cuando estaba gritando cinco, Izzy ya estaba gritando ocho. Sólo quedaban cuatro coches más hasta el hueco de la escalera.

Voy a perder con una chica. Gracias a Dios que no puede contarle a nadie sobre esto.

(BING!)

Ambos miraron hacia la esquina opuesta del ascensor. El gordo les devolvió la mirada acomodándose las gafas. Vio a los dos luciendo máscaras de pañuelo con calcomanías en la mano. Entre ellos había una fila de autos recién etiquetados, incluido su auto.

"¡OYE! ¡DETÉNGASE!".

Izzy y Hunter corrieron hacia la escalera. Golpearon las escaleras en el tercer piso. Izzy era aún más rápida que él para bajar los escalones. Completamente sin aliento cuando llegaron al piso inferior, Hunter hizo una pausa y se llevó la mano al corazón.

"Podemos tomar un respiro, el gordo probablemente todavía esté esperando en el ascensor". Izzy se echó a reír. Ella agarró la mano de Hunter, corriendo, llevándolo edificios lejos y dobló una esquina antes de detenerse.

"Escondamos la evidencia", dijo Izzy mientras metía las sudaderas con capucha, los pañuelos y las calcomanías restantes en la mochila antes de reanudar su caminata.

Hunter dramatizó la caminata corriendo detrás de los árboles y deslizándose por la acera como si fuera un malvado villano de dibujos animados bajo vigilancia. Hizo reír a Izzy. Cuanto más se reía, más continuaba él. Todas sus prisas fueron en vano, ya que llegaron al L3 Bar and Grill cinco minutos antes de la apertura a las 11:00 a.m.

"¡Deténgase! Incluso mis mejillas están empezando a doler". declaró Izzy.

Hunter, devolviéndole la sonrisa, anunció: "¡Lo concedo! Usted gobierna sobre las calcomanías para los parachoques".

Nunca me había divertido tanto. Por favor, ten piedad con el nivel de calor de la salsa.

"Incluso si eliges el nivel más alto, valió la pena".

Me pregunto si el nivel de calor que elige indica cuánto le gusto realmente.

Ese pensamiento fue arrojado por la ventana cuando Izzy seleccionó uno por encima de 'su nivel más alto' y accedió a comer uno con él.

"¿Alguna vez has visto 'First We Feast', el canal de YouTube que transmite 'Hot Ones'?", preguntó Izzy. "Es un programa que entrevista a celebridades mientras prueban el nivel más alto de salsa picante que pueden probar. Si alguna vez aprende a perfilar a las personas, aprenderá que un momento en el que el entrevistado comete un desliz y maldice es cuando la presión se vuelve demasiado intensa. La única celebridad a la que no pude llamar directamente hasta ahora es el famoso chef Gordon Ramsey. Solo porque dice la bomba F tan consistentemente como la gente normal respira".

¡Guau! ¡El nivel más alto de Izzy está caliente!

Al ver que Izzy empezaba a sudar mientras bebía un segundo vaso de agua, Hunter sugirió: "Aquí prueba el jugo de naranja. El azúcar en el jugo de naranja mezclado con el ácido cítrico reduce el calor de la pimienta mucho más rápido que el agua. Engaña a los receptores de tu lengua".

"¡Impresionante! Voy a tener que recordar eso. Por encima de las alas, Izzy trató a Hunter como a un igual. Decidieron continuar con la travesura y conspiraron para llegar a K Street a continuación.

"K Street es donde trabajan las personas que piensan demasiado en sí mismas. Ya sabes, tipos de jugadores poderosos de cabilderos. No es apodado "el epicentro del mal" por ser Lollipop Land. Es posible que no obtengamos una tonelada de autos para pegar calcomanías en los parachoques, pero los autos que golpeamos deben considerarse objetivos de alto valor (HVT). "Tenemos que tener mucho cuidado de que no nos atrapen. K Street tiene mucho tráfico, pero la gente a menudo está tan ensimismada que nunca nos nota. Tendremos que trabajar en equipo, uno de nosotros actuando como observador como los otros adhesivos. Debemos estar atentos a los guardias de seguridad, porteros e incluso turistas. Básicamente, estamos atentos a cualquier persona que comience a notar o prestarnos demasiada atención. Si parece que alguien, aunque sea remotamente, podría estar grabando con un teléfono celular, deberíamos abandonar la trampa. El objetivo real, si no se interrumpe, será caminar lentamente por la amplia calle en dirección a la Universidad de Georgetown, también conocida como 'la cima de la colina', golpeando a todos los demás autos, cuanto más elegantes, mejor. Para mezclarnos mejor con la multitud, deberíamos olvidarnos de usar capuchas y pañuelos".

Hunter invitó a almorzar, pero Izzy insistió en pagar el taxi en efectivo.

"Es mejor para ocultar nuestras huellas".

Hizo que el taxi los dejara a la vuelta de la esquina de K Street. "Si nos dirigimos hacia el noroeste por K Street, deberíamos recorrer un total de cinco cuadras de la ciudad antes de abandonar e ir a Georgetown".

Santa vaca, los peatones están en todas partes.

Girando la cabeza, Hunter preguntó: "¿Todos caminan por aquí? De hecho, los autos se detienen en los cruces peatonales. En Florida, la gente apenas camina. Es demasiado caliente. Además, nadie se lo espera. Una persona sería aplastada haciendo esto en Florida. ¡Los autos en realidad se detienen en todas las intersecciones!".

Izzy comenzó con una calcomanía en un Volcano Orange McLaren, con Hunter vigilando. Luego caminó hacia tres autos y golpeó un Range Rover Indus Silver Metallic. Izzy, al encontrarse con una escasez de autos lujosos, identificó un Volkswagen negro. Dos autos más allá había un Jeep amarillo brillante de cuatro puertas, con una cubierta de neumáticos con la bandera de Betsy Ross heredada. ¡ETIQUETADO! Hunter usó el azul y blanco 'A Reader is A Leader' en este, para que coincida con los colores de la bandera. Decidieron cruzar la calle para no llamar la atención. ¡Bmw negro con pegatinas! ¡Rolls Royce blanco con pegatina! ¡Mercedes rojo pegado!

Se detuvieron por un momento cuando notaron una pequeña multitud de lo que parecían ser reporteros que intentaban conseguir una entrevista con un hombre vestido de negro. Nadie los miró pasar caminando.

"¡Oh, Dios mío, mira esas antenas!" exclamó Hunter.

Su próximo objetivo era esa furgoneta de noticias. Izzy negó con la cabeza y tomó la mano de Hunter para detenerlo.

Una camioneta de noticias CMN Dad los odia. Esas personas inventan historias de prácticamente cualquier cosa. Encarnan el término NOTICIAS FALSAS.

¡Izzy se perdió! Hunter le sonrió, le dio la espalda y se inclinó con el hombro izquierdo hacia abajo, mirando hacia la calle y pegando una calcomanía roja con la cita de Malcolm X en el parachoques de la camioneta. Nadie miró. Izzy negó con la cabeza.

¡No CMN!

Hunter no estaba mirando. Despegó la segunda pegatina del parachoques y luego la tercera. Las tres pegatinas decoraban el camión de noticias de CMN. Izzy estaba pálida.

"¡Oye! ¡Oye!".

Gritó uno de los camarógrafos, mientras empujaba a Izzy hacia Hunter. Hunter no se giró en lo más mínimo, mientras cruzaba la calle. Sabía que Izzy no se daría cuenta. Diablos, él era el que tenía todas las pruebas en la mochila. El plan de juego era que, si se separaban, se encontraran en los "Georgetown Exorcist Steps".

Sin embargo, Hunter no tenía prisa.

Izzy seguramente quedará impresionada. Me pregunto si ese reportero comadreja que no le gusta a papá trabaja allí.

Georgetown no se parecía en nada a lo que Hunter imaginaba. Se suponía que las universidades eran masivas. Esta escuela, en el mejor de los casos, tenía el doble de la población de Plant High School, la escuela a la que asistía Hunter.

Tal vez pueda descargar algunas pegatinas en la cafetería.

Antes incluso de intentarlo, Hunter descubrió que a los estudiantes en el campus no se les permitían automóviles.

Dejando algunas calcomanías junto a la entrada, Hunter le preguntó a un estudiante que ingresaba: "¿Hay bicicletas para alquilar en algún lugar del campus?".

Esto fue respondido con una sonrisa burlona: "¡Todas las colinas, imbéciles! La escuela recibe el sobrenombre de Hilltop por una razón obvia".

Está bien, pero ¿por qué eso impide usar una bicicleta? Deberían cambiar ese apodo de Hilltop a los Wimps. ¿No ha estado ninguno de estos perdedores en San Francisco?

Una niña incluso se quejaba del peso de las puertas, cuando Hunter la siguió al edificio que albergaba la tienda de la escuela para comprar una camiseta gris y azul.

¿Qué espera ella de la magnífica arquitectura antigua? Esta escuela es pequeña y snob.

Hunter hizo un segundo paso por las escaleras.

Extraño... Izzy aún no está aquí. Ella tiene mi número de celular, pero yo no tengo el de ella.

Tomó un Uber de regreso al Capitolio.

¡Tonterías! Izzy tampoco está aquí todavía.

Estaba a punto de salir a buscarla, pero su padre, al verlo, lo llevó a una sala de conferencias. La sala estaba llena de gente. Hunter se sentó en uno de los últimos asientos que quedaban en la mesa. Miró el reloj mientras hablaban.

Soy inútil ayudando a Izzy a quedarse atrapada aquí. ¿Alguien la atrapó?

Hunter revisó su teléfono. Eso inició las notificaciones de mensajes.

('BING-BING-BING')

Mierda, ¿cuándo llegaron estos textos? Izzy estuvo buscándome todo el tiempo.

Rápidamente comenzó a escribir, DE VUELTA EN LA OFICINA DE PAPÁ...

Mierda, me están haciendo una pregunta.

ENVIAR.

El silencio puro llenó la habitación mientras todos miraban a Hunter en anticipación de una respuesta. Alguien repitió la pregunta.

"Hunter, ¿cómo sabías que a tanta gente le importaba el analfabetismo?".

¿Esta mujer es tonta?

Miró a su padre, quien le devolvió la cabeza.

Tal vez esto llegue a Izzy de alguna manera.

Hunter se puso de pie y dijo: "Cuando me di cuenta de que la mayoría de los estadounidenses ni siquiera sabían leer a nivel de quinto grado".

Se escucharon aplausos alrededor de la mesa, excepto de su padre que solo lo miró con los ojos entrecerrados.

¿Quienes son esas personas? ¿Izzy está bien? Espero que ella no se esté preocupando por mí.

Hunter volvió a sentarse, concentrado solo en el pensamiento de Izzy.

Al menos si me está enviando mensajes de texto, no la atrapan.

Pasaron veinte minutos más.

La sala de conferencias estaba casi completamente despejada cuando Izzy irrumpió. Todo lo que vio fue a Hunter a través de la puerta de vidrio. No se había dado cuenta de que el padre de Hunter y la dama que hizo la pregunta estúpida todavía estaban allí.

"Veo que la manzana no cae lejos del árbol con esta", dijo la mujer, asintiendo a Jonathan mientras pasaba junto a Izzy. Hunter se quedó sentado sonriendo a Izzy. Sabía que la camiseta de Georgetown que llevaba puesta le comunicaba a Izzy que la había ido a buscar. "Isabella, gracias por llevar a

Hunter a visitar mi Alma Mater. No necesitabas tomarte un día de vacaciones para eso. Diablos, mi esposa contrata niñeras para cuidar a Hunter, y tú lo haces gratis".

¡¡QUÉ VERGONZOSO!! ¿Papá realmente acaba de decir eso?

"Hunter, ¿cuáles son tus pensamientos sobre la escuela?".

¿Cómo cambio esta conversación?

"La Arquitectura Colonial en el campus es sin duda una de las mejores, especialmente Healy Hall. Sin embargo, puede que tenga que seguir a JJ a Harvard. Harvard se ubica como una de las mejores escuelas para obtener un título en arquitectura. La Universidad de Cornell y la Universidad de Auburn también están entre mis elecciones".

JJ, Jonathan Harris IV, era el hermano mayor de Hunter por nueve años, apodado JJ, abreviatura de Jonathan Junior. Los dos apenas se conocían.

¿Quizás Izzy me considerará tan viejo como JJ? Probablemente tengan la misma edad .

Jonathan Harris inclinó la cabeza cuando Hunter respondió. Prefiriendo el sonido de su propia voz, comenzó a hablar antes de que Izzy pudiera siquiera decir una palabra.

"Isabella, no estabas aquí por los comentarios sobre el discurso de ayer. Las encuestas muestran que la gente de este país habla de CCSP. Una buena parte de eso se debe a la participación de Hunter. Deberíamos tener resultados concluyentes el lunes. Ya conoces este juego, cuanto más se hable sobre la educación, más importante será para el público votante. Cuanto más importante sea para el público votante, más garantizamos el éxito. La percepción lo es todo, Hunter, y a nadie le gusta que lo llamen a la alfombra por no ayudar a los niños. Hunter, por favor espérame en mi oficina. Me gustaría charlar con Isabella un momento. Podemos ir a cenar temprano después de esto. ¿Llamar a Shabir?

¿Lo escuché bien? ¿Mi discurso fue un éxito? ¡Los viernes son geniales!

Después de que Hunter se fue, Jonathan se volvió hacia Isabella.

"¿Qué diablos estabas haciendo con mi hijo? Isabella, mi esposa me ha estado llamando sin parar desde la 1:00 pm, y sabes cuánto me gusta hablar con Megan. CMN transmitió imágenes de un niño idéntico a Hunter alejándose de su camioneta de noticias, después de destrozarla con calcomanías pro CCSP. En serio, ¿tenías que ir a K Street? ¿Quién destroza un Rolls Royce blanco con una calcomanía roja de Malcolm X en el parachoques?

Las venas del presidente se le salieron de la frente.

Isabella sonrió dando un paso adelante. Mirando fijamente al presidente Harris, dijo: "Diablos, ¡le habría pedido la calcomanía 'La Bestia' si hubiera tenido acceso a ella! Relájese, el director ya confirmó que el video de CMN de Hunter está alterado. Ahora, puedo hacer el papel de tu ayudante por el bien de la apariencia, pero antes de que pienses en sonrojarte cuando te dirijas a mí otra vez, no te atrevas a olvidar tu papel. Este proyecto de ley será aprobado el martes. Ahora, presidente, haga su trabajo. Regrese a Florida y haga que su estado de origen se sume a bordo".

Con eso, Isabella salió, agarró la mochila y se la echó al hombro, sonriendo.

Hunter era la encarnación andante de la convicción. Jonathan Harris aprobó la insistencia de Hunter en ayudar en la oficina del congresista la semana pasada en DC. Hunter llamaba a Shabir todos los días y se enorgullecía de poder evitar a Megan por las mañanas. El proyecto de ley del Programa de Escuelas Chárter Comunitarias fue aprobado como votación registrada ese martes.

Todo el ciclo de noticias del fin de semana anterior fue una charla ininterrumpida, no sobre la factura en sí, sino sobre la factura. Los temas incluyeron hits de bajo nivel.

'Un niño blanco, rubio y racista que usa una camiseta con la bandera llama a Estados Unidos analfabeto'.

'Jonathan Harris encarcelado: viola la ley de trabajo infantil'.

'Bumper Sticker Bandits golpeó el Bentley de Senator Majority Whip'.

El favorito de Hunter fue que el presidente Harris estaba 100 por ciento correcto. Cuanta más conversación se genere, más importante será la educación para el público votante. Los congresistas que votaron en contra del proyecto de ley fueron los pocos que lo leyeron. La noticia los aisló y apuntó. Incluso algunos congresistas que lo leyeron votaron a favor, sabiendo que su base de votantes nunca los volvería a elegir si los pintaban como anti-educación. Era verano, nadie quería una conversación seria sobre los méritos de un proyecto de ley de educación. Querían el último desafío de Twitter y bromas alegres de bandidos con calcomanías en los parachoques.

El único inconveniente de la semana de Hunter fue que no vio a Izzy en la oficina. El jueves por la mañana, él le envió un enlace del artículo 'el bandido de las calcomanías en los parachoques' sin escribir nada. Había pasado la mayor parte del día y Hunter temía no volver a ver a Izzy antes de regresar a Florida.

Probablemente borró mi número. Fue ese estúpido comentario de 'niñera' que hizo papá.

Enfurruñado, Hunter fue al salón a buscar un Mountain Dew rojo.

('¡BING!')

Al hacer clic en la notificación de texto, apareció una imagen de Izzy en un bikini rojo sentada en la parte trasera de un velero con sus hermosas piernas cruzadas junto a un mensaje

de "¡Si crees que la educación es cara, prueba con la ignorancia!" pegatina para el parachoques

73

5

SUPERANDO

Esa mañana, después de la épica filmación del video 'fantasma', todo volvió a la normalidad.

Sam proclamó: "Me quedé despierto toda la noche publicando nuestro primer video. El software de edición que probé apestaba, pero al menos era gratis. ¿Alguien sabe cómo hacer una miniatura? Al menos creo que así es como lo llaman. Lo hizo mientras se frotaba los ojos. "Mamá agregó una cuarta regla cardinal: los videos nunca deben cambiarse de privados a públicos hasta que un adulto los revise . Originalmente, dijo solo ella, pero ¿y si ustedes hacen uno? De todos modos, ella lo cambió a un adulto".

Jake, Cody y Sam, que tenían mucho tiempo la noche anterior, ya colaboraron en el siguiente video, que agradablemente era un lugar aterrador, pero aterrador durante el día. Los niños encontraron el lugar por casualidad mientras exploraban por un sendero de las Palisades. Recolectando una muestra de musgo para su padre, Cody levantó la raíz de un roble para descubrir un agujero perfecto, excavado directamente debajo del árbol. El agujero iba directamente a los acantilados de Palisades.

"Tiene que ser un túnel usado durante la Guerra Revolucionaria".

Jake investigó durante los días en que el ejército de Washington, y también los británicos, cruzaron el Hudson después de la Batalla de Long Island, aunque nunca se mencionaron agujeros de batalla. Los niños decidieron que, dado que no podían ver el final de este túnel, alguien, en el video, tenía que arrastrarse hasta la parte de atrás para ver hasta dónde llegaba.

Max soltó: "Deberíamos filmarlo de noche".

"¡NOOOOO!" todos los demás gritaron al unísono.

"El túnel debe ser hecho por el hombre. ¿Por qué otra razón sería un círculo perfecto? Es solo un poco más grande que la tapa de una alcantarilla.

A todos les fascinó. El túnel se convirtió en su misterio personal sin resolver.

"¡En video o no, ese túnel debe ser explorado!" Sam dijo.

Nadie quería arrastrarse por el túnel. Además de estar oculto bajo lo que Sam consideró un roble moribundo embrujado, el túnel tenía paredes de tierra reforzadas con adoquines. "Existe un riesgo real de que se derrumbe. Incluso si uno de nosotros es lo suficientemente valiente, eventualmente nuestros padres lo descubrirán. Después de todo, al menos un adulto tiene que revisar el video antes de que lo cambiemos a público. Quien se ofrece voluntario, involuntario o voluntario, se apunta a ser castigado".

"Mamá y papá nunca te castigan tanto como a nosotros". Esto era lo que normalmente decían los chicos para culpar a Scout. Tenía mérito, lo que a menudo la persuadía y funcionaba en la mayoría de los casos. Todos esos casos no involucraron serpientes.

El miedo de Scout a las serpientes anuló con creces el pensamiento racional. Ella no se ofrecería. Se mantuvo firme en no arrastrarse por el túnel.

"¡Odio las serpientes! Se deslizan, nadan, están camuflados y aparecen en lugares terriblemente inesperados. Ni siquiera me hagas empezar con lo asquerosos que se vuelven cuando se alimentan. Sin duda, un túnel tan profundo en el bosque, excavado en la tierra, tiene serpientes ".

Dado que nadie se ofreció como voluntario para arrastrarse por el túnel, los niños decidieron que la única forma justa de determinar quién era el rastreador sería mediante el juego de la caza humana. Rosa bromeó que debería llamarse 'Cacería de personas'. Por cualquier nombre, el perdedor tenía que meterse en el túnel.

Esa noche los niños jugaron a la persecución como si sus vidas dependieran de ello. Si el túnel se hundiera, podría convertirse en realidad. Manhunt mezcló el juego del escondite con el juego de la etiqueta. Solo se podía jugar al aire libre, después del anochecer. Cuantos más niños participen, mejor. El perseguidor designado contaría hasta un número determinado, mientras todos salían corriendo y se escondían dentro de un perímetro establecido. Después de contar, el perseguidor grita "LISTO O NO, AQUÍ VOY", y tiene que buscar personas para encontrar y etiquetar. La principal diferencia con las escondidas es que si el perseguidor te ve y puedes huir sin que te toque, tienes la oportunidad de esconderte de nuevo. Si te etiquetan, estás fuera. Esta noche, la primera persona en salir sería la que se arrastraría por el túnel mañana.

El juego permitía múltiples niveles de habilidad. Esto hizo que fuera justo, ya que todos los niños variaban en edad y capacidades. Un niño mayor y más alto puede ser malo para esconderse, pero un corredor rápido. Los niños más pequeños tienden a esconderse más fácilmente, pero es posible que aún no sean corredores rápidos. También podrían ser buenos faroleadores, anhelando mejorar sus habilidades para jugar al póquer en el futuro. Dado que la mayoría de los niños saben cuándo el perseguidor está en su escondite, muchos correrán antes de tiempo. Un niño escondido puede ser súper silencioso, confundir a los perseguidores haciéndoles pensar que cometió un error y pasar desapercibido al permanecer escondido. El riesgo es que cuanto más se acerque el perseguidor a su escondite, más fácil será marcarlo si lo detecta. Todo es un juego de descubrir cómo no ser visto y etiquetado, en las espeluznantes horas oscuras de la noche.

Ted, eres nuestro perseguidor designado. Tienes inmunidad para entrar en el túnel. Sam dijo.

"¿Esto es porque soy el más nuevo?" preguntó Ted. "No pensé en eso, pero sí, eso te hará menos parcial sobre a quién etiquetarás. Efectivamente es tu talla. Incluso sobre las manos y las rodillas, apenas cabes en ese agujero —respondió Sam.

"Oye, los grandes suelen ser corredores lentos. No puedes tener inmunidad. Si llega el toque de queda y aún no has etiquetado a nadie, tienes que arrastrarte por el agujero", agregó Max.

Luego miró a Sam, "Ted no es mucho más grande que yo". Nadie habló mucho en la cena, lo que hizo que los padres Sweet sospecharan. En la casa vecina, los abuelos Murphy eran igualmente sospechosos. Los padres hicieron muchas preguntas, pero el plan en marcha seguía siendo un misterio.

La abuela Murphy cedió. "Esta no es la última comida y testamento, ¿qué pasa?".

Los niños respondieron: "Nada. Solo vamos a jugar manhunt esta noche.

El abuelo culpó a la cocina de la abuela. "Deberías tener perritos calientes a la parrilla. Son niños.

La abuela sirvió Surstromming , un arenque salado que se supone que debe pescarse justo antes del desove. Luego se sala mucho para evitar que se pudra mientras fermenta. Al escuchar la explicación de su comida, Rosa dejó de comer.

"¡De ninguna manera voy a comer esto!".

Ted se lamió los labios, "¡Delicioso! Mi mamá solía hacerme comer pescado todas las noches, nunca me di cuenta de que me gustaba tanto".

A Jake no le importó, "¿Puedo poner papas fritas encima de las mías?". A esto, el abuelo aprobó.

Rosa entonces preguntó: "¿Por qué no pudieron esperar hasta después del desove? ¿Por qué tienen que matar al pobre pez mientras ella está embarazada?

La abuela respondió: "De esta manera es mucho más delicado".

¿Que importa eso? Rosa se rascó la cabeza.

Al final, la abuela se comprometió y Rosa no tuvo que comer el pescado, pero sí tuvo que terminar todo lo demás en el plato.

"Tu pérdida." Jake arrebató el arenque fermentado del plato de Rosa y preparó una segunda capa de papas fritas con pescado. Lo llamó "torre de pastel de pescado" y se comió cada bocado.

Todos los niños se reunieron en la mesa de picnic en la parte de atrás. Solo se marcaría a una persona, por lo que el perímetro de persecución se extendió para incluir partes del bosque detrás de ellos. Ted sabía que corría rápido, así que anunció: "Estoy duplicando el tiempo que cuento de cincuenta a cien Mississippi".

El juego comenzó. Max se fue solo al bosque. Anhelaba convertirse en un francotirador Ranger en el ejército y planeó usar el juego para desafiar sus habilidades de reconocimiento.

Scout y Rosa decidieron permanecer juntos. Eran los corredores más lentos y aún no sabían dónde esconderse. Se dirigieron al patio delantero de la casa Sweet.

"¡Veintinueve Mississippi!".

Sam, Cody y Jake corrieron en dirección a la casa de los Murphy. La casa en sí tenía uno de esos porches envolventes, que siempre eran un divertido obstáculo para esconderse. La ventaja es que un niño podía entrar por cualquier lado de la casa. Cody, siendo bajito pero rápido, sabía que esto le daba una ventaja para dejar atrás a Ted, si Ted lo encontraba. Si Cody se quedaba de espaldas a la pared de la esquina, tenía una segunda ventaja de oscuridad. Ted podía mirarlo directamente a él y en su capa de oscuridad, todavía no a Cody.

"¡Cincuenta Mississippi! ¡A mitad de camino!" gritó Ted.

Jake, cambiando de rumbo, se fue a la pila de leña cerca del borde del bosque en el patio lateral de la casa de Murphy. El abuelo ya había apilado completamente la pila de leña a mediados del verano. Alcanzaba unos cinco metros de altura. En lugar de esconderse detrás de él, Jake se deslizó entre las múltiples pilas en busca del mejor lugar. Incluso si Ted rodeara la pila de leña, Jake sería invisible. Ted tendría que mirar entre varias pilas y moverse a través de las pilas para marcarlo. Esto le daría tiempo a Jake para salir. Solo tenía que ser rápido, porque Ted tenía un alcance muy largo.

"¡Ochenta Mississippi!".

Sam se desvió hacia la parte trasera izquierda del frente de la casa de los Murphy, lo dudó y cambió de dirección. Con poco tiempo, Sam no pudo pensar en un buen escondite, pero rápidamente se le ocurrió un plan diferente. Su nuevo objetivo consistía en esperar en el centro del frente de la casa de sus padres , la Casa Dulce, hasta que Ted gritara "Listo o no".

Ted era nuevo en el juego, por lo que Sam esperaba que cometiera el error crítico de anunciar en qué dirección comenzaba a ir, al irse en una dirección sin dejar de hacer su anuncio. Esto le daría tiempo a Sam para dar la vuelta a la casa en la dirección opuesta. Como Ted no podía ver la parte trasera de la casa, Sam podía regresar a la mesa de picnic donde Ted contaba. Entonces podría esconderse detrás de la barbacoa cubierta.

"¡Tiempo! ¡Listo o no, ahí voy!" gritó Ted, mientras se dirigía a la izquierda hacia la casa Sweet.

¡Perfecto! Eso es exactamente lo que anticipé.

Sam dobló la esquina opuesta del frente de la casa de Murphy, la esquina más alejada dentro del perímetro de la pila de leña. Mientras rodeaba el árbol Blue Spruce, literalmente se topó con las chicas que estaban agachadas, arrodilladas detrás de él. Sam salió volando. Aterrizó sobre su codo y rodó haciendo un ruido sordo.

Tonterías. De ninguna manera Ted no escuchó eso.

Sam susurró: "Chicas, ¿están bien?". Excepto por una marca de la zapatilla de deporte de Sam que terminó en la camiseta violeta brillante de Scout, las chicas estaban bien. Se levantó y continuó con su plan.

Scout y Rosa entraron en pánico. Si Sam los encontraba, sin siquiera buscarlos, tenían que encontrar un mejor escondite. Los dos se tomaron de las manos y se dirigieron al porche. Ted estuvo al acecho durante mucho tiempo alrededor de la pila de leña. Después de todo, la abuela les preparó esa cena de pescado apestoso, Surstromming . Ted no podía ver a Jake, pero lo olió escondido en la pila de leña.

El aliento a pescado de Jake es tan malo que puede atraer mapaches al jardín. Tiene que estar cerca. Atraparlo le enseñará a cepillarse los dientes después de la cena.

Ted decidió empezar a meterse entre las pilas. Cuando llegó a la primera intersección de pilas, su camisa se enganchó en un trozo de madera. Causó un efecto cascada en la dirección opuesta a la de los chicos. Esto le dio a Ted una idea. Lanzó un tronco hendido más pequeño por una división y no oyó nada. Lanzó otro por la otra división y escuchó un golpe, con el sonido de un leve jadeo.

Jake está allí.

Ted necesitaba moverse rápido. Mientras lo hacía, caían troncos por todas partes, pero prevaleció su determinación de llegar a Jake. Su tamaño jugó una gran desventaja, Ted se enojó consigo mismo.

Jake, por otro lado, tomó el camino equivocado.

¡Maldita sea, un callejón sin salida!

Lentamente comenzó a subir. Los troncos partidos caían por todas partes. Ted casi logró agarrar a Jake, cuando el tronco que no debería haber sido tocado, cayó.

Ambos chicos gritaron. "¡ Ahhh !".

El tronco caído reveló un enorme nido de ratas. Mamá rata, tan grande como un gato, se sentó derecha sobre sus dos patas traseras silbando. Ted derribó la otra mitad de la pila de leña para salir de allí. Cuando lo hizo, Jake, más asustado de las ratas que de Ted, desapareció hace mucho tiempo. Ted ni siquiera podía verlo correr.

"¿Vamos a escondernos debajo del porche?". Scout sugirió a Rosa. Golpeando las telarañas con sus rostros, Rosa sugirió: "¿Tal vez deberíamos escondernos EN el porche?". Al escuchar todo el ruido de la pila de leña, Rosa agregó: "Ted está demasiado lejos para escuchar el crujido de las tablas en el porche".

Los dos subieron corriendo y se reunieron detrás de las mecedoras de mimbre favoritas de la abuela y el abuelo. La abuela tenía mantas afganas tejidas en ambas sillas. Siempre tenía frío, incluso en verano. Las mantas colgaban sobre la parte trasera de las mecedoras, lo suficientemente bajas como para que solo se vieran los pies de las niñas. Los dos estaban uno frente al otro y sonreían con orgullo por haber descubierto un lugar tan bueno.

Ted comenzó a mirar hacia el porche. Su primera opción habría sido esconderse debajo de él. Es tan obvio que apuesto a que hay alguien debajo. No quería arrastrarse hasta el fondo, así que Ted miró debajo de una de las entradas.

Está demasiado oscuro para ver, y no puedo oír nada. La única forma de saberlo con certeza es arrastrarse por debajo. Aunque no voy a tropezar con otro nido de ratas.

Ted rodeó el porche hacia la segunda entrada.

La luz del porche tiene que proporcionar una mejor visibilidad desde este lado.

Al ver esto, Cody se arrastró hacia el lado que Ted acababa de revisar.

No puedo creer que Ted no haya notado a las chicas arriba del porche.

En el claro de ser atrapado, Cody encontró la oportunidad de vengarse de Scout por burlarse de él frente a Rosa.

Cody se quitó el cinturón, lo deslizó lentamente a través de los tablones de la cubierta y lo frotó muy levemente contra el tobillo desnudo de Scout. Scout saltó y volcó la mecedora. Rosa, sin darse cuenta de que Ted subía corriendo los escalones del otro lado del porche, salió de su escondite para ver qué había asustado a Scout. En ese momento, Ted extendió la mano y le tocó el hombro.

El anuncio de Scout de "Game over" apenas se podía escuchar.

Es mi culpa que Ted etiquetara a Rosa.

Ted lo repitió con una voz retumbante: "¡FIN DEL JUEGO!".

Uno tras otro, los niños salieron de sus escondites. Rosa miró a Scout, "¿Por qué saltaste? Ted no nos vio.

Scout, mirando hacia donde se escondió, dijo: "Pensé que una serpiente me había tocado el tobillo". Sin embargo, no quedó nada donde señaló Scout. En ese momento, Cody salió de debajo del porche, riendo.

Cody levantó su cinturón y preguntó: "¿Esta serpiente?", Scout le dio un puñetazo en el brazo, lo llamó tramposo y le gritó por haber marcado a Rosa.

"Espera, ¿Rosa fue etiquetada? Scout, debiste haberte marcado a ti, no a Rosa. Los hombros de Cody colgaban bajos mientras fruncía el ceño.

Los niños se reunieron en la mesa de picnic, asegurándose de gritar "se acabó el juego".

Ahora podrían planificar la búsqueda del túnel. Sam sugirió: "Deberíamos usar una cuerda larga para calcular la distancia. Ayudará a construir la anticipación y el suspenso en el video. Podemos atarlo alrededor de la cintura de Rosa y tendría un doble propósito en caso de que tengamos que sacarla.

"¿Sacarme?", Rosa miró a Scout.

En ese momento, Ted notó que Max todavía no estaba.

"¿Dónde está Max?". Todos miraron alrededor.

"Juego terminado. Seguro para salir Max. Maaaaax ? ¿ Maaaax ?". De repente, las hojas y los arbustos junto a la mesa de picnic se movieron. Max saltó.

"¡PAJA!" Todos saltaron.

"No te estabas escondiendo tan cerca de mí, ¿verdad?" preguntó Ted.

"Sí, todo el tiempo, también. No te preocupes, no les diré que te hurgaste la nariz —dijo Max, regodeándose mientras se quitaba las hojas de la cara cubierta de barro—.

"¿De verdad no me escuchaste? He estado practicando durante la temporada de caza de ciervos, pero me escondo antes de que los ciervos estén cerca".

Sam fingió oler el aire alrededor de Max. Max, ¿estás seguro de que usaste barro, no excrementos de animales? Sam luego se pellizcó la nariz y levantó la cabeza en la dirección opuesta. Cody y Scout se echaron a reír y también se taparon la nariz.

Ted fingió defender a su amigo y rodeó a Max con el brazo. "No te preocupes Max. Están celosos de tus habilidades de reconocimiento. Además la abuela nos sirvió Surstromming para la cena. Rosa y yo no podemos oler nada más que el aliento de Jake. Podrías estar cubierto de caca de pies a cabeza y no lo sabríamos".

Rosa no tenía ni una pizca de sonrisa. La participación de Scout impidió que Rosa les contara a sus abuelos y que los adultos detuvieran la exploración del estúpido túnel.

Ted luego exageró metiéndose el dedo en la nariz. "Vamos a agregar mocos al excremento", fingiendo limpiarle los mocos a Max. Esto condujo al típico combate de lucha libre entre los dos chicos.

Al ser ignorada, Rosa salió furiosa y gritó: "Los niños son idiotas".

Los chicos miraron a Scout. "¿Cuál es su problema?".

Scout se encogió de hombros cuando decidió subirse a la espalda de Ted en un esfuerzo por ayudar a sobrecargarlo, dejando que Max ganara por una vez.

6

SUPERMAN TIENE KRIPTONITA. JAKE TIENE ARCOÍRIS.

Moma Rata

Jadeando por aire, Rosa abrió los ojos. La oscuridad pura la rodeaba. Algo que la cubría de pies a cabeza se sentía suave.

¿Suciedad? Debe ser suciedad .

Ella comenzó a gritar. Una mano grande y cálida agarró su brazo, sacudiéndolo.

"Rosa, Rosa, está bien, Rosa". Ted quitó la manta ligera de la cabeza de Rosa. "Oye, es solo una pesadilla". Encendió la luz.

Tomó un momento, Rosa calmó su respiración y preguntó: "Ted, ¿cómo crees que se siente ser enterrado vivo?".

Ted asintió.

Eso explica la pesadilla.

"Rosa, ese viejo túnel no se va a derrumbar contigo. ¿Viste esos adoquines que sostienen las paredes interiores cuando te metes unos dos pies? Ese túnel es sólido. Además, nunca te dejaría arrastrarte allí si pensara que existe el más mínimo riesgo de que se derrumbe.

Rosa apretó las sábanas contra su pecho como si abrazara a un osito de peluche.

Ted continuó: "Vamos a tener una cuerda atada a tu alrededor para que no vayas demasiado lejos. Cualquier signo de problema en lo más mínimo y llegaré a ti antes de que el peso de la tierra pueda aplastarte.

Con los ojos muy abiertos, Rosa susurró: "¿La suciedad puede aplastarme? Solo pensé que podría asfixiarme". Rosa trató de volver a acostarse.

Si tan solo pudiera saltarme este día, las vacaciones serían perfectas. Si pudiera despertar y fuera mañana, en lugar de hoy, estaría visitando a la abuela Mary, sin esos niños. Arrastrarse por ese túnel habría terminado, sería una cosa del pasado, un problema total. Deseo para mañana.

Apenas tocando su cereal Captain Crunch, Rosa se sentó en silencio, sin hablar con Jake o Ted.

"Rosa, te prometo que estará bien". Ted susurró.

"Rosa, ¿sabes lo que es un TIMBRE MUERTO?" preguntó Jake aprovechando al máximo la situación. Con una sonrisa malvada, continuó: "Seguramente debes haber oído hablar de eso, ya que todo comenzó con la comida".

Rosa miró a Jake, inclinando la cabeza hacia atrás como si oliera algo malo.

Mirándola directamente a los ojos, dijo: "En realidad, todo comenzó con una papilla inglesa antigua. Ya sabes, cosas como la avena grumosa fría que nos cocina el abuelo cuando la abuela no está cerca".

Jake está empeorando la situación de Rosa.

"Jake, detente. Estás siendo malo", dijo Ted.

"Serás la versión moderna de un TIMBRE MUERTO en el TÚNEL DE LA TUMBA", continuó Jake.

Rosa sabía que era infantil, pero de todos modos se tapó los oídos con los dedos.

No había pensado en hacer esto desde siempre. Jake está ganando.

Jake investigó el dicho, DEAD RINGER, la noche anterior para discutirlo en el video de YouTube. Su audiencia de desayuno fue ideal para practicar su nuevo arte de contar cuentos.

Veamos si puedo hacer que esto sea lo suficientemente espeluznante como para hacer llorar a Rosa.

Jake comenzó: "Los ingleses desarrollaron UN TIMBRE MUERTO como una forma de salvar cadáveres. Inglaterra es un país pequeño, por lo que comenzaron a desenterrar viejos ataúdes de las tumbas para dejar espacio para los nuevos cadáveres. Mientras sacaba los huesos de los ataúdes, se descubrieron marcas de arañazos en las cubiertas interiores de esos ataúdes. ¡La gente fue ENTERRADA VIVA!".

"¡Jake, dije ALTO!" exclamó Ted.

Jake lo ignoró. "Dado que la comida escaseaba, las familias cocinaban grandes ollas de avena durante días y días en el clima más frío. Las ollas de papilla a veces fermentaban si no se agitaban lo suficiente. ¡Se culpa a la papilla fermentada de matar a algunas personas! ¡MUERTO! ¿O lo eran? ¡Sin embargo, algunos no estaban realmente muertos!

Ted se puso de pie y dijo más fuerte: "¡BASTA DE JAKE!".

"Algunos de los fiambres se desmayaron. En aquellos días, los cadáveres se enterraban rápidamente para evitar la propagación de enfermedades. ¡La gente fue ENTERRADA viva!". Jake hizo una pausa.

Esto suena más aterrador de lo que esperaba.

Ted miró a Jake inclinándose más cerca de donde estaba sentado Jake.

"Los ingleses comenzaron a atar cuerdas a las muñecas de los cadáveres. Esa cuerda conduciría a través de la tierra por encima del suelo hasta una campana. Si se enterraba un cuerpo que no estaba realmente muerto, la campana sonaba cuando esa persona recuperaba la conciencia. Esa persona podría entonces ser desenterrada. Por lo tanto, un 'Timbre muerto' sería 'Salvado por la campana' de alguien que trabaja en 'El turno del cementerio'. Tres dichos que todavía usamos comúnmente hoy en día".

Jake miró a Ted, respirando pesadamente listo para golpearlo.

¡Aquí va nada!

Para poner el último clavo en el ataúd, por así decirlo, Jake dijo: "La cuerda que Sam sugirió que te atáramos te convertirá, Rosa, en un TIMBRE MUERTO moderno".

Los ojos de Rosa se hincharon mientras bajaba lentamente las manos. Los dedos en sus oídos no funcionaron. Ella escuchó CADA palabra. Desplazar lentamente sus ojos hacia Ted hizo que el agua brotada en ellos soltara una lágrima solitaria.

Ted lo perdió.

Nadie, ni siquiera Jake, puede ser tan cruel con Rosa .

Los tazones de cereal salieron volando, Jake suplicó TÍO antes de que terminara el minuto. Suplicar 'tío' no fue suficiente esta vez.

"Rosa, haz que Jake te huela los pies hasta que se disculpe".

Rosa comenzó a sonreír mientras ponía su calcetín de colores del arcoíris en la cara de Jake.

El abuelo dobló la esquina para tomar su segunda taza de café. Los niños se congelaron. ¡Fue un espectáculo! Ted se enredó alrededor de Jake como un pulpo. Su brazo izquierdo sostenía la cabeza de Jake inmóvil. Su largo brazo derecho envolvió el cuerpo de Jake, sujetando ambos brazos de Jake a su lado. La silla fue golpeada de costado. Leche y cereales cubrían la mesa, el suelo, la frente de Jake. Rosa se balanceó sobre su pie izquierdo, con su pie derecho rozando la nariz de Jake.

El abuelo hizo una pausa, luego continuó caminando y sirviendo su café.

Los niños mantuvieron la pose lo más quietos posible, todos reflexionando sobre lo mismo.

¿En cuántos problemas estamos?

El abuelo se dio la vuelta, tomó un largo sorbo de su café humeante y miró a los tres niños. Con un gruñido entre dientes, dijo: "Límpialo y no se lo diré a tu abuela".

Jake murmuró: "Sí, señor", lo mejor que pudo a través del apestoso calcetín de arcoíris.

"¡La pila de leña también!" gruñó el abuelo. Echando un último vistazo a la escena de los niños congelados, el abuelo dijo: "Jake, Superman tiene kryptonita. Tienes arcoíris. El abuelo regresó a su periódico y mecedora en el porche.

Ya era tarde cuando todos los niños llegaron al túnel. Sam, ansioso por crear el segundo video, convenció a todos para que ayudaran a limpiar la pila de madera diezmada de la noche anterior. Aunque todos estaban ayudando, los niños se movían lentamente. Ninguno de ellos quería volver a encontrarse con Mamá Rata.

Al igual que el primer video, todos planearon con anticipación y escribieron los roles que interpretarían. Max y Ted fueron los encargados de grabar el video. Rosa era la única pálida e inquieta.

Cody comenzó: "Durante la Guerra Revolucionaria, los soldados británicos estaban mucho más preparados para la batalla que los estadounidenses. Los estadounidenses no eran soldados profesionales pagados. Eran granjeros, herreros y comerciantes, pero tenían mejores motivaciones. Estaban luchando por su libertad. Los británicos esperaban que los estadounidenses se pusieran de pie y lucharan en las líneas de batalla como lo hacían los soldados profesionales pagados. Los estadounidenses descubrieron rápidamente que, para sobrevivir, debían luchar de manera diferente. Se puede decir que los soldados revolucionarios de Estados Unidos fueron los primeros en luchar empleando tácticas de guerra de guerrillas".

Sam se hizo cargo de hablar: "El general británico, el general Cornwallis, condujo con éxito a sus tropas a la batalla contra los estadounidenses y pudo hacer que los estadounidenses se retiraran. Aunque los estadounidenses se retiraron, se retiraron por Huyler's Landing Trail. Esto, Cornwallis no lo planeó. Huyler's Landing Trail es parte de los acantilados en el área de Fort Lee. Cornwallis lo intentó, pero no pudo seguirlo con éxito. Esto empoderó a los soldados estadounidenses. Debido a que Cornwallis no podía seguirlos en el terreno accidentado, los soldados utilizaron estos acantilados como refugio seguro. Creemos que este túnel...

Jake interrumpió, "¡el túnel TOMB!".

Sam continuó: "... el túnel de la tumba fue creado durante la Guerra Revolucionaria por algunos soldados estadounidenses".

Scout habló a continuación mientras ataba la cuerda amarilla a la cintura de Rosa. "Hasta donde sabemos, nadie ha explorado nunca el túnel".

"Túnel de la tumba," articuló Jake hacia ella.

Scout continuó: "Hemos buscado registros en la biblioteca con respecto a este y otros túneles en el área, sin éxito. Esta es una cuerda de quince metros. Mi mejor amiga Rosa va a meterse en el túnel... —TÚNEL DE LA TUMBA —soltó Jake de nuevo—. "—ya sea hasta el final del túnel o hasta el final de esta cuerda. No estamos seguros de lo que encontrará. Esta linterna la ayudará a ver qué evitar, como las serpientes".

Ambos se miraron con anticipación y se abrazaron.

Rosa evitó mirar hacia el rostro reluciente de Jake. Miró a Max, quien preguntó: "¿Algunas últimas palabras?".

"Lo siento mama."

Puede que sea lo último que le diga a mi madre. Tal vez mamá repudie a Jake si no regreso.

Rosa se agachó, dudando en arrodillarse y empezar a gatear. Jake no podía esperar para empezar de nuevo con su explicación de 'timbre muerto'. Lo tenía dominado después de practicarlo en el desayuno.

El sonido de la voz de Jake hizo que Rosa se arrastrara hacia adelante. Redujo la velocidad unos diez pies dentro del túnel donde la oscuridad se había vuelto abrumadora.

Todavía estoy lo suficientemente cerca de la entrada que Ted puede sacarme si se derrumba. Quien haya imaginado que la suciedad podría pesar lo suficiente como para aplastar a una persona.

Por primera vez Rosa probó la linterna.

Qué pedazo de basura total.

Ella también lo reconoció. Papá le dio esto a Mr. Sweet como un regalo retro tonto el año pasado. Iba junto con el término estándar de las personas mayores 'recuerdas cuándo'.

Aparentemente, las linternas apestaban en los viejos tiempos. Le pegó más fuerte para que funcionara.

Lo más probable es que Jake eligió la linterna a propósito. Finalmente, salió un suave y cálido resplandor que apenas proporcionaba visibilidad a su alrededor. Incluso en el débil resplandor, la linterna reveló adoquines en las paredes y el techo.

Ted tiene razón.

Al tacto, esas piedras se sentían sólidas y resistentes. Tocar unos cuantos más ayudó a Rosa a perder el miedo a derrumbarse y asfixiarse. Diablos, incluso si la linterna se apagaba, podía sentir el camino a lo largo de las piedras de regreso a la entrada.

¿Cuán aterrador debe ser ser ciego? Ahora todo lo que tengo que preocuparme son las serpientes, las ratas y los esqueletos. Todos los cuales dan miedo, pero ninguno de los cuales puede hacerme daño. Puedo hacer esto. Después de todo, soy la chica que golpeó a un fumeta con una tabla.

"¡Sé valiente! Está bien, es hora de seguir gateando", dijo Rosa en voz alta para sí misma.

¡Esta tiene que ser la linterna más horrible conocida por el hombre! Gatear con una linterna no es fácil.

Parpadeó con cada movimiento de su mano.

Si me muevo rápido en lugar de lento, esto pronto terminará.

Algo detrás de ella hizo un ruido, pero el brillo de la linterna no era lo suficientemente fuerte como para ver nada.

Tal vez es mi imaginación.

Delante de ella, algo se escurrió.

¿Qué cosas malvadas podrían vivir aquí? ¿Un Sasquatch? ¡De ninguna manera! Un Sasquatch nunca cabría en este túnel. Ted ni siquiera cabía en este túnel. Me pregunto si los Sasquatches son realmente malos o simplemente malinterpretados como grandes gigantes peludos.

La linterna se apagó.

¡Maldita linterna! Me pregunto qué distancia recorrimos. ¿Podríamos haber llegado lo suficientemente lejos como para estar en Nueva Jersey? Si el mito del demonio de Jersey es real, ¿podría haber sido él? Espera, ¿ese mito no tenía a la criatura viviendo en el sur de Jersey en Pine Barrens? Por otra parte, es un diablo. ¿No puede un diablo vivir donde quiera? Basura, ¿por qué estoy visualizando un mito estúpido? Un mito con piernas azules peludas, pezuñas por pies, cuernos negros que giran en un

círculo creciente, torso medio humano y brazos humanos, pero piel roja como la sangre. Tendría filas adicionales de colmillos por dientes, como un tiburón.

Rosa entonces escuchó respirar detrás de ella. Se le erizó el pelo de la nuca. La respiración venía en su dirección y rápido.

Rosa se arrastró más rápido hacia el centro del acantilado olvidado de Dios.

¿Por qué acepté esto?

La respiración se apoderó de ella.

¡Raro! ¿Cómo puede alcanzarme algo con manos humanas y pezuñas por pies? Tal vez no se esté arrastrando, tal vez sea lo suficientemente corto como para atravesar el túnel de la tumba. El estúpido de Jake me tiene pensando en el 'túnel de la tumba' ahora. Espera, si tiene pezuñas estaría galopando, no corriendo.

Ella gateó más rápido.

"¡Ay! ¡ No, ewww !" su mano golpeó algo afilado y borroso. Sacudiendo su mano hacia atrás se detuvo para inspeccionarla. Podía sentir la pegajosidad húmeda de la sangre.

Definitivamente lo corté. ¿Ojalá no esté mal?

Rosa fue a encender la linterna para ver si podía hacer que funcionara, al mismo tiempo una mano la agarró del tobillo. Rosa dejó escapar un aullido, giró la linterna tan rápido que golpeó todo lo que la agarró.

"¡AY!".

La linterna se encendió.

"¿Cody?".

Usted es tan lindo.

Cody fingió un dolor exagerado mientras se frotaba el hombro. Todos los músculos de Rosa se relajaron.

Lástima que seas el hermano de Scout. Habría pensado que podría gustarte si no supiera que estás aquí solo porque estás obligado a estar cerca de mí.

"Regla número uno de mamá, nunca vayas sola a ningún lado. Eso incluye túneles de tumbas espeluznantes", susurró Cody.

Rosa respiró aliviada: "Pensé que eras el demonio de Jersey".

Diablos, me habría ofrecido como voluntario para hacer esto si hubiera sabido que ibas a arrastrarte aquí conmigo. Siempre eres tan amable conmigo.

Cody continuó explicando: "Además, todo esto es mi culpa. Estaba tratando de molestar a Scout, no a ti. Max se habría ofrecido voluntario en un minuto para arrastrarse hasta aquí por Scout si hubiera perdido en la persecución. Nunca quise que perdieras. Sin embargo, no tenías que pegarme.

Rosa se rió.

"Espera, ¿por qué el demonio de Jersey estaría en Nueva York?" preguntó Cody.

Allí, sentada en el resplandor más pálido del Túnel de la Tumba, Rosa suspiró.

Esto no podría ir mejor. Tal vez a Cody realmente le guste.

"Tenemos que estar cerca del final de la cuerda. ¿Puedes sostener la linterna para que pueda examinar mi mano?" ella preguntó. Rosa se inclinó, presionando su brazo contra el de Cody para colocar su mano justo debajo de la linterna.

¿Debo girar la cabeza y besarlo? Su mejilla está a centímetros de mí. ¿Se enojaría si lo beso? Nunca besé a nadie antes.

"No se ve tan mal, pero puede ser difícil para ti mantenerte limpio mientras gateamos".

Cody comenzó a sentir su mano y preguntó: "Tenemos muchas cosas malas en Nueva York, sin necesidad de la maldad de Nueva Jersey".

"Quieres decir como el viejo Brimmer", preguntó Rosa, mientras sentía una ligera brisa cruzada.

"No hablemos de él", dijo Cody, riendo. "De hecho, no hablemos de esas cosas en absoluto".

En ese momento la brisa silbó y la linterna se apagó.

"Vaya, elegí esta linterna especial para ti porque papá dijo que era su linterna de la suerte", dijo Cody. "Esta es una linterna realmente maaala..." ¿Me pregunto por qué es su favorita?

Rosa, aún sintiendo la calidez del rostro de Cody, se giró y lo besó muy suavemente en la mejilla.

Cody dijo: "Oye, tengo el teléfono de Ted. Lo configuró para que esté grabando video, pero podemos cambiarlo a una de esas aplicaciones de linterna. ¿Sabes cómo funciona esta cosa?

Rosa se derritió.

Lo besé y todo lo que puede hacer es hablar sobre una aplicación de linterna. ¡Soy tan estúpido! Cody no me quiere. Apuesto a que lo presionaron para que me siguiera por el tonto canal de YouTube. Jake probablemente lo indujo a esto.

Se dio la vuelta y siguió arrastrándose hacia la oscuridad, rápida y confundida. Antes de que Rosa se diera cuenta, el extremo de la cuerda se tensó.

Mierda, ¿por qué no puedo escapar? Estoy tan avergonzado. Cody solo estaba siendo amable y lo confundí con gustarme. ¿Por qué me equivoco en todo? ¿Por qué el mañana no podría estar aquí?

Cody alcanzó a Rosa, chocando contra ella lo suficiente como para tirarla de costado sobre su trasero, sin verla en la oscuridad.

"¿Hey, qué pasa? ¿Dije algo?".

Menos mal que la linterna no funciona. Cody es lindo, pero fue realmente estúpido de mi parte pensar que le gusto.

Ocultando sus sentimientos en la inflexión de su voz, le respondió a Cody: "¿Además del hecho de que estamos gateando a través de una cueva oscura en el costado de un acantilado lleno de ratas, serpientes y esqueletos? Además, ¿me corté la mano?

Cody golpeó la base de la linterna con mucha fuerza. Parpadeó el tiempo suficiente para localizar el rostro de Rosa. Entonces la linterna se apagó de nuevo.

"¿Qué es eso? Rosa, quédate quieta.

¿Qué vio Cody? ¿Había una serpiente justo encima de ella? ¿Fue el viejo Brimmer? Tal vez aquí es donde el Viejo Brimmer esconde los cuerpos de los niños que robó, y todos sus esqueletos están detrás de mí.

Rosa estaba a punto de susurrarle a Cody cuando sintió el toque más cálido y suave en su mejilla. Cody la besó.

Espera, ¿eso fue un beso? ¡Vaya! ¡No! ¿Le pregunto? ¡Eso sería humillante! ¿Qué pasa si me equivoco de nuevo?

Rosa susurró: "¿Cody?".

Cody susurró justo al lado de su oído y le preguntó: "¿Estás llorando?".

Rosa no dijo nada.

¡Cody realmente me acaba de besar! ¿No estoy equivocada? ¿Le gusto?

Sintiendo el calor del rostro de Cody con sus manos, Rosa se giró y lo besó esta vez en los labios. Retirándose muy levemente, pudo sentir que sus labios se curvaban hacia arriba en una sonrisa. Se sentaron allí sin hablar por un momento.

Rosa sintió que la cuerda tiraba ligeramente y luego dio un tirón completo.

"Tenemos que irnos", susurró ella. La linterna decidió empezar a funcionar de nuevo.

Riendo, ambos comenzaron la difícil situación del regreso a rastras. Como la linterna finalmente iluminó el camino, Cody actuó para el video.

"Yo, Cody Sweet, estoy siguiendo a la persona más valiente que he conocido. Delante de mí, gateando, está Rosa Murphy. Se ha arrastrado quince metros hacia el costado de Palisade Cliffs, hacia el 'túnel de la tumba', como lo llamó su hermano

Jake. Ella es una VERSION MODERNA". Rosa miró por encima del hombro, sonriendo.

Se detuvo para describir los adoquines en las paredes para el video en la misma área donde la pequeña pila de huesos de una rata podrida yacía en el suelo. Cody apuntó el teléfono a los restos.

Rosa habló: "Este esqueleto con un poco de cabello restante es donde me corté la mano. En futuras búsquedas en túneles de tumbas, me aseguraré de tener una linterna mejor".

Los restos de rata hicieron que Rosa se sintiera mareada.

Me pregunto a cuántas enfermedades me expuse.

Apretando su mano para hacer que la sangre fluyera, Rosa la levantó para la grabación "Si no, te arriesgas a cortarte los restos de rata como hice yo".

Ese rápido apretón hizo que la sangre roja oscura fluyera directamente desde su palma hasta su muñeca.

A Sam le gustará la mano ensangrentada en el video.

Rosa continuó: "Era simplemente una rata muerta, que no es nada comparado con el daño que los poltergeists podrían haberme hecho, especialmente si estuvieran rondando este mismo túnel". Se limpió la mano en la camiseta, "Mejor tener manchas que una infección".

Usando la linterna, Rosa señaló el adoquín en las paredes y la parte superior del túnel.

"Esto se tuvo que hacer en la época colonial. Mira esas piedras.

Cuando miró hacia la otra pared para ilustrar el tamaño del túnel, vio un hueco. Volvió a sentir una corriente de aire.

"Hay un túnel de conexión", dijo Cody. El túnel de conexión parecía del mismo tamaño, pero viajaba en una dirección de cuarenta y cinco grados. Los dos se habían arrastrado junto a él cuando no tenían una linterna que funcionara.

"¿A dónde va esto?" preguntó Cody en voz alta, específicamente para el video.

Mientras se sentaba sobre sus rodillas, Rosa extendió su brazo izquierdo apuntando con la linterna al centro del túnel. Mientras lo hacía, la corriente de aire comenzó a soplar su cabello largo y liso hacia atrás. Lentamente miró hacia Cody. Cody con la voz más suave dijo: "Hagas lo que hagas, por favor no digas 'ESTÁN AQUÍ' o me mearé en los pantalones".

Rosa no tenía idea de lo que quería decir Cody. Continuó, asegurándose de ilustrar en video que las paredes del túnel también eran adoquines seguros. Rosa luego sugirió: "Es un túnel de tumba para otro día".

Cuando Rosa y Cody salieron del túnel, todos los niños se quedaron helados. Cody tenía sangre en la mejilla desde donde Rosa sostuvo su rostro para besarlo. La camisa de Rosa estaba cubierta de tierra y sangre, porque mientras gateaba, se aseguraba de limpiarla. Ambos niños se veían horribles, pero ambos niños estaban sonriendo ampliamente. De hecho, eran los únicos dos que estaban sonriendo.

Jake en realidad parecía que podría haber estado temblando. Se volvió hacia Ted y le preguntó: "¿Crees que pueden estar poseídos?".

Sam miró hacia el teléfono de Ted en busca del video. "No tengo idea de cómo probar posesiones fantasmas. Por favor, comente a continuación si alguien que ve esto lo hace. Ah, y haz clic en los botones Me gusta y Suscribirse si quieres ver más videos".

Scout, cuyo rostro parecía hinchado, se puso a la defensiva.

¡Rosa no está poseída! Rosa, ¿Jake dice que te escuchó gritar? Luego, un minuto después, la cuerda comenzó a tirar a toda velocidad. ¡Tenía tanto miedo de que algo te agarrara y te arrastrara de regreso a su guarida del infierno!".

Rosa sonriendo respondió: "No, no fue así en absoluto". Cruzando los dedos, continuó: "No me asustó en absoluto. Ni siquiera había una pizca de serpientes. De hecho, no creo que hayan estado nunca allí, o no habríamos visto el cadáver de la rata en descomposición. Sin embargo, hay un túnel que se cruza.

Scout dijo efusivamente: "¡Nada de serpientes! Puedo explorar el túnel de la tumba que se cruza".

Ted dijo: "Esperemos para hacer otro video del túnel de la tumba. No saber lo que estaba pasando con ustedes dos fue demasiado para mí.

Rosa tuvo un último día increíble jugando con los niños Sweet. Su abuelo planeó dejarla en Leonia, Nueva Jersey mañana por la mañana, para pasar los tres días restantes de sus vacaciones con su abuela Mary, su abuela del lado de la familia de su madre. Luego su abuelo la recogería durante el viaje al aeropuerto con Jake y Ted.

Rosa incluso convenció a Ted para que le prestara su teléfono. Ted nunca antes había estado sin su teléfono. La ansiedad de Ted lo hizo irritable. Le dijo a Rosa a quién debía y a quién no debía responder si recibía mensajes de texto o llamadas. "Definitivamente atiendo las llamadas de mi mamá, y..."

Jake, estirando la mano hacia arriba, le dio unas palmaditas a Ted en los hombros e interrumpió: "Ya, ya, estará bien, Ted. Son solo tres días.

Rosa fue una de las tres personas a las que se les confió el teléfono de Ted. Los otros dos eran sus padres y no tenía opción de negarlos. De ninguna manera habría extendido ese privilegio a Jake. Para Rosa los tres días pasaron demasiado rápido. Antes de que se diera cuenta, el abuelo la recogió con los niños para ir al aeropuerto.

Durante el viaje en auto, Ted miró en silencio el video que Rosa capturó de la historia de la abuela Mary y casi se le saltan las lágrimas. El resto del pelotón Cramer-Murphy, sin saber que vio el video, bromeó y atribuyó las lágrimas a una adicción con su teléfono. Al darse cuenta de lo personal que era para Rosa, dejó que se divirtieran a su costa.

Incluso con la corta distancia de Leonia al aeropuerto de Newark, el manejo del abuelo les dio mucho tiempo para reír.

¡Vale la pena!

Rosa le dio a Ted un vistazo de por qué amaba la comida. A su vez, no tenía nada que ver con la comida, sino con la compasión más profunda que jamás había presenciado. El que Rosa tenía para su anciana abuela Mary.

Jake, emocionado por el vuelo de regreso, explicó que el avión de JetBlue en el que se reservaron sus vuelos, un Airbus A320 más nuevo, tiene televisores integrados en la parte trasera de los asientos. Todavía podía tener tiempo de televisión antes de que German Tiger Mom los volviera a tener en sus garras.

Rosa no pudo haber tenido mejores vacaciones. Odiaba admitirlo, porque le encantaba visitar a su abuela, pero extrañaba a sus hermanos. Tener a Ted hizo que las vacaciones fueran mucho mejores que quedarse solo con Jake. Incluso la defendió cuando Jake se puso malo en el desayuno. Ted incluso le confió su preciada posesión, su teléfono, durante los últimos tres días.

Los televisores del vuelo de JetBlue mostraban noticias de CMN. Jake se pegó a ellos de todos modos. Jake trató de advertirle a Ted que saboreara hasta el último momento viendo la televisión.

"Después de las vacaciones, German Tiger Mom se vuelve como un avión MIG en Red Bull", dijo Jake enfáticamente.

Ted, aburrido con las noticias, dijo: "Vi un Lockheed SR 71 Blackbird en MacDill AFB". Esto llamó la atención de Jake. Luego preguntó: "¿Crees que es más rápido que el X-15 norteamericano?".

Como no quería tener nada que ver con las conversaciones sobre aviones, Rosa se distrajo, mirando la televisión. La noticia tenía un niño lindo de la edad de los gemelos, con un político hablando de algo llamado Programa de Escuelas Charter de la Comunidad. Luego, el niño se inclinó hacia el micrófono y dijo: "Los niños geniales lo llamamos CCSP". Recuerde preguntarle a mamá sobre CCSP.

Hunter pasó el resto del verano al lado de su padre, siendo mimado. Terminó en la televisión más veces de las que podía contar. Las personas que trabajaban para su papá le brindaban prácticamente todo: servicio de automóvil, comida, discursos, diablos, incluso había personas que le compraban ropa. Descubrió que si usaba un tono exigente, podía obtener casi cualquier cosa, como un tazón de bolos solo los verdes. Lo único que la gente no podía brindarle era la atención de su padre. Estaría justo al lado de su padre durante horas, pero su padre estaría distraído hablando por teléfono o leyendo.

Hunter creó un juego para ver si podía superar el recuento de palabras del día anterior con las cosas que le decía su padre. Empezó a salirse de su camino haciéndole preguntas al azar a su padre. Hunter aprendió rápidamente que las preguntas abiertas le darían al menos cinco palabras, mientras que las preguntas cerradas nunca representarían más de una palabra. El juego se detuvo abruptamente cuando su padre le ladró: "Me recuerdas a tu madre con todas tus preguntas".

No puedo esperar para comenzar la escuela de nuevo. ¿Me pregunto dónde está Mike?

7

CARNE EMBALSAMADA

Se acabaron las vacaciones. Las lecciones comenzaron casi tan pronto como el avión aterrizó. Impulsado por el indulto, German Tiger Mom lo puso en quinta marcha. A Jake y Ted les encantó la era en la historia que planeó MTA. La era se centró en la Guerra Hispanoamericana. 1898 para ser exactos.

"¿Old Port Tampa fue realmente el área principal de preparación para la guerra?" preguntó Ted.

La historia los rodeó, lo que le dio al pelotón Cramer-Murphy una excelente manera de mantenerse cerca de los niños Sweet. Los siete niños compartieron un nombre de usuario y una contraseña que les permitía publicar acceso al canal de YouTube SSweet1776. Nada les impidió hacer videos de fantasmas mientras estaban en Tampa. Rosa estaba doblemente emocionada de mantenerse en contacto con Cody. Enfocada en sus pasiones, incluso encontró una manera de relacionar la Guerra Hispanoamericana con la comida y agregar el toque fantasma.

MTA, sorprendido por el interés de Rosa, engañó a Charlie y Malcolm para que participaran en el video infantil. Jake presionó al tío Malcolm, a su padre y a Ted para que se vistieran de camuflaje completo con las caras pintadas.

Ted aceptó ser uno de los fantasmas falsos para nivelar la diferencia de altura contrastante de Charlie y Malcolm. Ambos hombres eran musculosos, pero variaban en cuanto a altura. Charlie medía cinco pies y diez pulgadas de alto, y Malcolm se elevaba sobre él a seis pies y tres pulgadas.

Los niños, hurgando en la piel irlandesa de su padre, le entregaron una lata de betún para zapatos.

"Papá, incluso los zombis tienen más pigmento en la piel que tú", dijo Jake.

"Tío Charlie, Jake tiene razón. No buscamos un Casper, el aspecto amistoso del fantasma", explicó Ted.

Querían la apariencia de sombras como fantasmas en el video y la blancura pálida y brillante de la piel de Charlie Murphy contrastaba con la pintura facial de camuflaje no estaba funcionando. Se destacaría demasiado como un rostro humano vivo. Sin embargo, poner betún para zapatos en toda su cara no iba a suceder.

Charlie se negó a usar más que el color de camuflaje: "Prometo que esconderé mi rostro de la cámara. Simplemente miraré hacia abajo y me miraré los pies cuando camino".

"Me alegro de que los niños no entiendan nada sobre la cara negra", dijo Malcolm, mirando a Charlie, riendo. "Si un video tuyo con betún para zapatos en la cara se vuelve viral, serás juzgado y dado de baja sin honores al final de la semana".

Al ser un asunto de familia completa, Rosa se aseguró de que su guión incluyera a todos. El pelotón Cramer-Murphy partió alrededor del crepúsculo, que eran las 8:00 p. m. en Florida durante agosto. "El crepúsculo es la hora del día que engaña a los ojos de las personas", dijo.

"Y siendo el experto residente en teléfonos celulares, estoy bastante seguro de que se traducirá en video", agregó Ted. Condujeron por una carretera llamada Interbay Boulevard hasta el viejo Port Tampa, y terminaron en un parque estatal llamado Picnic Island a ocho millas de donde vivían.

Como nunca antes había investigado la historia, toda esa área se volvió nueva, como si fuera vista por primera vez. Interbay Boulevard tenía siete casas antiguas, designadas como casas históricas, que existieron durante la época de la guerra.

"¡Theodore Roosevelt se quedó en una de las casas!" Rosa explicó.

"¡Oye! Ted, apuesto a que los dos podríamos mover esas tablas", dijo Jake mientras miraba dos edificios abandonados justo cuando Interbay Boulevard se alejaba de Westshore Boulevard.

MTA terminó esa escapada diciendo: "Malcolm me dio permiso para castigarte igual que lo hizo para que yo pudiera enseñarte, Ted".

"No dije una palabra MTA. Arrastrarse a través de viejos edificios espeluznantes no es lo mío de todos modos —dijo Ted guiñándole un ojo a Jake.

"Las casas históricas se mantienen muy bien, así que lo estoy filmando todo en blanco y negro. Esto los ayudará a parecer envejecidos. También planeo editar el metraje para que solo ocupe tres minutos de video, mientras hago una voz en off, presentando su tema con los hechos principales de la guerra. Esto me permitirá flexibilidad para alcanzar una marca de tres minutos".

Ted miró hacia abajo hablando con todos, pero jugando con la aplicación de la cámara en su teléfono mientras lo hacía.

"Había algo que Sam y yo leímos que decía que los videos más vistos tienen menos de diez minutos, por lo que nos ayudará a mantener ese tiempo".

"Te das cuenta de que los niños están aprendiendo mucho más que historia haciendo estos videos, ¿no?" preguntó MTA.

Los tres niños se miraron de un lado a otro.

¿Cómo es este aprendizaje?

"No escuches a sus hijos. La gente no va a los parques a aprender, va a divertirse. ¿No es así, cariño? Charlie dijo con una inflexión severa.

Una vez en Picnic Island, Ted le entregó a MTA su teléfono y le encargó que filmara. Para el espectador, parecería que Ted todavía estaba en posesión del teléfono, caminando con Rosa y Jake. Luego, Ted se escapó con sus padres para hacerse pasar por soldados fantasmas que rondaban el parque.

Rosa hizo una transición, sabiendo que Ted la reconstruiría más tarde.

"Ahora que Ted te ha contado los hechos básicos de la guerra, déjame explicarte la parte no contada. El general de brigada codicioso Charles P. Eagan era el comisario general residente de sustancia. Como nunca había luchado en una guerra en los trópicos, nuestro gobierno confió en él como experto en la obtención de alimentos para abastecer a las tropas.

"Sin embargo, el general de brigada no era un experto y no le importaban las tropas. Aunque lugares como Puerto Rico no necesitaban importar carne de res, el brigadier Eagan los obligó a hacerlo de todos modos. Mira, el brigadier hizo tratos corruptos para ayudar a llenar sus bolsillos y sacar provecho de la carne que nuestro gobierno compró para alimentar a las tropas.

"Para su consternación, había otro hombre, el general del ejército Nelson A. Miles, que no iba a dejar que se saliera con la suya. El general Miles se opuso al codicioso brigadier y atrajo todo tipo de atención sobre la situación, lo que provocó que otros funcionarios del gobierno se involucraran. Resultó en lo que ahora se conoce como el escándalo de la carne embalsamada.

"Reaccionando a las críticas del general Miles, Eagan despreció a su oficial superior y le dijo a la comisión que Miles debería ser excluido de la sociedad educada para avergonzarlo, lo cual era algo importante en ese entonces.[1]

"El general de brigada odiaba al general Miles y decía todo tipo de calumnias. Sin embargo, el general Miles no podía quedarse al margen. Tenía honor. No se trataba de la corrupción en el gobierno o del dinero que ganaba el general de brigada. Se trataba de soldados muriendo.

"Mira, parte de la carne enviada estaba enlatada, pero la mayoría estaba refrigerada. Un total de 327 toneladas de carne refrigerada fueron tratadas con químicos que matan a las personas. Incluso se citó al general Miles diciendo que la carne tenía un "olor como el de un cuerpo embalsamado". Los soldados no tenían otra opción: te comías la carne o te morías de hambre".

"A pesar de todo el poder que tenía el brigadier Eagan en Washington, una vez que el general Miles comenzara el escándalo de la carne embalsamada, el brigadier tendría que responder por sus crímenes. El brigadier Eagan fue llevado ante el Tribunal de Carne. Sí, había tal cosa como un Beef Court. El tribunal solo probó la carne enlatada, no la carne refrigerada. Nunca se probó que la carne enlatada fuera mal manejada.

"El brigadier solo recibió un tirón de orejas y le dijeron que estaba equivocado por experimentar con la carne. En última instancia, el presidente McKinley colocó a Eagan en una licencia paga de dos años y luego lo obligó a jubilarse anticipadamente. Murieron hombres y todo lo que obtuvo el brigadier fue una jubilación anticipada, pagada y forzosa.

"Luego, el presidente McKinley fue asesinado, lo que llevó a la toma de posesión del presidente Theodore Roosevelt. Roosevelt luchó de primera mano en la Guerra Hispanoamericana. Incluso se quedó en una de esas casas que Ted te mostró. Más importante aún, Theodore Roosevelt fue una vez uno de esos soldados que tenían que comer carne. Sabía la verdad real y tomó medidas para evitar que situaciones futuras como esa vuelvan a suceder. Bajo su administración se promulgaron la Ley de Alimentos y Medicamentos Puros y la Ley de Inspección de Carnes".[2]

La transición de Jake comenzó caminando a lo largo del delgado frente de la playa. Dijo: "El general Miles nunca se vengó de lo que hizo el brigadier Eagan. Aquí, en Picnic Island, estamos en la punta de lo que debería ser el Viejo Puerto de Tampa. Aquí es donde marcharían los soldados antes de abordar los barcos que partían hacia la guerra.

"Los fantasmas de las apariciones del Ejército Fantasma del General Miles suceden en Old Port Tampa. Han aparecido más informes que nunca sobre actividades paranormales que tienen lugar en este parque. Creemos que esa actividad es el Ejército Fantasma del General Miles. Los avistamientos son consistentes con espíritus incorpóreos que se asemejan a soldados. Algunos dicen que puedes verlos agarrándose el estómago a veces. Estos tienen que ser los soldados que murieron por mala carne.

"Como todos los verdaderos soldados, una vez anhelaron luchar por nuestra libertad. Esa oportunidad les fue arrebatada por su propio gobierno cuando comieron la carne podrida. Una persona que muere de esa manera está en demasiado peligro para seguir adelante. Esos soldados perdieron la vida incluso antes de ir a la batalla, lo que explica por qué se quedan aquí, anhelando embarcarse en la guerra.

MTA recorrió el teléfono, buscando, y luego lo devolvió para seguir a los niños.

Jake continuó: "Hace unos cinco años, el alcalde de Tampa cometió un grave error. Con el deseo de tener los mejores parques, instaló un campo de golf frisbee aquí en Picnic Island. Durante la instalación del curso, se quitaron las cruces blancas de un pie que servían como lápidas. Nadie supo nunca de quién eran las tumbas que marcaban esas cruces, habían estado allí durante tanto tiempo. De todos modos, nadie debería quitar las lápidas de las tumbas. La mayoría de la gente pensó que esas cruces podrían haber sido las lápidas de los pobres soldados muertos. Eliminar las cruces generó una actividad paranormal adicional". Deteniéndose en seco, Jake señaló.

Tres altas sombras de hombres se encontraban a unos seis metros por delante. Se veían espeluznantes. Sus contornos ni siquiera eran visibles, debido a la forma en que jugaban las sombras. Las figuras marchaban en fila, atravesando los manglares.

Ted y nuestros papás están haciendo un gran trabajo .

"¡Son ellos!". Tan pronto como Jake lo dijo, los hombres desaparecieron de la vista.

"Los manglares están muy oscuros, pero vamos a ver si los podemos localizar de nuevo. No creo que hayan desaparecido todavía.

Jake corrió a la sección de manglares donde los fantasmas parecían estar marchando. Señaló el sendero.

"¡Extraño! Están marchando directamente al agua".

Rosa agregó color: "Jake, ¿son caminos de marcha de hace años? Si es así, pueden aparecer en partes de la playa que se erosionaron".

"Gran punto Rosa. Me pregunto si los espíritus acechan en el marco de tiempo actual o en el marco de tiempo en el que murieron".

Como el grupo no quería caminar en el agua que rodeaba los manglares, abandonaron la idea y regresaron a su automóvil.

Rosa luego señaló la cima de una pequeña colina. Dos palmeras silueteadas contra la luna llena naciente. Aparecieron tres figuras, una agarrándose el estómago.

Jake se hizo cargo. "Rosa, allí, ¿crees que esos son soldados del Ejército Fantasma otra vez?"

El que agarraba su estómago, Ted, comenzó a exagerar, fingiendo caer muerto y luego temblando con espasmos. Luego se levantó, tuvo un segundo espasmo y volvió a caer muerto. La extravagancia de Ted hizo que Rosa se riera a carcajadas.

Jake se giró hacia su hermana y le dio un puñetazo en el brazo, sosteniendo el signo de ' shhh ' de su dedo en sus labios como un bibliotecario.

MTA advirtió: "¡Oye! ¡Sin golpes!".

Jake habló a través de sus manos, "¡MAMÁ, acabas de arruinar el video!".

Ted fingió morir todo el camino cuesta abajo, hasta que llegó a ellos con una expresión tan exagerada que incluso MTA se rió.

Mientras toda la familia se reunía, Jake señaló: "¡Ted, solo puedes morir una vez!".

"¿Dice quién? Si se supone que soy un fantasma, podría quedar atrapado en un ciclo infinito de muerte".

El tío Malcolm preguntó con una sonrisa: "¿Un bucle infinito?

MTA, ¿estás convirtiendo a mi hijo en un genio de la ingeniería como tú? Sabes que no puedo permitirme una educación lujosa. MTA proclamó: "Bueno, si Ted sigue mis pasos, no será costoso. Después de todo, es posible que haya estado ganando salarios patéticos trabajando como profesor adjunto mientras terminaba mi doctorado, pero obtuve ese doctorado gratis".

"Sí, sí, todos sabemos que mamá es inteligente. ¿Podemos ir a comprar helados antes de que comience a sermonearnos sobre cómo lo dejó todo por nosotros OTRA VEZ? rogó Jake.

"Todavía no puede cocinar como la abuela", sonrió Rosa.

"Qué grupo de pequeños cazadores de fantasmas desagradecidos. A continuación, me llamarás brigadier en lugar de general alemán", dijo su madre, sonriendo.

Luego, Rosa le hizo una pregunta a su padre y al tío Malcolm que la molestó desde que comenzó a investigar El escándalo de la carne embalsamada.

"¿Por qué ustedes dos están en el Cuerpo de Marines, si nuestro gobierno hará cosas horribles como alimentar a sus propios soldados con carne que podría matarlos?".

El tío Malcolm respondió con: "Buena pregunta".

Charlie, sabiendo que una pregunta como esa de su hija no podía quedar sin respuesta, explicó: "Estados Unidos es el mejor gobierno del mundo. Nuestros padres fundadores nos proporcionaron la Constitución para que sirviera como columna vertebral de esta gran nación.

"Eran hombres inteligentes y desinteresados. Sabían que el mal siempre existiría. Por eso es tan importante la Constitución. Es un documento escrito por hombres brillantes y temerosos de Dios para proteger a los ciudadanos de este país del mal. Incluso el mal que reside en el gobierno.

"Lo hace al garantizar que no se infrinjan nuestros derechos otorgados por Dios. Malcolm y yo nos sentimos privilegiados de poder trabajar en trabajos que son la primera línea de defensa, protegiendo a la única nación gobernada por ese gran documento".

Malcolm agregó: "Rosa, no importa lo que hagas o adónde vayas, siempre habrá maldad.

"Ser parte del gobierno es poderoso. El poder siempre atrae el mal. Sin embargo, no importa dónde resida el mal, la gente buena tiene que hacer lo que pueda para proteger nuestras libertades, según lo prescrito por Dios, que reside en la Constitución. Entonces, sí, el gobierno comete errores, pero hace más bien que mal y, aunque no es perfecto, es el mejor del mundo".

MTA, siempre teniendo que hacer de las cosas una experiencia de aprendizaje, agregó: "Rosa, ¿crees que cuando el presidente Theodore Roosevelt estableció la Ley de Alimentos y Medicamentos Puros y la Ley de Inspección de Carnes, estaba tratando de hacer algo bueno o malo? ".

Rosa respondió: "¡Bien, por supuesto!".

"La versión actual de esos actos es la Administración de Drogas y Alimentos de los Estados Unidos. Esa burocracia ha crecido tanto y se ha desviado tanto que si una persona se estaba muriendo de cáncer y había un tratamiento ideado por una compañía farmacéutica que había sido probado y que ya se puede usar en otros países, esa persona aquí en nuestro país no podría usarlo si no ha completado un proceso ridículo y largo para la aprobación formal de la FDA. Peor aún, se multaría a la compañía farmacéutica o al médico que les hablara de ello. Incluso si esa droga pudiera salvarles la vida.

MTA continuó la lección de aprendizaje. "Ted, ¿el término 'Padres Fundadores' se refiere a los redactores o firmantes de la Constitución?".

Ted respondió: "Eso es bajo, tratando de engañar al chico nuevo. Puede referirse tanto a los cincuenta y cinco redactores, de los cuales treinta y nueve firmaron la Constitución. Sin embargo, si quiere ser específico, 'los firmantes' es un término que se usa para las personas que firmaron la Declaración de Independencia, y había cincuenta y seis de ellos con solo seis hombres que firmaron ambos documentos".

Rosa puso los ojos en blanco y dijo: "¿Todo tiene que ser un cuestionario, general?".

MTA respondió: "Para mostrarte que es valioso conocer tu historia, tengo dos últimas preguntas para ti, Rosa. Si puede responderlas correctamente, almorzaremos en ese restaurante por el que siempre pregunta en el centro de Ybor".

Rosa se quedó quieta con una expresión de asombro, "¿La Bogotá? ¡Oh Dios mío! Ese restaurante existe desde 1905. Es el restaurante más antiguo del estado de Florida. Por favor, ¿podemos irnos, incluso si me equivoco? rogó Rosa.

Tanto Malcolm como Charlie se echaron a reír. "Rosa, te explicaré después de que respondas por qué nos reímos. No tiene nada que ver contigo y todo que ver con tu madre.

MTA preguntó: "¿Cuántas enmiendas a la Constitución hay?".

Rosa respondió: "Veintisiete". *Eso fue fácil. ¡A mitad de camino!*

MTA luego preguntó: "¿Puede decirme todas las cosas que garantiza la Primera Enmienda?".

Rosa, con los ojos brillantes, respondió: "El derecho a la libertad de expresión, la libertad de religión, la libertad de prensa y la libertad de reunión".

MTA sonrió. Rosa sabía que iban a La Bogotá.

MTA continuó: "La primera enmienda también nos garantiza el derecho a reparar al gobierno. El congresista Harris está organizando un evento de oratoria en The Bogota en Ybor el próximo martes. Él ha sido el pilar principal que impulsa este estúpido Programa de Escuelas Chárter Comunitarias".

"¡Mamá, los niños geniales lo llaman CCSP!" dijo Rosa.

"¿Ah, de verdad? ¿Niños geniales? ¿Dónde aprendiste eso? preguntó MTA.

"Las noticias lo mostraron en la televisión en el avión". Charlie dijo: "Rosa, nos reíamos porque el congresista Harris se atreve a impulsar un proyecto de ley que va en contra de las creencias fundamentales de tu madre. Se va a arrepentir del día en que decidió cruzarse con esta mamá osa, y estoy segura de que muchas otras madres tienen los mismos sentimientos fuertes sobre la educación de sus hijos".

El tío Malcolm, todavía riéndose, no pudo evitarlo: "Ted, será mejor que uses ese elegante teléfono tuyo para grabar todo. Los muchachos en el trabajo no me creen que Charlie sea un gatito en comparación con MTA cuando adopta la actitud de general alemán".

Charlie, riéndose de acuerdo, sugirió: "Vamos a titularlo 'Basura del gobierno del padrino general alemán'. ¿Cómo es eso para un ejemplo de aliteración, cariño?

Sabiendo que los hombres no tenían ningún conocimiento del idioma, MTA comenzó a hablarles a los niños en alemán para bromear. Ted, todavía nuevo en el aprendizaje del idioma, sonrió de todos modos sabiendo su tono, y captó algunas palabras, incluyendo ' hanswurst ', que significa bufón.

MTA se puso serio. "¿Te das cuenta de que con solo unas pocas horas viendo televisión, ese idiota del congresista Harris pudo influir en tus hijos? Imagínese lo que ha hecho con el público desinformado. Muy bien, voy a usar mis Derechos de la Primera Enmienda con él, y no será para decir, '¡Bendito seas!' ¡Ríete todo lo que quieras! Debería hacer que los tres caminen a casa después de caminar penosamente por el agua salada antes. No se permitirán botas embarradas en mi auto".

Charlie envolvió sus brazos alrededor de su esposa. "Vaya, te agriaste rápido, cariño. No nos estamos riendo de ti. Sabemos lo importante que es la educación de los niños. El congresista Harris no logrará que Florida adopte el proyecto de ley CCSP, e incluso si lo hace, estoy seguro de que habrá una disposición para la educación en el hogar.

"Además, siempre das lecciones sobre buscar lo bueno en las personas. Al menos al congresista le gusta pasar tiempo con su hijo. Ahora, me hacen caminar por molestarte, pero ¿quién caminó a través del agua?

Jake miró los tres juegos de pies con los ojos muy abiertos. Dijo, más revelador que preguntando, "¿NO CAMINASTE HACIA LOS MANGLARES?".

[1]   https://modernfarmer.com/2013/11/old-time-farm-crime-embalmed-beef-scandal-1898/

[2]   https://modernfarmer.com/2013/11/old-time-farm-crime-embalmed-beef-scandal-1898/

8

IR A BOGATA , TRAIGA FIANZA

"Solo hay un burn—Conocimiento Y
solo una mala—Ignorancia"
Socrates

Ted reprodujo el video de los 'fantasmas' caminando hacia los manglares una y otra vez. Incluso lo subió para que los niños Sweet lo revisaran. No había nada allí, o al menos captado en video. Jake comenzó a preguntarse acerca de la historia de Rosa sobre El escándalo de la carne embalsamada.

"Rosa, ¿inventaste parte de esa historia? ¿Como sobre todo, la parte sobre los soldados que realmente mueren? Ella negó con la cabeza 'no' a él.

Informar no era fácil en ese entonces. Dado que la historia se basó libremente en hechos reales, ¿sería posible que realmente vieran fantasmas? Incluso mamá los vio.

"¡Ted, te digo que esos fantasmas eran reales!".

Si los fantasmas reales no se pueden ver en video, el canal de YouTube SSweet1776 sería un fiasco.

"Tenemos que resolver algo".

Ted descubrió cómo desvanecer una imagen fuera de la pantalla en el video, por lo que los niños usaron las imágenes de ellos fingiendo ser fantasmas hasta que Ted se agarró el estómago y murió por primera vez.

Sam estuvo de acuerdo con Ted. Aunque los niños usaron este video, Sam dijo: "Fingir avistamientos de fantasmas solo está bien en raras ocasiones. Mentir sobre fantasmas no está bien. Además, como ya viste fantasmas reales, sabemos que son reales.

"Por cierto, es increíble que sigan creando videos. Las 101 cosas de habilidades de redes sociales que busqué, dicen que solo el cinco por ciento de los canales de YouTube obtienen más de 100 suscriptores. ¿Puedes creerlo?

"Un factor para el éxito es producir videos de manera regular, ya sea diariamente o semanalmente. No puedo hacer eso solo. Scout ya me convenció de un video que no tenía absolutamente nada que ver con fantasmas o historia.

"Ella nos tenía a los tres haciendo el #GetItUpDanceChallenge. Max filmó, por supuesto. ¡Es muy malo! La peor parte es que mi mamá pensó que era lindo y se lo dijo a todos en la ciudad. ¡Ahora es nuestro video más visto por, como, MUCHO!".

Todos los niños estuvieron de acuerdo, no iban a dejar de hacer videos porque vieron fantasmas reales, pero no pudieron capturar las imágenes en video. Sam le pidió a Ted que publicara todas las secuencias de video de su teléfono configuradas como privadas, para que pudiera practicar la manipulación de los videos. Además de los cuatro videos de YouTube publicados públicamente que los niños ya habían creado, ahora había tres nuevos videos publicados de forma privada:

1. Rosa golpea la cabeza con la tabla
2. Receta del pastel del pobre hombre secreto de la abuela
3. Video de los Fantasmas del Manglar

Después de horas de no poder ajustar las imágenes de Mangrove Ghosts, Sam tomó un enfoque diferente. Descubrió que podría ser la limitación en las capacidades de la cámara de sus teléfonos. Comenzó a investigar Ghost Hunting y descubrió que los fantasmas tenían que ser grabados en video con cámaras de espectro completo.

Tal vez ese fue el problema con el teléfono de Ted. Eso significa que mi teléfono tendría el mismo problema .

Sam sabía que era mejor pedirles a sus padres que le compraran una cámara nueva y elegante. Sin embargo, la investigación de Sam descubrió que los medidores de campo electromagnético (EMF), así como las grabadoras de fenómenos electrónicos de voz (EVP), eran artículos que todo cazador de fantasmas debía tener y estaban disponibles a un precio bastante bajo en eBay.

Cuando Sam trató de convencer a su padre de que hiciera una compra o incluso que abriera una cuenta de PayPal, el Sr. Sweet citó a Abraham Maslow.

"Sam, para un hombre con un martillo, todo parece un clavo".

No estoy seguro de qué diablos significa eso, pero estoy seguro de que se traduce como 'no'.

Mientras Sam se enfocaba en cómo conseguir el equipo adecuado para mejorar el video fantasma, Rosa se obsesionaba con ir a The Bogota. Le encantaba ese edificio y salivaba ante la expectativa de la excelente comida que sirven. Con la esperanza de que Cody contestara el teléfono, Rosa llamó a Sweet House antes de su viaje a Bogotá. Contestó la señora Sweet.

Los niños aún no han llegado a casa. Aún no son las 5:00. Por supuesto, les diré durante la cena que irás a un restaurante muy VIEJO".

Maldita sea, no es como si pudiera llamar al celular de Max y preguntar por Cody.

MTA y los tres niños llegaron a Bogotá alrededor de las 2:00 pm del martes como regalo para Rosa. De esta manera pudieron disfrutar de un almuerzo previo al discurso del Congresista.

La anticipación de Rosa creció cuando pasaron junto a la pared de azulejos azules y amarillos brillantes a lo largo de toda la cuadra de la acera, con los tradicionales rieles de hierro beige que conducían a la entrada. Incluso había servicio de aparcacoches.

La anfitriona los saludó. "Hola, soy Missy. ¿Tienes alguna preferencia en los comedores? Las únicas dos habitaciones que no están disponibles en este momento son las que el congresista Harris reservó para un evento de recaudación de fondos más tarde hoy".

Jake dijo: "Definitivamente estamos aquí por él".

La anfitriona, Missy, entrecerró los ojos e inclinó la cabeza: "No se pone en marcha hasta dentro de unas horas, pero si tiene boletos para el beneficio de $ 3,000 por plato, estoy segura de que podemos sentarlo temprano".

La boca de MTA se abrió tanto que podría atrapar moscas. Ella aclaró: "Estamos aquí solo para ver el discurso del congresista, pero no para la cena benéfica. ¿Qué tan caro es este restaurante, con suerte normalmente no cuesta $ 3000 por plato?

Rosa se sonrojó.

Missy le entregó a MTA un menú, se inclinó sobre el puesto de anfitriona y susurró a los niños: "Tu mamá tiene razón. La buena comida no tiene por qué ser cara. De hecho, muchos de los mismos alimentos que la gente comerá en la cena benéfica de hoy, se sirvieron a los manifestantes de la Convención Nacional Republicana de 2012 de forma gratuita".

Ted preguntó: "¿Regalaste tu comida gratis y a los demócratas?".

Un adolescente extraño debería preocuparse por la política.

Missy continuó: "Sí, a nuestro restaurante no le importaba si eran demócratas o republicanos, los alimentamos gratis debido a una creencia profundamente arraigada en el derecho a protestar pacíficamente. Sienten que el derecho a protestar es una de las grandes ventajas que tenemos, que hace que nuestro país sea mejor que cualquier otro país".

"¿Cómo se sienten sobre el derecho a cuestionar a un congresista insistente?" preguntó MTA.

Missy dijo: "Bueno, si estás hablando de ese loco proyecto de ley de CCSP, digamos que estoy muy agradecida de que mis hijos hayan crecido. Ahora, no puedo recompensarte con comida gratis, pero puedo sentarte en una de las mejores mesas del restaurante".

Missy los sentó justo al lado de una fuente tan alta como Ted. Rosa miró a su alrededor, como si contemplara las estrellas sobre ella.

Esto es perfecto. Incluso hay un balcón que nos rodea donde el techo se abre a un segundo nivel.

Tuvo que recordarle que se sentara cuando apareció la camarera.

"Está bien, tenemos alrededor de una hora para disfrutar del almuerzo. Eso nos dará la cantidad de tiempo perfecta para posicionarnos al frente del discurso del congresista Harris", dijo MTA.

MTA tenía todas las preguntas escritas por adelantado en tarjetas de referencia.

Aunque Malcolm se burló de mí por tener una actitud de general alemán, tengo la sensación de que tiene razón.

"Ted, asegúrate de que Rosa no consuma toda la batería de tu teléfono. Tu papá tiene razón, deberías grabar en video nuestras preguntas al congresista Harris".

Su camarera, Eva, no dudó en elaborar la historia de The Bogota. Ella proporcionó una historia colorida del restaurante propiedad de la cuarta generación a los comensales por primera vez, y se desvivió por responder preguntas para Rosa.

"La sala donde está cenando, la Sala Don Quijote, inaugurada en 1935 como el primer comedor refrigerado, ahora conocido como aire acondicionado, en Tampa. El arte del molino de viento en las paredes y los azulejos brillantes lo hacen tan perfecto como la novela clásica de Cervantes".

Rosa insistió en pedir para todos. Sin mirar el menú, recitó: "Tendremos el Tapeo Sampler. Los tres platos de Tapa que nos gustaría son: Pimientos del Piquillo Rellenos, Puntas De Filete 'Jerez', y Almejas en Salsa Verde." Incluso había buscado en Google las pronunciaciones correctas de las palabras por adelantado.

"Por supuesto, todos tendremos nuestra propia porción de Flan". Entonces Rosa le dijo a su mamá. "Es un flan de huevo con caramelo español. Los bogotanos han ganado más premios por su Flan que la cantidad de años que llevan en el negocio, y eso es MUCHO, ya que existen desde 1905".

"Por favor agregue un sándwich cubano a la orden. Tres platos pequeños nunca llenarán a los dos niños".

Eva, llena de alegría por el entusiasmo de la joven, explicó: "En realidad, hay dieciocho salas dentro de un restaurante, y tiene capacidad para 1.700 comensales al mismo tiempo. Si quieres, ¿puedo mostrarte un recorrido después de la comida?

Rosa estaba en el cielo. *De esto debe tratarse el aprendizaje.*

Aproximadamente a la hora en que la familia se sentó a almorzar, el congresista Harris y su hijo, Hunter, aterrizaron en un avión privado en el aeropuerto Peter O'Knight en la isla Davis. Era un aeropuerto más pequeño y, desde el aire, a menudo se puede confundir con MacDill AFB, ya que las pistas están cerca unas de otras.

El congresista estaba de vuelta en su ciudad natal, después de torcerse los brazos en Tallahassee. Tenía que asegurarse de que Florida se convirtiera en uno de los primeros en adoptar CCSP. El pequeño aeropuerto estaba a menos de seis millas del restaurante, pero tuvo que visitar a varios electores y donantes para tener conversaciones privadas antes de su discurso.

Hunter pensó que esta era la parte más aburrida de pasar tiempo con su padre. Su padre, aunque estaba a su lado entre seis y ocho horas al día, siempre estaba hablando con alguien más.

Estamos literalmente a quince minutos, pero tengo que sentarme en este estúpido auto. Papá tardará dos horas antes de que lleguemos.

Hunter abrió su iPad y sacó su foto de Izzy.

Aproximadamente una hora después de lo que Hunter apodó 'el juego de espera', recibió un mensaje de texto de Izzy. Se había estado comunicando con él, a través de mensajes de texto, de vez en cuando desde la última vez que se vieron en la sala de conferencias de la oficina de DC de su padre. La mayoría de las comunicaciones fueron charlas preparatorias sobre lo que debería decir en el último discurso de su padre.

Hunter tenía que calmar su respiración cada vez que su teléfono lo alertaba. Este texto era diferente. Izzy le preguntó a Hunter dónde estaba y supo la hora exacta en que aterrizó el avión.

Ella está preocupada por mí.

Cuando explicó, Izzy lo animó a que el conductor de la limusina lo llevara a Bogotá y luego regresara por su padre.

¡Guau! Su texto dice que me está esperando.

Mientras tanto, Eva se divertía tanto entreteniendo a Rosa con datos sobre el restaurante, como Rosa escuchándolos. Le pidió a otro servidor que cubriera sus mesas, para poder mostrarle a Rosa todo el recorrido. Como MTA no deseaba interrumpir a otros comensales mientras arrastraba a tres niños de una habitación a otra, permitió que Rosa fuera sola con Eva. Además, los chicos se estaban poniendo inquietos y nerviosos.

"Prometo traerte a Rosa directamente después de que hayamos terminado. De esa manera puedes conseguir un lugar cerca del podio", dijo Eva.

"Rosa, ¿cuántas fotos más de comida y obras de arte puedes tomar? Debes tener más de cincuenta", dijo Ted negándose a prestarle su teléfono a Rosa, con gira o no. "La batería se agotará mucho antes del turno de preguntas y respuestas con el congresista Harris. Si lo usas más.

Eva se tomó su tiempo para guiar a Rosa a través de muchas habitaciones únicas: "Esas cuatro piezas de vidrieras se compraron originalmente como arte a personas que las hacían para capillas. Su costo fue de miles y eso fue en los años treinta. El propietario original que los compró recibió tantos elogios que tuvo que agregar más, por supuesto.

"Cada vez que los propietarios encontraban arte que disfrutaban, lo agregaban al restaurante. ¿Te diste cuenta de lo hermoso que es el edificio incluso antes de entrar?

"¡Hice!" Rosa respondió.

"El Bogotá muestra la sinergia entre la comida y el arte. Creo que comunica que los grandes chefs también son artistas. No puedes evitar sentirte como en casa aquí".

"Lo sé. Es como un sueño", se maravilló Rosa.

"Estoy estudiando para convertirme en Sommelier, y aunque puede que seas demasiado joven para probar vino, debes saber que maridar el vino con la comida también es una forma de arte. Esta es una de nuestras bodegas. Sin embargo, preferirías ver la cocina, ¿no?

Rosa saltó ante la pregunta.

"¡Ven entonces!" Eva se dirigió directamente a la cocina.

"Créanlo o no, la cocina fue renovada recientemente para permitir más espacio. Guau, es inusualmente agitado aquí." Dijo Eva pasando su brazo por delante de Rosa cuidándola del negocio.

"¿Todas las cocinas profesionales son así?" preguntó Rosa.

De ninguna manera voy a llegar a ver cómo se hace Flan. Esta cocina está alborotada, peor que un nido de avispas siendo golpeado con un palo.

Eva se sintió un poco decepcionada, ya que sabía que esta era la habitación que Rosa más esperaba.

Haciendo todo lo posible para ocupar la menor cantidad de espacio posible. Su mera presencia irritaba a los cocineros. Luego CRASH, los platos se hicieron añicos, los brazos se encendieron y se le gritó español a un niño vestido con una camisa abotonada.

El niño le gritó: "¿Sabes quién soy? ¡Solo existes porque gente como mi padre paga por lugares como este! ¡Eres un don nadie!

Eva dijo: "Esto no se ve bien".

El cocinero soltó un torrente de palabrotas en español. Hunter, que sabía italiano, pudo captar la esencia de lo que le gritaban. Se dio la vuelta y en su modo de mocoso malcriado comenzó a gritar: "¡Voy a hacer que te despidan!".

Eva dijo: "¿Ten paciencia conmigo un minuto, Rosa?" Ella se insertó en la situación. Resultó que Hunter estaba perdido buscando a Isabella y fue desviado a la cocina.

Eva conocía una regla estricta y estricta para trabajar en restaurantes, siempre desocupar la cocina cada vez que un chef se enojara. Le dijo a Hunter: "Te llevaré con Isabella. Lo más probable es que esté en la sala Siboney".

Cuando Eva le ofreció la mano a Hunter, él solo frunció el ceño. Rosa saltó y tomó la mano de su nueva amiga. Mientras caminaban, Hunter los seguía, Rosa continuaba con sus alegres preguntas enamoradas.

Cuando llegaron a la sala Siboney, Eva continuó: "Esta sala normalmente tiene actuaciones de bailarines de flamenco españoles. Sin embargo, esta noche, el congresista Harris lo alquilará..."

Interrumpiendo la explicación de Eva a Rosa, Hunter soltó: "¡Sí, sí, lo sé! ¡Él es mi padre! Ahora, ¿dónde está Isabella?

Eva no pudo evitar pensar en lo diferentes que eran los dos niños.

Uno que deseabas que fuera tuyo, el otro era un niño del cartel a favor del aborto.

"Rosa, ¿espera aquí un minuto?" Eva fue a buscar a esta Isabella.

Rosa ignoró a Hunter, fascinada por las fuentes, esculturas, pinturas y tapices, mientras caminaba hacia cada pieza notando su individualidad.

Hunter preguntó: "¿Qué eres estúpido o algo así?" No pudo evitar notar las similitudes entre Rosa e Izzy, pero Rosa lo estaba ignorando.

¡Cómo se atreve a ignorarme!

Rosa solo sonrió, todavía admirando un tapiz.

Sus muchos toques de tonos rojos y amarillos me recuerdan al arte impresionista.

Familiarizada con recibir golpes de Jake, Rosa respondió: "Hiciste que ese chef se enojara mucho. Probablemente evitaría comer esta noche. Súper enojado, Hunter soltó: "¿Me estás amenazando? ¿Sabes quién soy?

"Claro, eres el chico de la televisión que apoya el proyecto de ley de CCSP", respondió Rosa.

En ese momento, Izzy entró y le dio a Hunter un gran abrazo. Al darse cuenta de Rosa, Isabella preguntó: "Hunter, ¿quién es tu nuevo amigo?".

"Ella es sólo la chica del servidor", respondió.

Rosa replicó: "No, no lo soy. Eva es mi amiga y me está dando un recorrido por el restaurante. Mi nombre es Rosa. Mi mamá está afuera, esperando ver al congresista Harris hablar con mis hermanos".

Ante esto, Isabella se presentó cortésmente a Rosa. Su siguiente pregunta fue muy reveladora, a menos que fueras una niña de doce años. "Rosa, ¿qué piensa tu mamá del congresista Harris?".

Rosa sabía que se suponía que no debía decir cosas malas sobre la gente. "Mi papá piensa que es genial que esté pasando tanto tiempo con su hijo", respondió Rosa.

Espero que ella siga con, '¿Pero qué piensa tu mamá?'.

En cambio, Isabella preguntó: "¿Qué hace tu papá?".

"Es sargento del Cuerpo de Marines, pero tiene trabajo, así que mi mamá está aquí".

¿Dónde está Eva? Esta dama está enfocada con láser en mí. Gracias a Dios, la gente se está instalando por todas partes. ¡Cada parte de mí quiere gritar EXTRAÑO PELIGRO!

Isabella explicó: "Es posible que el congresista no tenga tiempo para las preguntas de todos después de su discurso. Sin embargo, puedo asegurar que se le llamará para hacer una pregunta. ¿Te gustaría eso?".

Debería regresar con mi mamá. No, le dije a Eva que esperaría. Esta mujer está actuando bien, pero sé que no es así.

Inconscientemente, Rosa se colocó detrás de Hunter en el instante en que Isabella se acercó a ella y le tendió un papel en el que había escrito una pregunta.

Isabella notó la aprensión de Rosa. "¿Te sentirías más cómodo haciéndole una pregunta a Hunter?".

Rosa miró hacia la entrada.

¿Por qué Eva tarda tanto?

Isabella le tendió el papel a Rosa y dijo: "Apuesto a que tu papá estaría orgulloso de verte en la televisión. Si quieres, levanta la mano y Hunter te llamará durante el turno de preguntas. Aquí hay una pregunta inteligente para hacer".

Eva entró justo a tiempo para escuchar el final de la petición de Isabella. Vio a Rosa, sin sonreír en lo más mínimo, de pie detrás de Hunter.

"¡Oye, será mejor que te llevemos con tu mamá! Toma, podemos poner eso en el libro que agarré para ti", dijo Eva, tomando el papel de manos de Isabella y doblándolo. El libro se tituló Las Recetas Más Queridas del Restaurante Bogotá. El rostro de Rosa comenzó a brillar de nuevo.

"¡Nuestra receta de Flan es la décima receta allí!". Los dos partieron en busca de MTA.

Eva, con su uniforme de servidora, no tuvo problemas para abrirse camino entre la multitud en la acera, que pronto sería cerrada. Ybor City cerró North 22nd Street entre Seventh y Sixth Avenue para el discurso. Era el escenario de ensueño de una empresa de marketing. El congresista podría detenerse frente al valet justo en la séptima, caminar hacia el podio para su discurso y luego caminar por la gran entrada principal de The Bogota para su cena benéfica.

El podio estaba de cara a la carretera, asegurando que la hermosa fachada de The Bogota fuera parte del telón de fondo del Congresista. El sol se estaría poniendo a la derecha del congresista. Imagen perfecta serían las únicas palabras que una persona podría describir para este entorno, pero esa persona no contaba con la ira de una Tiger Mom alemana.

Eva no tuvo problemas para encontrar MTA. Estaba de pie al frente y al centro, a unos cinco pies del podio. Eva explicó cómo su recorrido por la cocina se volvió caótico. Luego se tapó la boca con la mano y le habló al oído a MTA.

La parte parcial que Rosa pudo captar fue la respuesta de su madre: "Está bien. Rosa es una chica inteligente en esas situaciones, pero no tenías que comprarle un libro".

Eva, sonriendo, dijo: "No lo hice. ¡El congresista Harris lo hizo! Después de todo, fue su hijo quien impidió que Rosa viera que se hiciera Flan, por lo que el libro se agregará a la cuenta del congresista Harris esta noche". Luego saludó a Rosa y volvió al restaurante.

MTA, rechinando los dientes, deslizó el papel del libro de Rosa. La pregunta escrita en el papel era: ¿CUÁN PRONTO CREES QUE FLORIDA PUEDE TENER CCSP?

Dos pueden jugar este juego.

"Rosa, quiero que hagas una pregunta, pero no esa".

Rosa se puso nerviosa, sintiendo que algo estaba pasando. Su madre tenía la misma sonrisa torcida que Jake usaba cuando planeaba hacer algo malo. "Mamá, por favor, no quiero".

MTA continuó convenciendo: "¿Qué tal esta Rosa? ¿Los cuatro levantaremos la mano y el que sea llamado hará la pregunta?

Ted dijo: "Estoy dentro. Ser alto siempre hace que me llamen".

"Nuh-uh," gritó Jake. "Me van a llamar".

Rosa se cruzó de brazos, "No quiero. Sé que me llamarán".

Jake respondió: "Nadie puede saber eso. Llamo a Fooey.

MTA dejó de lado su enfado por CCSP y se dio cuenta de que no debía engañar a su propia hija; entonces, tomó la siguiente táctica. "Rosa, te ayudaré a cocinar las doce recetas de ese libro la próxima semana, si solo haces una pregunta".

Rosa dudó, pero estuvo de acuerdo.

Sé dónde aprendió Jake sus tácticas.

Excepto por saber que era genial llamar al CCSP del Programa de Escuelas Chárter de la Comunidad, Rosa no entendía lo que estaba sucediendo. El discurso aburrido no fue útil con la aclaración. Lo único que deseaba era que nadie la llamara.

A Rosa no le gustaba el hijo del congresista malcriado, pero no quería avergonzarlo. Sabía que la pregunta que su madre le estaba haciendo hacer le causaría problemas.

Su padre describió al congresista Harris como un político escurridizo. Él dijo: "Él es del tipo que puede atravesar una puerta cerrada sin girar la llave".

Cuando el congresista pasó a las preguntas, solo llamó a los reporteros. Sabía cada uno de sus nombres. Rosa levantó la mano hasta la mitad. El congresista anunció, 'no más preguntas', y pareció alejarse del podio.

Excelente. Ese chico no va a tener la oportunidad de llamarme.

Rosa respiró aliviada, hasta que el congresista puso su brazo alrededor de su hijo y dijo: "¿Por qué no respondes una pregunta?".

Nooo ! ¡TONTERÍAS!

"Está bien, ¿qué hay de ti, pequeña niña justo en frente?" preguntó Humter.

¿Cómo es que lo dijo así, 'niña', eso es—eso es despectivo!

No se iba a sentir mal después de todo. Rosa imaginó a Scout detrás de Hunter con el puño cerrado, haciendo el movimiento de un uppercut, como señal de '¡Ve a por él!'

"¿POR QUÉ CCSP QUIERE ALEJARME DE MIS PADRES?" Ella gritó.

Hunter vaciló, "No lo es".

El congresista Harris intervino. "NADIE ESTÁ APARTANDO A NADIE DE SUS PADRES".

Las cámaras de noticias comenzaron a enfocarse en la linda niña que teme que la quiten de sus padres.

MTA habló en voz alta y rápida a esas cámaras: "Cinco días a la semana son 260 días al año. Eso es el 70 por ciento de la vida de mis hijos, estarán lejos de mí. Ni siquiera permites la educación en el hogar. ¡Nos estás robando a nuestros hijos!". Jugando con las cámaras, MTA abrazó a los tres niños.

El congresista no podía alejarse. No le importaba discutir con esta mujer degenerada, pero no iba a continuar a la vista del público. Haciendo la primera cosa instintiva que supo hacer con una mujer molesta, trató de darle algo y le dijo: "¿Por qué no te unes a nosotros en la cena benéfica esta noche y podemos discutir esto racionalmente?".

MTA respondió: "¡Por $3,000 el plato, NO, GRACIAS!".

Pero el congresista Harris ya se había alejado del podio y se dirigía a la entrada del Bogotá. Parte de la seguridad del congresista condujo a MTA ya los niños a la entrada principal detrás de él, sabiendo que debían permanecer cerca, listos para guiarlos hacia la parte de atrás.

Una vez que las puertas delanteras se cerraron, el congresista hizo su intento de racionalizar. Empezó a soltar estadísticas sobre el analfabetismo y preocupaciones sinceras por los niños.

Un MTA enfurecido respondió: "Entonces, vas a sacrificar a mis hijos por el bien de muchos. ¡Así no es como funciona este país!".

Hunter saltó: "Papá, me dijiste que esas personas no son dignas de responder. Échala ya.

Ted giró la cámara que estaba grabando a su lado, del congresista Harris hacia su hijo Hunter, y preguntó: "¿Qué quieres decir con 'esas' personas?".

Hunter, sintiéndose empoderado durante las semanas en que la gente hizo lo que él dijo, se lanzó a insultar. "Esas personas se refieren a tu madre que tiene tres hijos de diferentes padres. Mira cómo estás vestido. ¿Compró mucho en Walmart últimamente? Usted es totalmente la estadística que estamos tratando de ayudar. Apuesto a que apenas sabes leer, razón por la cual la estúpida de Rosa ni siquiera pudo hacer la simple pregunta que escribimos para que ella la hiciera.

Jake ya no se preocupaba por las reglas. Este imbécil acaba de insultar a su mamá y a Rosa. Cargó contra Hunter, mientras golpeaba como un molino de viento. Rosa, que se había acostumbrado a interferir en las peleas de juegos entre Ted y Jake, instintivamente intervino para bloquear a Jake.

Le tomó muy poco esfuerzo a un guardia de seguridad contener a Jake. El niño de doce años, pequeño para su edad, no se acercó al hijo del congresista.

Con Jake en manos del guardia de seguridad, Hunter golpeó con todo lo que tenía. Sin embargo, el guardia de seguridad que sujetaba a Jake ya había comenzado a alejar a Jake. El puñetazo se desvió y golpeó a Rosa justo en la mejilla. Se quedó allí aturdida, mirando a Hunter. Ni una sola vez pronunció 'lo siento'. Solo se miraron el uno al otro.

MTA también estaba en modo de ruptura de pelea reactiva, gritando "¡Niños, niños!".

El congresista Harris ladró: "Señora, ponga la correa a su hijo".

"¿Estás insinuando que soy un animal? Su hijo acaba de golpear a mi hija en la cara".

Rosa tomó la delantera, "Está bien, mamá. Diría que golpea como una niña, ¡pero eso es un insulto para nosotras, las niñas! Estoy bien. Vámonos."

El congresista le dijo a Seguridad que los escoltara por la parte de atrás. Agarrando el brazo de Hunter, el congresista lo apartó y desapareció.

Ted tenía su teléfono a su lado ahora todavía grabando. Justo cuando pensaba que no podía ponerse más feo MTA declaró que se iban, pero por el frente. Ted giró el teléfono en su dirección. Mientras caminaba hacia la entrada principal, tomando a Jake del brazo, dos guardias de seguridad bloquearon su paso.

"Señora, si quiere irse, debe usar la salida trasera". A lo que MTA se volvió cruzado.

"Me iré por esta puerta principal, o puedes llamar a las autoridades".

No queriendo que ocurriera ninguna de las situaciones, un guardia de seguridad más grande agarró a MTA en un abrazo de oso por detrás. Desde que calificó en la división de peso mosca ligero (menos de 108 libras), MTA se levantó sin problemas.

Los niños están mirando, ¡mantén la calma! Haga lo que haga, debo proteger a los niños. No pelees, no grites, solo mantén la calma.

Los niños comenzaron a seguirlos, sin saber qué hacer, pero tampoco permitían que su mamá se perdiera de vista. Ted insertó su cuerpo justo al lado del hombre que la sostenía. Sabía que la grabación podía causar más daño que él contra seis hombres. También quería estar al lado de MTA si sucedía algo realmente malo.

Ella solo está siendo cargada.

Estaban frente al stand de la anfitriona de nuevo. De la nada, un guardia de seguridad dijo: "Oye, tomaremos ese teléfono", mirando directamente a Ted. Ted se detuvo, miró hacia atrás a la pared de guardias de seguridad y luego a la agradable anfitriona que conoció dos horas antes.

Lo que Missy dijo fue: "¡Los alimentamos gratis, debido a una creencia profundamente arraigada en el derecho a protestar pacíficamente!".

"¡Señorita ayuda!" Ted gritó mientras rozaba detrás de Missy.

Missy, sabiendo que los miembros de la familia que acababa de conocer son 'buenas personas', actuó como si Ted la golpeara con fuerza. Ella deliberadamente inclinó el puesto de la anfitriona, enviándolo volando frente a los guardias, creando un obstáculo para ellos. Missy fingió agarrarlo, apretando los menús y luego arrojándolos en un movimiento de abanico.

El guardia que casi tenía el brazo de Ted, pisó un menú con su pie izquierdo que se deslizó hacia el este en un ángulo de 45 grados con respecto a su cuerpo.

Ted estaba libre. Solo tenía que correr rápido, lo cual hizo bien. Haciendo su mejor imitación del trofeo Heisman, Ted empujó las puertas dobles de la entrada de Bogotá con la mano izquierda bloqueada, su preciado celular de alto precio en la derecha en lugar de una pelota de fútbol.

La gloria que sintió Ted duró poco, ya que se sentó a la vuelta de la esquina en el garaje esperando que el resto de su familia se acercara a su automóvil. Al igual que con el 'túnel de la tumba', el no saber fue más difícil que todos los peores escenarios.

Tal vez entiendo por qué mi papá siempre se ha ido y mi mamá se alejó de él.

No quería pensar demasiado en ello, pero después de que pasó una hora, Ted llamó a su padre. Su padre estaba con Charlie, a quien se le informó unos minutos antes que MTA, Jake y Rosa fueron detenidos por el Departamento de Policía de Tampa.

¡Va a ser una noche larga!

9

EL BAR GRIS HOTEL

Quiero escuchar una broma —
descafeinado :)

German Tiger Mom tomó un sorbo del vaso de cartón.

¡Maldita sea! ¡Este café es realmente bueno! No se parece en nada a ese tipo de paquete a granel de la estación de servicio de las 5:00 am. En realidad es rico y sabroso. Tal vez debería tomar una segunda taza, lo más probable es que regrese aquí en unas pocas horas, una vez que Charlie descubra que un matón me dio un abrazo de oso .

Se retiró el cargo de alteración del orden público presentado por la oficina del congresista Harris contra MTA. Ocurrió mucho después de que MTA fuera arrestado detrás de El Bogotá, fuera de la vista de los reporteros o del ojo público. Además, la decisión de no enjuiciar se produjo después de que ella y los dos niños fueron llevados para su procesamiento a la estación en North Franklin Street en el centro de Tampa, más lejos que la estación a una milla de distancia en North Twenty-second Street en Ybor, todo lo cual les dio a los reporteros mucho de tiempo para dispersarse después del discurso del Congresista.

Rosa sostuvo la mano derecha de Jake con la izquierda.

Todo empeorará si lloro.

Su libro estaba apretado en su mano derecha con esa estúpida pregunta todavía dentro.

¿Por qué mamá me hizo hacer una pregunta diferente? ¿Por qué es tan importante CCSP?

Los niños se sentaron en un banco de policía de acero, esperando a su padre. Frente a ellos, en uniforme, estaba sentado un enorme oficial de policía, del tamaño de un apoyador. Parecía estar atrapada respondiendo llamadas. Era una mujer gruesa, con cabello castaño corto y un pigmento rojo en su piel que parecía una erupción dolorosa. Le devolvió la mirada a Rosa cuando Rosa trató de sonreírle.

Guau, sus hombros son enormes! Está muy mal meterse con los tipos de cuerpo, pero ella es una leñadora. ¿Por qué está tan enojada? ¿Por qué ni siquiera le devuelve la sonrisa? ¡Que malo! ¿Quizás es la hinchazón en mi mejilla? Debe ser realmente notable por ahora. La Srta. Leñadora probablemente piensa que provoqué una pelea.

Jake se mordía las uñas de la mano izquierda.

¿Y si la policía se queda con mamá? ¡Yo causé esto! ¡Eso fue tan malo! ¡El congresista llamó animal a mamá por mi culpa! Apuesto a que mamá está atrapada en una celda con gente realmente mala.

Rosa apretaba más fuerte la mano derecha de Jake, cada vez que un nuevo tipo malo y espeluznante pasaba frente a ellos.

"¡Cejar!".

Sin embargo, Rosa no lo hizo.

Los rudos, que hacen de malos en la lucha libre profesional, no tienen nada que ver con estos asquerosos. ¿Mamá está atrapada con esta gente? ¡Llamarlos gente es una exageración!

Pasó un desfile interminable de bichos raros.

El primer hombre les ladró al pasar, haciendo que ambos niños saltaran, luego se rió de eso.

El siguiente hombre tenía sangre por todas partes, una camisa rasgada y seguía gritando: "¡Voy a demandar!". Caminó intencionalmente directamente hacia el escritorio de la Sra. Lumberjack.

Dos más apenas podían caminar erguidos y los oficiales que los arrestaron prácticamente los detuvieron.

El peor fue el del oficial de policía que se detuvo para charlar con la Sra. Lumberjack. Bicho raro estaba encorvado, con largas rastas de color rubio oscuro que le llegaban hasta la cintura. Su barba rubia era del mismo largo, pero dividida y trenzada. Jake dejó de morderse las uñas para comprobar el largo de su propio cabello.

Sí, sigue siendo agradable y breve. ¿Lleva un collar antipulgas?

Los bichos saltaban visiblemente del cabello del tipo. Entonces Jake notó que la barba trenzada, que también se suponía que era rubia, no estaba teñida de rojo, era la propia baba ensangrentada del hombre.

Al bicho raro le faltan los dientes.

Bicho raro sonrió, lamiendo sus labios en dirección a Rosa.

¿Quién necesita fantasmas cuando los humanos reales dan tanto miedo?

MTA les enseñó a no hablar con extraños bajo ninguna circunstancia. Se sentaron allí sin siquiera hablar entre ellos. Rosa miró hacia su libro.

Si tan solo no hubiera hablado con Isabella, nada de esto habría pasado. El congresista Harris solo habría llamado a los reporteros, y ya estaríamos en casa. ¿Por qué, oh por qué, mamá me hizo hacer esa pregunta? Mira a dónde nos llevó esto.

El desfile de pelos de punta se hizo más lento, pero un hispano barbudo con una chaqueta de mezclilla y botas de vaquero negras con punta plateada se sentó en el banco justo al lado de Jake.

Este tipo debe ser de un cartel mexicano, o peor, MS-13.

Era tan grande como Ted, pero mayor, e insistía en ocupar suficiente espacio en el banco para obligar a Jake a moverse, para evitar tocarlo.

¿Por qué no está siendo escoltado por un oficial?

Jake se aseguró de seguir mirando al frente, pero hizo todo lo posible para ver a este tipo en su visión periférica.

El hombre olía como el fondo de un cenicero sucio y tenía manchas marrones de café en la camisa.

El hombre luego se volvió hacia Jake. "Drogas. ¿Tienes alguna droga? dijo mirando a Jake como si estuviera desafiando al chico a un concurso de miradas. Jake se quedó quieto, mirando al frente, apretando los dientes al igual que la mano de Rosa.

¿Qué diablos quiere este idiota? ¿Dónde está el oficial de policía que debería arrestar a este tipo?

Al no obtener una respuesta de Jake, Mexican Cartel Guy luego dijo: "Oye, ¿qué tienes ahí?".

Ambos niños permanecieron perfectamente quietos. Rosa hizo una mueca por la tensión del agarre de Jake. Mexican Cartel Guy se acercó a Jake hacia el libro de Rosa en su mano exterior. Jake soltó la mano de Rosa y comenzó a dar puñetazos en el molino de viento de nuevo. Esta vez su objetivo comenzó a reírse de él.

"Charlie, será mejor que le enseñes a tu hijo a pelear".
charlie?

Rosa se dio la vuelta para ver a su padre detrás de ellos, riéndose. Rosa saltó del banco y corrió a toda velocidad hacia su papá. Ella lo abrazó con fuerza, negándose a soltarlo.

Jake detuvo su hostilidad. "¿Conoces a mi papá?".

Luego, al darse cuenta de que su padre estaba justo allí, también corrió a toda velocidad hacia su padre sin disminuir la velocidad. Jake añadió al abrazo de presión de Rosa.

Jake dejó de abrazar tan rápido como empezó. "Ese fue un truco horrible, papá". Soltándose, hizo todo lo posible por recuperar su compostura de tipo duro.

A continuación, los dos niños fueron presentados a Paco. Paco era un detective encubierto que conocía a Charlie del campo de tiro. Estaba feliz de mantener sus ojos en los niños, en el momento en que Charlie lo llamó.

La mejilla de Rosa se veía horrible. Charlie tuvo que tener una conversación con un Oficial de Servicios de Protección Infantil para explicarle la situación. Mientras lo hacía, Paco cedió a la insistencia de Jake y les dio a los niños un recorrido por la comisaría.

"Entonces, ¿hizo que todos esos tipos caminaran frente a nosotros a propósito?" Jake le preguntó a Paco.

Paco, sin pensar, respondió: "Ojalá. No, esos perpetradores eran todos reales. Parece que algunas cosas malas salieron a la calle hoy, lo que provocó que los Tweakers salieran con toda su fuerza, incluso un martes. Deberías ver este lugar los fines de semana. Se pone mucho peor.

"¿Cosas? ¿Qué cosas? ¿Qué es un Tweaker? preguntó Jake.

Paco continuó la gira con una calificación más de 'PG', sin responder a la pregunta de Jake.

Tal vez debería tener cuidado de exponer a los niños a más de lo que sus padres prefieren.

No obstante, Jake escuchó atentamente e hizo un montón de preguntas.

"¡Que guay!" Jake comentó más ilusionado que Rosa en The Bogota.

Paco no pudo evitar que los niños presenciaran a un hombre vomitarse en el tanque de borrachos. Terminó el recorrido con eso y acompañó a los niños a una sala de estar donde su madre se relajaba con los pies en alto, bebiendo su segunda taza y viendo las noticias en CMN. El discurso del congresista estaba encendido, pero el canal se cortó antes de que Rosa hiciera su propia pregunta.

"Gretchen, si planeas enfrentarte al congresista, deberías encontrar una buena fuente de alivio para el estrés. Le sugiero que empiece a venir al campo de tiro con su marido. Los agujeros en el papel alivian MUCHO estrés. Es mejor que cualquier terapeuta o medicamento. Jiu Jitsu también puede ser de gran ayuda", dijo Paco.

Riendo, dijo: "Una barra de brazo de una cosita pequeña como tú, y Charlie tendrá su ego magullado durante años. Ah, y Jake, deberías ver los canales de YouTube Active Self Protection y Mike the Cop, si te gustan este tipo de cosas".

MTA estaba ocupado envuelto en una avalancha de disculpas de Jake. Jake se hizo cargo de toda la pesadilla. Ella no lo impidió, aunque sabía que la culpa no era de él.

"Paco, yo hice judo hace mucho tiempo cuando era niño. No estoy seguro de que ayude", dijo MTA.

"¡Judo no, Jiu Jitsu! Te aseguro que es diferente. Además, tienen paquetes familiares, y por lo que parece, tus dos hijos van a necesitar aprender algo, especialmente Windmill Wonder Boy", dijo Paco bromeando con Jake.

Continuó: "El lugar está cerca de la Universidad de Tampa. Algunas personas del tipo de la sal de la tierra de todos los ámbitos de la vida van allí. Es propiedad de un tipo llamado Matt Arroyo. Dile que te envié yo, y te tratará mejor que a la familia".

"¡Gracias Paco! Me tranquilicé antes, cuando me informaste que Ted estaba en casa a salvo.

"La guinda del pastel es Jake, haciéndose cargo de todo este lío. Esos libros que les hice leer, escritos por ese tipo de la Marina de Guerra convertido en autor sobre la decencia y la responsabilidad personal, deben haber causado una impresión. Rosa incluso tomó una especie de camino alto al no devolverle el golpe al hijo malcriado del congresista. ¡Este día se registrará como una victoria en mi libro!".

"En cuanto al congresista Harris, 'por falta de leña, el fuego se apaga, y donde no hay murmullos, cesan las peleas'. Proverbios 26:20 Es posible que Harris haya impedido que el mundo me escuche hoy, pero voy a encender un fuego lo suficientemente fuerte como para hacer sudar incluso a Hades.

Aunque puede esperar hasta mañana. En este momento, voy a disfrutar del amor de mi familia y de mi delicioso café".

10

GREEN ARROW

El miércoles por la mañana comenzó lo más rutinario posible. A las 5:30 am, Malcom dejó a Ted, recogió a Charlie y se dirigió a MacDill AFB para ir a trabajar. MTA había construido el plan de lecciones del día en torno a la Filosofía. Los hechos que ocurrieron el día anterior ameritaron el estudio de la Filosofía Griega.

Sin embargo, es posible que deba tener cuidado de no asustar a los niños evitando las similitudes con la caída del Imperio Romano y la sociedad moderna. El discurso del congresista se puede utilizar para al menos enriquecer las habilidades de pensamiento crítico de los niños. Estoy ansioso por ver cómo sus pequeñas mentes relacionan lo que la sociedad nos acaba de empujar con las lecciones de los filósofos.

"¿Cómo podemos continuar con los negocios como siempre?" preguntó Rosa.

"Rosa, me doy cuenta de que todavía estás nerviosa por la debacle de ayer. Pasó de delicioso a desastroso, pero la vida continúa".

MTA luego citó a Sócrates a los niños. "Las mentes fuertes discuten ideas, las mentes promedio discuten eventos, las mentes débiles discuten personas".

Ted dijo al instante: "¿Significa esto que no puedo llamar a ese chico Hunter un..."

"¡NO!" MTA cortó la declaración de Ted antes de que pudiera terminar. "¡Tú tampoco Jake!" exclamó MTA con una sonrisa.

"Si lo haces, estás siendo débil de mente. También es por eso que no compartiremos las imágenes de video que Ted reunió. Nuestro objetivo al interrogar al congresista Harris ayer fue abrir un debate sobre el Programa de Escuelas Chárter de la Comunidad. El congresista me defraudó al no tener una discusión abierta. También es por eso que dejaremos de detenernos en cualquiera de los eventos que siguieron a mis preguntas al congresista Harris. Hacerlo nos haría promedio, y somos de mente fuerte".

Ted se retorció: " Ya subí el video al canal SSweet1776 . Sin embargo, todos están configurados en privado, excepto el clip del guardia de seguridad que te dio un abrazo de oso. Ninguno de nosotros aparecía en el video y es difícil reconocerte. Me aseguré de editarlo haciendo zoom en su rostro. De esta manera todos pueden ver quién es.

"¡MTA, ningún hombre debería tratar a una mujer de esa manera! ¡Eso tenía que ser compartido! Lo reenvié al canal de noticias local".

MTA frunció el ceño.

Oh chico, espero que no salga nada de eso .

Luego le sonrió a Ted. "Volvamos a la lección de hoy, Ted".

"La tradición filosófica occidental se basa en la filosofía griega. Sócrates es considerado el padre de la filosofía occidental moderna, y nuestro sistema legal en realidad se basa en una línea de cuestionamiento que él creó, llamada método socrático. Su modelo de cuestionamiento es dividir una afirmación en tres partes; examinar una afirmación, cuestionar esa afirmación y encontrar el conocimiento verdadero. También se entiende como indagación pensamiento aprendizaje."

El teléfono vibró de fondo.

"Si examinamos el discurso del Congresista de ayer, su razonamiento para una educación más forzada es que resolverá los bajos índices de analfabetismo, ayudando así a Estados Unidos a ser una sociedad más productiva. Quiero que los tres usen el método socrático en el razonamiento del congresista mientras contesto el teléfono.

"Oye cariño. Sé que CMN no transmitió que usted y Rosa le hicieran preguntas al congresista, pero las noticias locales sí. Usted es una de las pocas personas a nivel estatal que se ha opuesto a este proyecto de ley. Las imágenes locales ahora están siendo transmitidas por todas las redes principales. De hecho, se está compartiendo en todas las plataformas. Gracias a ti #ccspiskidnapping está de moda. ¡Te has vuelto viral, cariño!", dijo Charlie. "Tú y los niños realmente deberían encender el televisor para este. Sin embargo, quédese con WOLF News. No quieres que los niños vean lo que algunas de esas otras estaciones dicen sobre ti".

MTA estuvo de acuerdo y volvió con los niños. Los miró de pie discutiendo el método socrático.

A todos los niños se les debe permitir aprender y ejercitar sus mentes de esta manera.

"¿Son estas tus respuestas?" Escritos en su pizarra blanca, los niños enumeraron tres preguntas para ayudar a concluir si la afirmación del congresista Harris de impulsar el proyecto de ley CCSP resolverá el analfabetismo:

1. ¿El analfabetismo le está costando una fortuna a los Estados Unidos, una afirmación precisa? Rosa cuestionó. "Hay demasiadas correlaciones entre analfabetismo y menos oportunidades de empleo que significa más bienestar social, como para que no sea legítimo. Esto valida una necesidad de ayudar a resolver el analfabetismo.

2. ¿La prevención del analfabetismo ahorrará dinero a los Estados Unidos? Jake concluyó. "Sí, hay pruebas suficientes de que si las tasas de analfabetismo son más bajas, Estados Unidos podría ser una sociedad más productiva. Sin embargo, la palabra 'analfabetismo' se puede sustituir por otras palabras, por ejemplo, drogas. El analfabetismo por sí solo no es lo suficientemente importante como para justificar CCSP y no hay evidencia concluyente de que resolver el analfabetismo por sí solo hará que la sociedad sea más productiva".

3. ¿El Programa de Escuelas Charter de la Comunidad realmente resuelve el analfabetismo?

Ted se opuso. "No estoy de acuerdo con la pregunta. Fui a la escuela pública en Miami-Dade. Es muy diferente a ser educado en casa por ti, MTA. CCSP será una expansión de un sistema roto. Si el sistema escolar actual ya está fallando a los estudiantes, ¿cómo es posible que más de lo mismo resulte en un resultado diferente?".

"¡Grandes respuestas!" dijo MTA. "Nuestra próxima tarea es ver la televisión".

¡Santa vaca! ¿Se acaba de adelantar la Navidad?

Rosa se cayó, fingiendo desmayarse. Ted y Jake corrieron hacia el sofá para sentarse.

"Cálmate. Es solo para ver las noticias".

La emoción de los niños no decayó. Si le ofreces un trozo de pan a un hambriento. Ese hombre no está dispuesto a devolverlo para exigir un pastel de chocolate. WOLF News presentó diferentes puntos de vista de múltiples corresponsales, todos discutiendo el cuestionamiento de CCSP por parte de MTA.

Las discusiones variaron desde una mujer desconocida asustando a sus hijos con mentiras sobre un sistema escolar secuestándolos hasta el congresista Harris agrediendo a una madre soltera de tres hijos y afirmando que 'una persona' como MTA debería estar agradecida por más ayuda del gobierno.

"¡Cómo te atreves! En primer lugar, no soy una madre soltera e incluso si lo fuera, ¿quiénes son ellos para asumir que recibo asistencia del gobierno? MTA dijo, enojado con la televisión.

"¡Mamá, no pueden oírte!" Rosa sonrió.

Casi lo único que dijo que no era un arma de doble filo provino de Rebecca Ann, una bomba rubia con anteojos de montura oscura, que simpatizaba con la preocupación de MTA porque era madre de cinco hijos. Ella apoyó totalmente a MTA, retratándola como una madre que cuidaba a sus hijos, que se desvivió por cuestionar a un congresista.

Rebecca Ann dijo: "Es refrescante que alguien cuestione el proyecto de ley de CCSP, y si va demasiado lejos".

MTA no pudo evitarlo: era una polilla en llamas. Toda esta gente estaba hablando de ella sin siquiera conocerla.

Para mantener la premisa de una experiencia de aprendizaje, MTA preguntó: "Vea si puede escribir algunos puntos de discusión, reclamos o líneas de cuestionamiento que podamos analizar, tal como lo hicimos con el discurso del Congresista".

Algunas conversaciones abordaron el evento de hablar, pero ninguna cuestionó el proyecto de ley en sí. Transcurrieron tres horas, pero no se discutió nada sustancial.

¿Por qué nadie habla de la factura real?

Después de tres horas, Ted admitió: "Esto podría estar exagerando, pero de forma indirecta, la noticia insinuaba que 'las madres solteras deberían estar más agradecidas por CCSP'. Como asumieron que MTA era una madre soltera, dijeron que deberías estar más agradecida, porque CCSP te dio más tiempo libre para hacer cosas como trabajar en tu propia educación. Creo que eso implica que las madres solteras no quieren pasar tanto tiempo con sus hijos como los hogares con dos padres.

"Tal vez si las noticias piensan que las madres solteras quieren menos tiempo con sus hijos, ¿no es eso decir que las madres solteras aman a sus hijos menos que los hogares con dos padres?".

MTA, apreciando el esfuerzo de Ted, explicó: "Me temo que estoy haciendo que te reduzcas a su nivel, que es solo un poco más alto en la escala que los insultos. Aunque no te equivocas. Tres horas de noticias y nada sustancial fue discutido.

"Disfrutemos del almuerzo y pasemos a Matemáticas", sugirió MTA.

Ted, imitando las maneras sarcásticas de Jake y Rosa, hizo una búsqueda rápida en su teléfono mientras mordía un queso asado.

"¿Cómo es esto para los números matemáticos? Hay 74,2 millones de niños en los Estados Unidos menores de dieciocho años", informó Ted.

Apoyándose en una silla, MTA susurró, "y nadie hace preguntas en su nombre". Al ver a MTA palidecer, Ted se disculpó: "No fue mi intención molestarte. Lo siento mucho."

"No me molestaste, Ted. Realmente creo que CCSP no es la respuesta correcta, y me temo que los niños no lo están haciendo bien. Solo me preocupaba la cuenta porque los amo, niños. La enormidad de esto se estableció cuando leíste el número 74.2. 74,2 millones y un presentador de noticias discutió cómo mi cabello se veía encrespado por la humedad, en lugar de los méritos reales de este proyecto de ley".

Luego, los niños experimentaron oficialmente el primer MTA de medio día permitido.

"¡El mejor miércoles de todos!" Jake proclamó.

Pasaron la tarde con MTA, navegando por los canales de noticias en la televisión, el teléfono de Ted y sus iPads, sin restricciones. MTA incluso sacó una bolsa gigante de Doritos. La comprensión de que se discutiría cualquier reclamo sustancial que respaldara el proyecto de ley CCSP, se fue por la ventana.

"El nuevo objetivo es encontrar algo positivo que se haya dicho sobre nuestro cuestionamiento al congresista Harris". *Hasta ahora, solo Rebecca Ann me defendió.*

Los niños encontraron a un YouTuber, Mark Dice, a quien siguen más fans que CMN en ratings. Había publicado un video de diez minutos, haciendo todo lo posible para señalar lo absurdo del trato que se le da a una madre, porque le hizo preguntas a un congresista sobre un proyecto de ley que afectará directamente a sus hijos.

MTA cambió a una película para niños.

Esto les está enseñando que si no se conforman, cuando creen que algo anda mal, serán señalados y aislados. Quiero que crezcan cuestionando las cosas, especialmente cuestionando lo que está bien y lo que está mal.

Mientras tanto, la tarde de Charlie Murphy empeoró después de regresar de almorzar en Lola's, una casa antigua convertida en un restaurante de estilo cajún de Luisiana, que atendía principalmente comida para llevar y solo ofrecía algunas mesas de picnic para sentarse. Fue llamado a alfombra por su Comandante por los hechos ocurridos en El Bogotá.

Aparentemente, el congresista Harris quería flexionar un poco sus músculos. A través de los canales de Isabella, Charlie Murphy fue colocado en la reserva de lesionados para evitar que entrenara con sus hombres para su próximo despliegue, en espera de varias evaluaciones.

Malcolm, en apuros para ayudar de cualquier manera que pudiera, convenció a Charlie de que se detuviera en su camino a casa desde el trabajo y comprara una buena botella de vino para MTA, y dejara que los gemelos se quedaran con él y Ted para pasar la noche en su casa esa noche.

"Ciertamente se merece un tiempo de inactividad", dijo Malcolm. "También quiero parar y tomar un poco de cerveza. Ir al despliegue sin ti, Charlie, está mal, ¡realmente mal!

El teléfono de Charlie Murphy sonó: "¡Hola, Paco! ¿Que pasa?".

"Hola, Murphy. Tengo malas noticias para ti. ¿Podemos encontrarnos en algún lugar?

"Por supuesto. ¿Dónde?".

"Vamos a golpear el rango".

"Por supuesto. 1800?

"Suena bien. Te veré luego". El teléfono se apagó.

Antes de que los niños se fueran con Malcolm, Jake se paró frente a su mamá y abrió uno de sus libros sobre presidentes. Leyó: "'James Madison, nuestro cuarto presidente, también conocido como el padre de la Constitución, es citado diciendo: 'Lo que la sociedad le hace a sus hijos, sus hijos le harán a la sociedad'".

Extendiendo a su mamá, un abrazo, continuó: "Gracias por tratar de proteger a la sociedad, mamá".

Ted sonrió, "¡Eres un superhéroe de la vida real, MTA!".

"¿Como Batman?". preguntó MTA.

Rosa se rió disimuladamente dándole un abrazo a su mamá, "Más como Green Arrow, mamá. ¡Él SIEMPRE es demasiado serio!".

Llegaron las seis y Murph se encontró con Paco en su campo de tiro al aire libre favorito. "Murph, ¿qué trajiste hoy?".

"Tengo el Tavor y, sí, voy a ser uno de esos tipos que nombra su arma. Su nombre es Ziva. Con suerte, ella puede ayudarme a distraerme de las cosas. Aparentemente, me retirarán en el futuro previsible".

"Murph, me temo que no se detiene ahí. Nuestro congresista favorito quiere usar el incidente en The Bogota como una excusa para acelerar el paso de sus hijos al CCSP. Van a hacer todo lo posible para que sus hijos ingresen temprano al programa, debido a la atención nacional de MTA". "¿Él puede hacer eso? El proyecto de ley ni siquiera ha sido votado a nivel estatal. ¿Que demonios significa esto?" preguntó Charlie. "Sus hijos recibirán una prueba estandarizada sorpresiva iniciada por el estado, y si el congresista Harris se sale con la suya, lo más probable es que se vean obligados a asistir a una escuela pública que, en el lugar donde vive, los colocaría en la escuela secundaria Robinson. Si Florida es uno de los primeros en adoptar este estúpido proyecto de ley, es posible que deban comenzar a asistir a partir de diciembre.

"Murph, fui a esa escuela cuando era niño. A menos que haya cambiado, se van a comer vivo a Jake. Jake es pequeño para su edad, y sabes que va a probar dos o tres niveles más arriba. Me doy cuenta de que solo es un día después, pero ¿por favor dime que MTA está investigando su aprendizaje de Jiu Jitsu?

Paco continuó: "Cuando estuvo en la estación la otra noche, ¿le dijo algo al Oficial de Servicios de Protección Infantil que pudiera interpretarse mal? Te advertí que esos departamentos trabajan con un sistema de cuotas. Si no están supervisando a suficientes niños, o si no tienen un cierto número de niños bajo su custodia, se recorta el presupuesto del próximo año. Un poco como nosotros policías con multas por exceso de velocidad".

Charlie pensó en ello. "No, hice lo que me sugeriste: respuestas breves y concisas sin dejar lugar a interpretaciones. Gretchen no quiere que esto se revele, pero el chico de Malcolm, Ted, capturó los eventos dentro de The Bogota en video. Uno de los guardias del congresista la levantó en un abrazo de oso y la llevó a la puerta trasera antes de que la policía la detuviera. Incluso tiene al hijo de Harris hablando mal y tiene el video que muestra que ese niño mocoso golpeó a Rosa".

Paco jadeó, "Mierda Charlie, no sabía que eso pasó. Ustedes dos son realmente malos en estas cosas. ¿No sabes que siempre alegas agresión cuando te involucras en un altercado, incluso si claramente eres inocente y ni siquiera te arañaron? Hay un caso en Nueva York que habría sido descartado si la gente alegara agresión. Esos muchachos están atrapados en quince años por agarrar el puño de un delincuente, mientras que el delincuente intentaba darles un puñetazo en la cara. En serio, si le hubieran dicho a la policía en ese momento del incidente 'Quiero presentar cargos por agresión', el juez chiflado no tendría fundamento para sostenerse. Ah, y esos tipos también lo tenían todo en video.

"No me malinterpretes, no quiero irme. Hay más gente buena que mala manejando estos sistemas. Es solo que, bueno, realmente tienes que hacer todo lo que puedas para protegerte de los malos.

"Los Servicios de Protección Infantil cuentan con gente real de la Madre Teresa. Con suerte, asignarán a uno de ellos como su asistente social, pero Harris tiene mucha influencia, así que planifique para lo peor. Entiendo que no quieras hacer olas sobre el video con los niños, pero emplear seguridad que le haría eso a una mujer es un reflejo directo de Harris. Deberías usar esa parte del video. La buena noticia es que lo más probable es que los Servicios de Protección Infantil solo administren los exámenes y es posible que no tengan suficiente para actuar".

Cuando se fueron, Paco le entregó a Charlie una bolsa negra de granos de café con la bandera estadounidense llamada Freedom Fuel Coffee Roast.

"MTA no dejaba de comentar lo bueno que estaba el café en la estación, así que pensé que una bolsa podría animarla cuando reciba esta noticia".

De vuelta en la casa, MTA abrió la botella de vino que Charlie había traído a casa antes para dejarla respirar. Hizo girar una pequeña cantidad en el vaso demasiado delicado y tomó un sorbo.

Mmm , un suave sabor a uva medio, con un sutil toque de mora, un regusto delicado, ligero en taninos. Carece de ese sabor a roble popular en California. Debe ser italiano.

Mirando el lado de la botella, vio que tenía razón.

Al menos algo me está saliendo bien hoy.

Dejó los vasos y la botella a un lado para disfrutar con Charlie cuando regresara. Incluso dijo que se detendría a comprar una pizza para ellos de camino a casa después del campo de tiro.

Por ahora, voy a hacer algo que no he hecho en mucho tiempo, darme un baño de burbujas.

MTA atenuó las luces de la casa y dejó todos los aparatos electrónicos abajo. Incluso encendió una vela de vainilla.

Tal vez haya algo de verdad en la aromaterapia, y el aroma de la vainilla me ayudará a relajarme. No más de quince minutos después de su baño, MTA todavía no lograba calmarse. Su mente seguía divagando. Eh, 74,2 millones de niños en riesgo y nadie hace preguntas. Trate de pensar en cualquier otra cosa. El brillo de la vela llamó su atención. ¿Quizás pueda pensar en el baile de las llamas? Demasiado tarde: centrarme en él me hace pensar en la quema de libros. ¿Qué diablos me pasa? Puede que no esté de acuerdo con CCSP, pero el desacuerdo es sobre cómo educar a los niños. Ambas partes quieren educar a los niños. ¿Por qué diablos mi mente saltaría a la quema de libros? Esto no es malo, es simple desacuerdo.

La puerta del garaje se abrió. Gracioso, MTA no escuchó el regreso del SUV de Charlie.

Tal vez me relajé más de lo que me di cuenta.

Agarrando la bata rosa extralarga de algodón suave que los niños le regalaron el último Día de la Madre, se dirigió hacia las escaleras. Cuando comenzó a bajar, ansiosa por abrazar a su esposo, MTV escuchó romperse el vidrio de una de sus ventanas laterales. Luego otro. ¿Alguien estaba tirando ladrillos a través de sus ventanas?

Corrió de regreso a su dormitorio y agarró una escopeta Mossberg de calibre doce y la cargó con perdigones 00.

Los cánticos comenzaron en el jardín delantero. Sonaba como si la gente estuviera pateando tanto la puerta principal como la puerta interior del garaje. Asomándose por la ventana delantera desde el segundo piso, pudo ver una multitud de personas.

Uno estaba pintando con spray su coche. Llevaba una máscara metida alrededor de unas enormes orejas con forma de lóbulo.

Deben tener al menos una pulgada de ancho. ¿Cómo puede alguien encontrar empleo luciendo así? Diablos, incluso puedo verlos en la oscuridad desde una ventana del segundo piso.

Había alrededor de dieciséis matones en total. Aproximadamente la mitad usaba exactamente los mismos cascos de bicicleta negros.

Fácilmente podría elegir un objetivo y derribar cinco, bueno, tal vez tres, antes de que huyan. ¿Qué suerte tienen estos cobardes de que existen leyes para protegerlos? ¿De verdad creen que solo están destruyendo propiedades? De acuerdo, si se quedan afuera, puedo convencerme de que solo están destruyendo propiedades. Recen para que no tengan la intención de hacerme daño.

Desde su posición ventajosa mirando por la ventana, MTA también tenía una vista clara de las escaleras a su derecha. Todavía escuchaba patadas, pero no creía que hubiera nadie adentro todavía.

Están tirando el garaje eso es seguro.

Parecía que se había soltado una bola de demolición allí.

Todavía estoy a salvo, mientras nadie suba las escaleras. Quizás con todas las luces bajas esta noche, los cobardes asumieron que no había nadie en casa. ¡Gracias a Dios que los niños están con Malcolm!

NAZI era la palabra que el asqueroso estaba rociando en rojo brillante en su auto.

Si tan solo supiera... espera, ¡el pintor en aerosol tiene pechos! Eso explica las orejas de lóbulos iguales, ¿o no? Tal vez nuestra aplicación de timbre esté capturando detalles en video de estos matones. Todos llevan máscaras, pero tal vez haya otras características únicas que puedan ayudar a identificarlos.

MTA todavía no escuchaba sirenas. Ella miró el reloj. Habían pasado unos buenos diez minutos. Uno de sus vecinos debe haber llamado por ahora.

Mientras no suban, estoy a salvo. No parece que haya nadie en la casa, todavía. Tal vez en realidad no están tratando de entrar.

Luego vio una mecha encendida, ¡UN COCTEL MOLOTOV! Apuntó al brazo que lo sostenía.

Disparamos para detener las amenazas, no para herirlas. Estos matones definitivamente me atacarán si salgo corriendo de la casa mientras se quema. Lo único seguro que se puede hacer es detener la amenaza. Por favor, no vayas a tirarlo. No quiero dispararte.

El matón estaba haciendo un espectáculo, girando como un lanzallamas hawaiano, asegurándose de que todos sus amigos le prestaran atención.

Rosa estaría tan molesta conmigo por asumir que es un hombre. Rosa, los niños, lo perderé todo si disparo. El congresista Harris se asegurará de ello.

Empezó a procesar casillas de verificación.

¿Me estoy protegiendo de una amenaza mortal? CONTROLAR

Si corro afuera, ¿me atacarán los matones? CONTROLAR

La autoconservación es dispararle a este matón, pero el amor por mis hijos lo anula. Si voy a tener alguna oportunidad contra Harris, mi única opción es correr a través de los matones.

El pintor en aerosol ahora estaba haciendo una esvástica en el gran roble en su jardín delantero.

Tal vez pueda superarlos, tengo el elemento sorpresa. Todos parecen más grandes que yo, mucho más grandes. Vale, decisión tomada. Voy a esperar hasta el último minuto posible antes de correr. El matón a punto de lanzar fuego puede no tener puntería. Tal vez se acicatee y no lo haga.

El Chico del Cóctel Molotov arrojó la botella encendida en el basurero de la calle.

¡Gracias a dios!

"¡Mira, basurero incendiado!" él grito.

Pasaron diez minutos más. Ahora podía oírlos abajo, destruyendo cosas.

Eso es lo que estaba esperando el Chico del Cóctel Molotov. Sus amigos en la casa no han terminado. ¿Dónde está la policía?

Molotov Cocktail Guy reclutó a su amigo y encienden dos más.

¡Correr te va a doler! Lo más probable es que me den un puñetazo, pero si me tiran al suelo es cuando se convierte en vida o muerte. Una patada en el lugar equivocado y puede que no me despierte. Ahora que hay dos de ellos, no hay posibilidad de que los lanzallamas cambien de opinión.

MTA los vio coordinar dónde planeaba tirar cada uno su botella.

¿Qué cobardes se dejarían manipular así?

sirenas ¡SIRENAS! Escucho sirenas, muchas sirenas.

Uno de los tipos que sostenía un cóctel molotov dejó caer el suyo y salió corriendo. El otro lanzó su alto en el aire directo al techo. MTA disparó justo a la altura del cable telefónico.

Destrozó una lluvia de pedazos de vidrio en llamas sobre el patio delantero y los cobardes que se dispersaron.

Mierda, eso fue tanto una reacción como intencional. Esto es culpa de Charlie por llevarme tanto al tiro al plato.

MTA volvió a colocar el Mossberg en la caja fuerte antes de bajar las escaleras para saludar a la policía. Sus manos comenzaron a temblar en contra de sus deseos.

Mantén la compostura, no ayudará en nada ser un desastre.

Charlie vio las luces intermitentes tan pronto como dobló la esquina. Todo el camino estaba en proceso de ser bloqueado. Los agentes de policía estaban buscando por todas partes con perros a pie.

Bajó la ventanilla listo para explicarle a un oficial que estaba tratando de llegar a su casa.

¡Santo infierno! ¡Están todos en MI casa!

En eso no escuchó lo que dijo el oficial. Pisó el acelerador, atravesó los patios de los vecinos y se detuvo en los setos de la señora Palmroth, al lado.

Corrió alrededor de ellos a través de la puerta principal en puro pánico.

"¿DÓNDE ESTÁ MI ESPOSA? ¿DÓNDE ESTÁ MI ESPOSA?

La policía estaba tomando fotografías de los daños en el primer piso de su casa cuando Charlie entró corriendo y gritando por ella. MTA estaba de pie en silencio, apoyada contra la pared de la sala de estar abrazando su bata con fuerza alrededor de sí misma.

Charlie la abrazó más fuerte que el abrazo de oso en The Bogota. No podía devolverle el abrazo, sus manos aún temblaban.

Tantas veces, estuve en medio de la batalla, viendo lo peor de las cosas y mi único consuelo era que mi familia estuviera A SALVO en casa. ¿Cómo diablos pudo pasar esto aquí?

"¿Qué diablos pasó?" Charlie preguntó a cualquiera que escuchara. Se repitió a sí mismo mientras su pánico se convertía en rabia.

MTA comenzó a explicar, pero se detuvo cuando todos los ojos se centraron en ella. Miró hacia la mesa de la cocina para sentarse, pero había vidrio por todas partes.

Resulta que acerté con el sonido de los ladrillos a través de las ventanas, TODAS las ventanas. Los cobardes perezosos ni siquiera trajeron sus propios ladrillos. Usaron los adoquines que tenía para bordear el jardín.

Miró hacia el sofá, pero los vándalos habían comenzado con pintura en aerosol. MTA optó por sentarse en el hueco de la escalera. Charlie se sentó justo a su lado, negándose a soltarla.

Con sus brazos todavía envueltos alrededor de ella, le envió un mensaje de texto rápido a Paco escribiendo solo con su pulgar. Paco respondió rápidamente: Dígale a MTA que responda cualquier pregunta de la misma manera que lo hizo con los Servicios de Protección Infantil. Ambos leyeron el texto juntos. Sabía lo que eso significaba: respuestas concisas, al grano, del tipo menos es más.

No hay problema ya que estoy casi demasiado nervioso para hablar. Los policías que me hacen preguntas parecen tan amables. Se siente extraño estar vigilado.

Una de las funcionarias responsables de enumerar los daños incluso se aseguró de incluir el vino en la evaluación. Ella preguntó qué tan caro era, tratando de entablar una pequeña conversación, discutiendo cómo prefería los vinos blancos. A lo que MTA sonrió, inclinándose hacia Charlie dijo: "Fue un regalo, pero sospecho por el sabor que es un vino italiano muy caro".

Paco apareció unos quince minutos después de su mensaje. Se mezcló con sus compañeros, entablando una pequeña charla, mientras consolaba a sus amigos en el hueco de la escalera. "Murph, ¿compraste esa pizza al estilo de Nueva York de la que estabas hablando?" preguntó Paco.

Charlie se olvidó por completo de la pizza. "Sí, todavía está en el SUV".

Al darse cuenta de que había más en la pregunta, apareció Charlie y le pidió a TMA que se quedara.

Charlie agarró la pizza y la bolsa de granos de café de su asiento trasero que estaban fuera de la vista de otros policías.

Paco susurró: "¡No dejes que MTA hable de ningún arma, o déjalos arriba si es ahí donde los guardas!".

Charlie asintió mientras se giraba, abriendo la caja de pizza a un oficial que escuchaba a escondidas unos metros detrás de ellos. Paco agarró la caja y la cerró. "No hay suficiente para compartir". Llevó la pizza y el café a la escalera con MTA.

Los tres se sentaron durante las siguientes dos horas, comiendo pizza y bebiendo café, haciendo lo que equivalía a un bloqueo en el hueco de la escalera.

Cuando un oficial pidió específicamente subir las escaleras, Paco respondió por los Murphy y dijo con firmeza: "No hay necesidad, ninguno de los vándalos subió las escaleras. Ahora deja de desperdiciar esfuerzos y concéntrate en atrapar a estos idiotas de una vez."

Paco volvió a sentarse junto a Charlie y MTA, "¿Hay alguna posibilidad de que ustedes dos puedan pasar el resto de la semana sin mi ayuda?".

Que pudieran.

11

HAGA DE ELLA EL EJEMPLO: ¡NADIE NOS CUESTIONA!

"¡Oye! Rosa! ¡Arcoiris!". Gritó Ted, señalando una enorme casa inflable, que se extendía del piso al techo. Las grandes columnas rojas lo empujaron hacia el área donde estarían las colchonetas de práctica azules en el piso del dojo.

"Cariño, prometo centrarme en las muestras de prueba estandarizadas preempaquetadas, los tres días".

German Tiger Mom dejó a Charlie a cargo de la educación en el hogar ese próximo lunes a miércoles porque MTA había sido invitado a hablar con Rebecca Ann en vivo en Nueva York sobre sus pensamientos sobre CCSP.

Las pruebas estandarizadas improvisadas estaban programadas para el próximo viernes, aunque se suponía que el pelotón Cramer-Murphy no lo sabía.

Un asunto de mayor importancia para Charlie era cambiar la técnica de lucha de Jake's Windmill Wonderboy .

Charlie Murphy tuvo una sincronización perfecta cuando presentó a los niños Jiu Jitsu South Tampa. El dojo celebró el último día del campamento de verano. El brincolín fue un regalo para los niños del campamento para un verano bien aprovechado entrenando. El maestro Matt, propietario y administrador del dojo, sugirió ese día específico para ayudar a los tres niños a familiarizarse con algunos de los otros estudiantes.

Normalmente, un regalo como un castillo inflable no se compartiría, pero Paco le avisó al Maestro Matt sobre la situación de la familia. El brincolín ayudó a eliminar esa intimidante primera impresión que un dojo tiene en los recién llegados. Funcionó a las mil maravillas, casi demasiado bien. Le dio a Charlie suficiente tiempo para mirar alrededor y tomar una clase de introducción él mismo.

Los tres niños y Charlie abandonaron el dojo ese lunes, cada uno con guardapolvos y gis en la mano. Gracie Tampa South MMA tenía un plan familiar, que incluía clases ilimitadas por la tarifa mensual. Charlie se aseguró de que él y sus hijos pudieran disfrutar cada minuto disponible.

Al estar lejos de la reserva lesionada, Charlie tuvo que encontrar otra forma de canalizar su energía. Además, su idea de educación en el hogar variaba significativamente de la de MTA.

Tenía tres días antes de que ella regresara.

Charlie tenía la sensación de que iba a necesitar algunos movimientos de Jiu Jitsu bajo la manga tan pronto como MTA descubriera que los niños se concentraron en aprender tácticas militares en el arte de la guerra. Esperaba que los niños no cometieran un desliz y mencionaran haber visto la película clásica 'Kelly's Heroes' una mañana para aprender sobre la Segunda Guerra Mundial.

Entrar al dojo para jugar en una enorme casa inflable era una cosa, pero al entrar al día siguiente, Ted y Rosa aminoraron el paso. Jake, por otro lado, saltó a la posición de alineación. El Maestro John presentó a los tres nuevos estudiantes.

Luego pasó a gritar al estilo de un sargento de instrucción: "¿Qué aprendemos primero en Jiu Jitsu?".

Simultáneamente, los otros cinco niños de la clase gritaron: "¡Reglas de participación!".

El Maestro John continuó: "Cuando te llame, quiero que respondas con la regla correspondiente".

"¡Kevin! ¿Regla número uno?".

Kevin respondió: "Evita la pelea a toda costa".

Ted sonrió ante esta regla. "¿Hay algo divertido en esa regla, Ted?" El Maestro John debe haber malinterpretado la sonrisa de Ted. "No, maestro John, me recordó algo que me enseñó mi abuelo".

"¿Cuál es qué, Ted?" preguntó el Maestro John.

"Él me enseñó que los hombres de verdad tienen algo que perder, y si puedes evitar una pelea, hazlo siempre", respondió Ted.

"Gente real, Ted", insistió Rosa.

El Maestro John centró su atención en Rosa. Rosa. Después de clase me darás diez vueltas alrededor de las colchonetas y diez flexiones por interrumpir.

Rosa soltó: "Eso no es justo".

Usando su propia lógica en su contra, el Maestro John dijo: "Si fueras un niño, serías penalizado de la misma manera. ¿Estás diciendo que mereces menos, porque eres una niña?

Rosa respondió con un manso "No".

"¡Bueno! Piper, ¿regla número dos?

Piper respondió: "Si no puedes evitar que te ataquen físicamente, defiéndete".

"¡Bueno! Robby, ¿regla número tres?

Robby respondió: "Si lo agreden verbalmente, haga su mejor judo verbal para calmar la situación".

"Tim, ¿regla cuatro?" Tim respondió: "Controla al acosador lo mejor que puedas sin golpear o patear al acosador".

"Miguel. ¿El último?".

Mike respondió: "Envíe a los acosadores usando la fuerza mínima".

Jake tomó el Jiu Jitsu como un pato en el agua. Aprendió los movimientos rápidamente, usando a su padre y a Ted como maniquíes de agarre interminables. Incluso probaría suerte con el tío Malcolm de vez en cuando. Cada intento terminaría con Jake levantado por la parte de atrás de su camisa, colgando del gran brazo extendido de Malcolm, devolviéndole a Jake a Charlie con frustración en su voz, "TU HIJO".

El mismo movimiento no funcionó tan bien para Ted. A pesar de que era alto, Ted todavía tenía que crecer para alcanzar el tamaño de su padre, el tío Malcolm. Jiu Jitsu humilló a Ted. Intentaría agarrar a Jake por la parte de atrás de su camisa, solo para terminar en una barra de brazo. El tamaño le dio una ventaja, pero sólo una pequeña ventaja.

Rosa fue a regañadientes a Jiu Jitsu, hasta que le envió un correo electrónico a Scout. Scout respondió por correo electrónico: "¡Rosa, tienes tanta suerte! ¡y estoy tan celoso!"

Tal vez debería probar Jiu Jitsu durante unas semanas antes de juzgarlo.

"No voy a tener otra opción en aprender Jiu Jitsu, ¿verdad?" Malcolm dijo, mientras observaba a Jake, Rosa y Ted practicar movimientos donde una vez estuvo su mesa de café.

"No si alguna vez quieres agarrar una cerveza cerca de mí otra vez", dijo Charlie, retorciendo el brazo de su amigo en un agarre de Kimura, lo que provocó que Malcolm perdiera su cerveza recién abierta.

Con sarcasmo, Malcolm dijo: "¡Podrías haber abierto el refrigerador, Reserva Injuriada!".

"¡Oye! Eso es bajo. ¿Qué pasa con los insultos, viejo amigo? preguntó Charlie.

"No le hagas caso, tío Charlie, solo está celoso de que tengamos habilidades de ninja loco", dijo Ted, levantando los brazos y las piernas como en la película 'Karate Kid'. Luego habló, (formando palabras con su boca que no coincidían con los sonidos que salían en lo más mínimo). "Debes someter al joven Jake, o sufrir el olor apestoso del dragón de colores del arcoíris. ¡HOLA!".

Charlie se rió. "Ted y tú tendrán el condominio de vuelta para ustedes mañana cuando termine nuestro instalador de ventanas. Es una suerte que Gretchen esté fuera haciendo esa entrevista, o estaríamos cuatro durmiendo en tu sofá. Gracias por permitirnos quedarnos aquí."

—No es eso, Charlie. ¡Estaban enviando un mensaje! Si Gretchen...

Charlie negó con la cabeza 'no' a Malcolm. Esto impidió que Malcolm terminara su oración.

"No delante de los niños", susurró Charlie.

"Vaya. ¡Ups! Si claro, es que hace un año solo era yo. Ahora hay cinco personas en mi apartamento de dos dormitorios. No es que no te quiera..."

Ted no permitió que su padre terminara la oración, ya que intentó un estrangulamiento trasero desnudo sobre él, que Malcolm defendió llevándose un brazo a la oreja. Distraído por su hijo, Charlie pudo agarrar de lado la parte inferior del torso de Malcolm, lo levantó a unos dos pies del suelo y arrojó al enorme hombre sobre el sofá.

Jake se unió al otro brazo de Malcolm. El chasquido del marco del sofá resonó cuando Rosa decidió saltar sentada sobre el estómago de su tío Malcolm. La sesión de placaje de cuatro contra uno se detuvo abruptamente con el chasquido, Charlie y Malcolm compartieron una mirada de complicidad, pero antes de que alguien pudiera reaccionar, el sofá se derrumbó.

"Sí, definitivamente me inscribiré en Jiu Jitsu, especialmente si Rosa va a poder acabar conmigo pronto". Malcolm dijo, levantando a Rosa sobre su hombro mientras se ponía de pie. Luego comenzó a volarla por un brazo y una pierna como si fuera un avión, un juego que a ella le encantaba, pero que su madre insistía en que había superado hacía mucho tiempo.

"Además, dile a MTA que haga esos dos sofás de reemplazo que tiene que comprar en la tienda de muebles cuando regrese".

Más tarde ese miércoles, MTA regresó de su entrevista en WOLF News y descubrió que su esposo no había descifrado ni una sola prueba estandarizada de muestra. Se obsesionó con las pruebas de los niños y se negó a hablar sobre su tiempo en Nueva York. Su silencio le dijo a Charlie que la entrevista no salió según lo planeado. Las pruebas 'improvisadas' de los niños, de las que se suponía que no debían saber, iban a ocurrir ese viernes, dejando a MTA solo el jueves para preparar a los niños.

Eran las 2:00 pm del jueves cuando Charlie decidió intervenir en favor de los niños. Regresó de Jiu Jitsu y entró para ver a los tres niños sentados en la mesa de la cocina, con los exámenes extendidos frente a ellos. MTA tuvo a los niños practicando pruebas desde que salió el sol. Rosa había masticado la mitad de su lápiz.

"Ella es una general alemana total, papá. Sal mientras puedas. Jake susurró.

"¡OYE! ¡SIN HABLAR!" regañó MTA, mientras entraba a ver a su esposo.

"Demasiado tarde amiguito, pero gracias por avisar", dijo su padre, sonriéndole.

"Cariño, sabes que los puntajes de las pruebas no importan. Si Harris logra que se apruebe CCSP en Florida, estará empeñado en usar a estos tres como ejemplo. Hará todo lo posible para obligar a los niños a ingresar al sistema educativo de adoctrinamiento público (tos). Diablos, te asaltó, te arrestó, nuestra dirección se doxó y me colocó en la Reserva de Heridos.

"¿Estás diciendo que simplemente nos rendimos?" Ella espetó, al borde de perder la cabeza.

"De nada. Estoy diciendo que aguantamos los golpes y nos convertimos en la espina más grande posible en el costado del congresista. Seis meses de educación pública no van a matar a los niños. Confía en mí, Harris the Horrible querrá que te ocupes de educarlos en casa nuevamente, una vez que sienta la ira de lo que un MTA enojado puede lograr".

Los niños lo miraron fijamente, con la boca abierta como un grito ahogado, como si él fuera Superman, salvándolos del malvado Lex Luthor. Rosa se arriesgó a hablar: "La tienda de yogur helado tiene especias de calabaza anunciadas en su escaparate. ¿PPLLLLEEESSEE?".

"¿Especias de calabaza en agosto?". Cuestionó MTA.

"Jake tenía razón. Siempre estás pensando en la comida Rosa, no es que me queje", agregó Ted.

"Probablemente estaba fantaseando con granola orgánica mientras tomaba la prueba, lo que explica su lápiz", observó Jake, toda la familia se rió.

"Supongo que soy en parte termita", dijo Rosa, notando lo que le hizo al lápiz por primera vez.

MTA dio una aprobación derrotada y asintiendo con la cabeza.

"¡Yogur helado es! Rápido, antes de que mamá cambie de opinión. ¡Oye! ¿Deberíamos tomar mi SUV o el auto nazi de tu madre? Los niños se amontonaban en la camioneta, incluso antes de que Charlie recibiera el abrazo de bienvenida habitual de su esposa.

"No siempre puedes ser su amigo, ¿sabes?" MTA le susurró.

"Lo sé, pero el yogur helado te hará dejar de ser el malo, mientras explicas lo fea que se volvió tu entrevista".

Jake tenía una taza extra grande de yogur Golden Toasty Marshmallow and Chocolate, apilada sobre un brownie con tantos aderezos que no se podía ver el yogur en la taza.

Ted mantuvo su estilo simple con caramelo salado y yogur de coco Maui, cubierto con ositos de gominola de frutas tropicales.

Rosa, siendo perspicaz, construyó la base de su taza con un waffle crujiente en el fondo, con capas de yogur Pumpkin Spice, por supuesto, con el sabor complementario de trocitos de caramelo en la parte superior, con dos canela y jengibre para contrarrestar la textura opuesta y sabor a sal y especias.

Sintiéndose orgullosa de la creación de su postre, y un poco confiada, Rosa preguntó: "¡Nada de esto habría pasado si no hubiéramos hecho esa pregunta estúpida! ¿Por qué me hiciste hacer esa pregunta estúpida, mamá?

La naturaleza amable de Charlie se desvaneció. Se convirtió en padre más rápido de lo que pueden decir, 'Jack Flash'.

Le arrebató el vaso de yogur a Rosa y sermoneó: "¡Tenemos todo el derecho de cuestionar lo que está haciendo nuestro gobierno, especialmente cuando se trata de ustedes, niños! Uso el uniforme de un infante de marina todos los días para servir a mi país y garantizar que se protejan los derechos y libertades garantizados por nuestra Constitución.

"Me he enviado a más países de los que recuerdo, para ayudar a las personas en algunos lugares horribles a encontrar el coraje y la protección necesarios para cuestionar a sus propios gobiernos. ¿Cómo se atreven el resto de los padres a no cuestionar este proyecto de ley? El congresista debería haber estado rodeado de padres enojados en Ybor, exigiendo respuestas.

"En cambio, está usando las mismas tácticas que veo que los déspotas de todo el mundo usan para someter a sus ciudadanos. ¿Crees que tu madre pidió algo de esto? El congresista la está apuntando para señalarla e infundir miedo en cualquier otra persona que se atreva a pensar en cuestionar su proyecto de ley CCSP. ¡Pídele disculpas a tu madre!".

Rosa se congeló. Su papá nunca se enoja con ella. Las lágrimas brotaron de sus ojos. "Yo, eh, lo siento".

MTA le sonrió a Charlie, tomó una de las galletas de jengibre de Rosa y le devolvió la taza de postre a Rosa. "Tus combinaciones de sabores de postres son deliciosas", dijo MTA, como una forma de aceptar la disculpa de Rosa.

"La verdad es que yo me he hecho la misma pregunta, Rosa. Desafortunadamente, ya sea que le haya hecho esa pregunta a Harris el Horrible o no, de todos modos terminarías yendo a una escuela pública por la forma en que está redactado este proyecto de ley.

"Hay una gran cantidad de familias que educan en el hogar que están listas para demandar al estado, cuando y si se promulga el proyecto de ley, pero las demandas toman tiempo. El problema de demandar es que el caso se enredará en el proceso, y lo siguiente que sabrás es que han pasado diez años, en los que el gobierno simplemente argumentará que ya cuenta con esta infraestructura. Nada de lo cual importará, ya que todos tendrán veinte años para entonces".

Los gemelos le hicieron a Ted todo tipo de preguntas sobre la asistencia a la escuela pública, y él estaba haciendo todo lo posible para darle un giro positivo a cada respuesta, pero los tres niños estaban nerviosos. Estar en la escuela cinco días a la semana daba miedo, incluso si era una escuela cerca de donde vivían.

"Si la escuela no fue mala, ¿por qué prefieres aprender con nosotros?" preguntó Rosa.

"He aprendido mucho más en estos últimos ocho meses que en la escuela regular. Creo que la mitad de mis calificaciones me las dieron solo porque practicaba deportes. Lo que aceptan los docentes, versus lo que permite el MTA, son diferentes el día y la noche. Ninguno de nosotros tendrá problemas para sacar A en la escuela pública. Esa parte será fácil.

"Entonces, si eso es fácil, ¿qué parte es difícil?" preguntó Rosa.

Ted mantuvo su respuesta corta, "¡Encajando!".

"Eso es porque eres demasiado grande Ted, no encajas en ningún lado". dijo Jake, riéndose de Ted.

"Bueno, la verdadera diversión serán los seis meses de Jiu Jitsu sin parar que podamos hacer, si obtienes buenos resultados en estas pruebas mañana", dijo Charlie, haciendo que los tres niños miraran a MTA con ojos pidiendo permiso.

"Sí, sí, si te va bien en las pruebas de mañana, podemos facilitar el aprendizaje de libros y centrarnos en Jiu Jitsu durante los próximos seis meses. Ya que aprender de un alcohólico es inútil de todos modos."

"Cariño, ¿de qué estás hablando?" preguntó Charlie.

"WOLF News sacó lo mejor de mí. Fui ingenuo y creí que querían una conversación honesta sobre el proyecto de ley CCSP. La conversación que Rebecca Ann y yo habíamos cambiado tan rápido que al principio pensé que era bipolar cuando apareció el aviso de 'en el aire'.

"Su preparación para mí fue que me preguntaría por qué me siento incómodo con CCSP y cómo sugeriría abordar nuestras escuelas públicas de bajo rendimiento. En el momento en que estuvimos en el aire, su primera pregunta fue: '¿Estoy en contra de CCSP porque no creo que las personas pobres tengan derecho a asistir a escuelas chárter o garantizar la elección de escuela para las comunidades más pobres con escuelas deficientes?'

"Con qué respondí no importaba. Solo puedo adivinar lo mal que me harán ver los fragmentos de sonido que van a usar.

"Pueden destrozar mis respuestas. En un momento dije, 'Las escuelas no lo son todo' y ella aclaró mi afirmación, poniendo palabras en mi boca, eso significaba que no creo en la educación de los niños.

"Rebecca Ann ni siquiera me dejó responder antes de hacer su próxima pregunta de ataque. Preguntas como '¿Por qué en The Bogotá mi hija terminó maltratada y por qué me arrestaron por agresión, si solo estaba allí para hacer preguntas? Ella insinuó que el video corto que Ted publicó bajo #CCSPiskidnapping era falso.

"Otra pregunta fue '¿Cómo es que en una noche entre semana cuando los niños deberían estar en casa, los tuyos estaban jugando a la pijamada y tú estabas bebiendo un vino italiano caro?' Cuando traté de replicar, con 74,2 millones de niños que se verán afectados por esto, deberíamos hacer preguntas, me interrumpió diciendo: 'Por lo que parece, deberías preocuparte más por mantener la custodia de tus hijos'. Durante toda la entrevista, ella fue agresiva haciéndome preguntas, no preguntas, acusaciones, y no me dio tiempo para responder. ¡Se verá muy mal! Sé que lo es. Me temo que les fallé a ustedes, niños.

"Mamá, ese libro que me compraste dice: ' *Nunca fallas, o ganas o tienes experiencias y aprendes de ellas* '", dijo Jake.

"Claro Jake. Eso suena como una versión larga de una cita de Nelson Mandela, 'Yo nunca pierdo. O gano o aprendo'", alardeó Ted. "He estado haciendo algunas lecturas paralelas".

Esto era lo que MTA necesitaba escuchar. Sus hijos aprendiendo a aprender sin ella.

"En realidad, cariño, desearía haber pensado en esto antes, pero ese tratamiento tiene sentido. El congresista Harris es un republicano muy conocido, a quien WOLF News ha tenido como colaborador. La red afirma ser imparcial, sin embargo, también tienen su agenda". dijo Charlie.

Ted preguntó: "¿Sin embargo, los sindicatos de docentes no son demócratas? ¿No habrían sido peores las otras redes?".

Charlie respondió: "Sí, son Ted, y lo más probable es que lo hayan hecho. Considere a los republicanos y demócratas como equipos rivales de la NFL. Las redes de medios son fanáticos entre la multitud y tienen preferencia por que gane su equipo favorito. La mayoría de los ciudadanos también son fanáticos entre la multitud. El problema es que mientras todos animan a su equipo preferido para que gane, nadie presta atención al juego que se juega contra la gente en general".

Jake preguntó: "Papá, ¿estamos hablando del Super Bowl o del Pro Bowl?".

"¿Qué tal el Puppy Bowl? ¿Podemos tener un perro? preguntó Rosa.

"¡Me rindo! Cariño, ¿ayuda?

MTA se rió de que los lapsos de atención cargados de azúcar estaban sacando lo mejor de Charlie. "Sobreviviste al combate. Son tres niños bien educados".

Hizo una pausa, esperando que Charlie tratara de salvar su analogía. En su lugar, optó por comer un bocado de yogur helado de chocolate.

MTA puso los ojos en blanco y explicó: "CCSP está apostando a que ambos equipos ganen. Los republicanos se han ganado a los votantes con la promesa de impulsar los vales y la elección de escuelas durante décadas. La elección de escuela hace que las escuelas compitan entre sí, obligándolas a ser mejores entornos de aprendizaje. Están a favor de que los niños tengan vales y puedan seleccionar a qué escuela prefieren asistir.

"Los demócratas han promovido el 'transporte', que se supone que lleva a los niños de áreas desfavorecidas, áreas pobres y los transporta a escuelas que son mejores en comunidades más ricas. Sin embargo, no tienes elección. Asistes a la escuela que te designan. Su objetivo en esto es obtener fondos adicionales de las áreas ricas, a través de impuestos, y afirmar que mejorará las escuelas. Especialmente, si los niños de las comunidades más ricas están siendo transportados a la escuela de menor calidad.

"También usan los sindicatos de maestros como su brazo fuerte, para luchar por mejores presupuestos, porque a los maestros no se les paga bien. Dado que los maestros son la cara de la educación, esto es muy poderoso. Todo el mundo ama a los maestros. Son personas inteligentes, que eligieron entrar en una línea de trabajo que se paga muy poco. Entran en una carrera sabiendo todo esto, pero lo hacen de todos modos para ayudar a los niños. Son conocidos por ser amables y tener un gran corazón. Lo que hace que sea muy difícil decir 'no' cuando solicitan dinero extra del presupuesto. CCSP les está dando a ambos lados/equipos lo que quieren, por lo que ninguno se opone a este proyecto de ley".

"¡Suena como una gran cosa, mamá!" exclamó Rosa.

Ted intervino: "¡No lo es! Cuanto más grande es la escuela, más grande es el programa, más fácil es arreglárselas sin aprender. No te ofendas, MTA, pero estudiar contigo es muy difícil. No me malinterpretes, lo haces divertido, pero es más difícil que todo lo que experimenté en la escuela pública. Si no fuera por la oportunidad de conocer a mi papá, te habría dejado la primera semana".

MTA sonrió, "Ted, ese es un complemento total".

Ella agregó: "Lo que más odio del proyecto de ley CCSP es el poco tiempo que tengo para enseñarles a los niños lo que creo que es importante. Cinco días a la semana seguidos de escuela ni siquiera me dan tiempo para sentarme contigo a cenar cada noche y entender lo que estás aprendiendo".

"¡UH OH!" dijo Jake. "Rosa, no tendrás influencia sobre tu cena o la comida que comes".

"¡Mamá, NO VOY A IR!" exclamó Rosa, sentada mirando su taza de yogur vacía sobre la mesa.

Charlie intervino: "Rosa, como el combate, tienes que concentrarte en el ahora, pero jugar a largo plazo".

Rosa se limitó a mirarlo. "No ganes la batalla a expensas de la guerra". Siguió mirando a su padre, sin entender.

"El ahora es relajarse y tomar las estúpidas pruebas estandarizadas de mañana. No tengo ninguna duda de que todos disfrutaremos de seis meses de Jiu Jitsu sin parar después de que termines. Incluso pedí ese protector contra erupciones de arcoíris para ti, Rosa. El amo John está obligado a permitir que se hable un poco de basura, especialmente cuando le digo que Jake es susceptible a los arcoíris. Solo digo..."

12

VIVIR SIN INTENTARLO ES PEOR

Después de recoger a los niños de las pruebas, German Tiger Mom tenía una nueva agenda lista para estudiar. No tenía dudas de que sus puntajes serían excepcionales, así que después de las pruebas se dirigieron a Jiu Jitsu Tampa South. El Maestro Matt creía que incluso si los niños de Cramer-Murphy eran demasiado mayores para la clase de 'Introducción al Jiu Jitsu' diseñada específicamente para jóvenes menores de diez años, aún deberían aprender reglas de comportamiento antes de convertirse en Jr. Ninjas.

MTA preguntó: "¿Dónde se originó el Jiu Jitsu?".

Rosa respondió: "Japón".

" ¡Eeee , mal! Brasil. ¿Por qué crees que se llama Brazilian Jiu Jitsu Rosa?" Jake respondió. "Jake estás equivocado. Rosa tiene razón!" MTA explicó: "El origen del Jiu Jitsu fue en realidad el arte del campo de batalla de los samuráis de Japón a principios del siglo XIX. También se cree que se originó en los monjes budistas. Había diferentes estilos de lucha en ese entonces, que se conocen como ryu —pronunciado reee tu _

"Un caballero llamado Kano creó un estilo que se desvió por completo de los demás y evolucionó hasta convertirse en lo que conocemos hoy como Judo. Un alumno de Kano, Maeda, emigró de Japón a Brasil. George Gracie, un ciudadano de Brasil, hizo todo lo posible para ayudar a Maeda, quien a su vez le enseñó a Carlos Gracie, el hijo de George, su estilo, que hoy se conoce como Jiu Jitsu. Es por eso que muchos piensan en Judo cuando escuchan Jiu Jitsu. Jiu Jitsu se convirtió en una tradición de la familia Gracie. George enseñó el estilo a sus hermanos. Esto fue a principios del siglo XX".

A estas alturas, incluso Ted estaba vidrioso. MTA continuó: "Los concursos de artes marciales mixtas que incluyen todos los estilos diferentes fueron populares en Brasil, pero aún no en Estados Unidos. Después de generaciones de practicar Jiu Jitsu, la familia Gracie había perfeccionado su propio Jiu Jitsu ryu . Rorian Gracie, quien emigró a Estados Unidos desde Brasil, y Art Davies, notaron el vacío y desarrollaron The Ultimate Fighting Championship (UFC) que permitió a los luchadores de artes marciales mixtas competir aquí en los Estados Unidos. UFC tuvo su primer desafío en 1993. Royce Gracie, el hermano menor de Rorian , a pesar de que era uno de los competidores más pequeños, venció a cuatro participantes esa noche y ganó. Después de eso, Jiu Jitsu se volvió popular aquí en los Estados Unidos. Especialmente, el jiu jitsu brasileño enseñaba al estilo Gracie".[1]

Cuando llegaron al dojo, Charlie estaba ahí para saludarlos, luego de rodar esa mañana en una clase de no gi .

Jake soltó instantáneamente: "¡Papá, ella está arruinando el Jiu Jitsu!".

Charlie se volvió hacia Rosa: "¿Amenazaste con tirarle un pedo cuando lo tienes en una llave de pierna?".

Rosa se sonrojó riéndose, "No, pero es una gran idea. Sin embargo, podría usarlo en Ted. Es como rodar con un árbol".

Ted, luciendo sorprendido y amenazado, replicó: "Dos pueden jugar a ese juego, y mi papá no pestañeará si yo como frijoles para el desayuno todas las mañanas".

"¡No, papá, mamá!" exigió Jake.

MTA miró desconcertada a su marido. "¿Cómo es que tu madre arruina el Jiu Jitsu?".

Poniendo sus manos en sus caderas, Jake dijo con el suspiro más grande y más exasperado, "Ella está haciendo que todo se trate de estudiar, aprender cosas. ¿No podemos simplemente hacer algo sin conocer cada detalle? Probablemente ya haya elegido libros masivos para que los leamos".

Los niños continuaron en la lona para entrenar.

"Supongo que este es un mal momento para decirles que en horas libres de Jiu Jitsu estaremos leyendo Musashi". MTA dijo, sonriendo a su marido.

"Cariño, ¿qué es exactamente Musashi?".

"Oh, un libro ficticio del espadachín japonés más conocido que jamás haya existido. Se relaciona porque se supone que Musashi crea su propio estilo de manejo de la espada. Algo así como la familia Gracie perfeccionando su propio estilo de Jiu Jitsu".

Charlie bajó la cabeza, "A menos que planees darle a Jake una espada para que la empuñe mientras lo lees, no calificará como divertido. ¿Por qué no me dejas los próximos meses a mí? él sonrió.

Ella nunca va a estar de acuerdo con eso .

En cambio, MTA respondió: "¿Qué tal si comenzamos ahora? Quédate aquí, tengo recados que hacer.

MTA se volvió rápidamente, dejando un poco con el corazón roto por no poder compartir lo que prometía ser una novela épica con los niños. Diablos, fue derribado antes de que ella mencionara que tenía más de 900 páginas.

Después de hacer un par de mandados, MTA se encontró en una librería.

Me sorprende que este lugar todavía esté aquí. La mayoría de las librerías han quebrado y cerrado. Ah, sé por qué.

El aroma le dio la bienvenida, mejor que el olor de una fiesta del Día de Acción de Gracias en un fresco día de otoño. La cafetería abarcaba alrededor del veinte por ciento de la tienda, creando un ambiente de tranquilidad, en comparación con la sensación estándar de "entrar y salir" de una tienda. Estaba tranquilo, tal vez veinte o más personas.

Tal vez podría incorporar libros sobre aprendizaje empresarial en Jiu Jitsu. Tal vez enseñar a los niños los aspectos económicos de administrar un dojo. Pensándolo bien, si a los niños ni siquiera les gusta un libro de ficción, el estudio de negocios no funcionará. Voy a tener que adoptar un enfoque completamente diferente. ¡Vaya, el café huele delicioso!

Caminando por algunos estantes sobre deportes, MTA se encontró con un libro sobre La práctica de la visualización.

Jake sentado quieto para visualizar cualquier cosa es casi cómico. Sin embargo, si cree que mejorará su habilidad, quizás tenga la motivación que necesita.

Salud y fuerza era otro libro.

A Rosa le encantará esto. Correlaciona la forma física con la alimentación. Ahora para Ted. Se jactó de un juego de campeonato de fútbol en Miami. Tal vez algo sobre los pasos para realizar o ganar.

MTA lo encontró, un libro de tapas verdes, Getting Ready fór Competition.

Por diversión, caminó hacia una sección separada y tomó el libro, La historia embrujada de Tampa.

Este libro será una investigación agradable para los videos de caza de fantasmas de los niños. No me mataría tomar una taza de café 'comunista', como lo llama Charlie. Sólo esta vez.

Cerca, una mujer joven, Isabella, estaba demostrando una nueva aplicación de teléfono, mientras tomaba un sorbo de un café con leche especiado con calabaza.

Capitalismo codicioso que promueve las vacaciones más temprano cada año. A quién le importa, ellos no tienen el poder real. ¡ Mmm especia de calabaza!

Miró a su audiencia: cinco justos bienhechores sentados alrcdedor de la mesa con ella.

Triste cómo realmente desean un propósito en sus vidas. Es tan fácil convencerlos de que crean en una causa más allá de ellos mismos. Los activistas universitarios son, con mucho, los más fáciles de reclutar. La mayoría nunca tuvo responsabilidades reales, ni siquiera la de voltear hamburguesas. Nunca vivieron fuera de sus propios pequeños mundos académicos, sin ganarse el respeto de sus conciudadanos. Peor aún, les falta respeto a sí mismos.

La aplicación se llamó 'Evolve' y se centró en el reclutamiento, los esfuerzos de colaboración y, lo que es más importante, los llamados a la acción. Mirando hacia arriba por un segundo, MTA entró en el rango de visión de Isabella.

¡Qué pura suerte es esto! No, no es suerte, a menos que te guíes por la definición de suerte que acuñó el filósofo romano Séneca; "La suerte es lo que sucede cuando la preparación se encuentra con la oportunidad".

Acercándose al área del café, MTA dejó volar su imaginación. Visualizó el aroma del café.

Un par de largos guantes marrones satinados flotaban frente a ella, indicándole que siguiera su ejemplo. Los tenues sonidos que la máquina de café con leche hacía gárgaras se traducían a "Gretchen, ven a beberme". El menú de café prohibido se ve increíble.

MTA pidió un moca helado grande con crema batida, corrección, un moca helado 'venti' con crema batida.

En serio, como si el barista necesitara corregirme, obligándome a decir 'venti' en lugar de 'grande', para comprender lo que estaba solicitando. Postre en una taza, la recompensa perfecta para el desafío de encontrar algo que los niños se diviertan estudiando, mientras siguen aprendiendo físicamente Jiu Jitsu.

Se sentó en una mesa, disfrutó de su moka, ganando confianza en sus selecciones de libros mientras los hojeaba.

Qué atractivo es este ambiente. Definitivamente debería hacer de esto una escapada diaria mientras los niños entrenan.

Cerca de allí, Isabella instruyó a una de las estudiantes activistas, Courtney, para que se hiciera pasar por empleada de una librería. "Courtney toma un trapo y ve a limpiar las mesas. Específicamente, en el que está sentada la mujer. Probemos Evolve". Courtney se puso de pie, feliz de obedecer, hasta que vio a la mujer sentada allí, reconociéndola al instante.

Isabella insistió: "Te lo prometo, Courtney, estarás protegida. ¡Vamos! ¡Diviértete con eso! Asegúrate de que conecte los puntos. Recuerde, presione el comando 'en vivo' para indicarnos al resto que ayudemos". Isabella luego les dijo a tres de los otros: "Vayan a prepararse al estacionamiento y esperen esa señal".

Ella asignó la tarea de registrar todo el incidente al último estudiante.

Isabella dejó su café con leche y se dirigió a los estantes de revistas entre la entrada y el área del café.

¡El DIRECTOR ciertamente estará feliz con esto!

"Vaya, ese es un conjunto interesante de títulos. ¿Estás planeando entrar en los Juegos Olímpicos? preguntó Courtney mientras limpiaba las mesas.

Antes de buscar, MTA respondió: "Oh, Dios mío, no, estos son para mis hijos".

"Si puedes levantarlos, limpiaré esas migas sobrantes de bollos. El último hombre que estuvo aquí pide uno cada mañana como un reloj.

¡Qué educado! Ni siquiera noté migas. Guau, el color rojo sangre que delinea las uñas de la chica realmente contrasta con la tela blanca en su mano.

"¿Te quedaste sin quitaesmalte?" MTA preguntó de improviso.

¡ESPERE! ¡ESE COLOR! Pasé horas limpiando ese color exacto de mi auto con acetona.

Mirando hacia arriba, vio un corte en la mejilla de la niña y orejas arrancadas de una pulgada.

"¡YOOOOOOO!" MTA jadeó, agarrando la muñeca de la chica con un apretón mortal.

La niña se puso completamente blanca, gritando "¡AYUDA! ¡NAZI! ¡NAZI! ¡NAAZZII!"

MTA mantuvo su agarre mortal en la muñeca de la chica. "Por favor alguien llame a la policía? ¡Esta vez no te escaparás!".

"¡DÉJAME IR, NAZI!" la chica volvió a gritar.

Las pocas personas que había en la librería los rodearon. Todos grabando en video con sus teléfonos.

La niña seguía gritando a todo pulmón: "¡NAZI, NAZI, NAZI!"

"¡Suéltale la muñeca!" insistió el encargado de la librería, interponiéndose entre los dos. Era alto, delgado hasta el punto de estar demacrado, con dientes salientes, tenía la cara picada de viruelas de un caso grave de acné adolescente y su aliento olía como si hubiera bebido agua de pantano en lugar de café.

"¡La policía necesita interrogarla!" exclamó MTA.

"La policía ha sido llamada", dijo el gerente, mientras insertaba su cuerpo más entre los dos. "¡Déjala ir!" exigió más.

Antes de que MTA la soltara, ella dijo: "Ella trató de incendiar mi casa. ¡Es una pirómana! No te atrevas a dejar que se vaya.

Luego soltó la muñeca de la niña. La niña instantáneamente tomó su teléfono celular de su bolsillo y corrió a través de las puertas delanteras gritando mientras se iba, "No, no lo hice. Solo pinté con spray tu coche, enemigo de los sionistas".

Usando su otra mano, la niña hizo una demostración de presionar algo en el teléfono y gritó: "¡Vas a MORIR ahora!".

"¡No dejes que se vaya!" MTA gritó de nuevo, pero todos retrocedieron, sin hacer nada.

MTA esperaba a la policía. La multitud la miraba atentamente, lentamente para dispersarse. También podría pagar por los libros. Mientras se acercaba a la fila de la caja registradora, las dos personas frente a ella se hicieron a un lado en silencio, dejándola avanzar. La gente todavía la grababa como si fuera un espectáculo de fenómenos. Pagó sin que un alma le hablara, ni siquiera la cajera.

De pie dentro de las puertas de entrada de doble vidrio, MTA esperó lo que pareció una eternidad para la policía. La gente seguía mirando, seguía grabando. Finalmente hizo una llamada al 911 ella misma. "Sí, señora, la policía ya se dio cuenta y está en camino". Antes de desconectar, MTA vio a tres hombres enmascarados que venían de la parte trasera del estacionamiento. Tenían pipas en las manos.

"¡Ayuda! ¡Por favor! Tienen pipas. ¡Me van a matar!", le gritó al operador del 911!

Dejándolo todo en sus manos, incluido su teléfono, pero dejándolo conectado, MTA agarró lo único que estaba alrededor, que era un paraguas, y lo metió en las manijas de las puertas. "¡AYUDA!". Ella gritó a la manada de espectadores.

Esta acción solo incitó a los tres hombres enmascarados a correr hacia las puertas. MTA, casi sin tiempo para reaccionar, solo pudo asegurar las puertas con ese paraguas.

¿Dónde diablos está el gerente del tipo duro cuando lo necesito?

Presionando su espalda contra las puertas, tuvo que girar continuamente la cara mientras los pequeños cristales de las ventanas se rompían uno por uno.

"¡Ayuda!" MTA gritó, pero la gente se quedó atrás, mirando y filmando. "¿Qué pasa con ustedes? ¿AYÚDAME?" ella gritó.

Corriendo desde la sección de revistas, una joven alta y atlética con cabello negro y lacio, entró en acción, empujando con MTA para mantener las puertas cerradas. Un minuto pareció una hora cuando los hombres golpearon sus espaldas, en su mayoría conectándose con las puertas y el vidrio. Finalmente apareció la policía, con las sirenas a todo volumen. Los tres hombres corrieron. Nadie los persiguió, ni siquiera la policía.

Entre hablar brevemente con la policía y subirse a una ambulancia, MTA vio a la chica que pensó que era su única aliada, sosteniendo un café con leche. Vacilando en su ascenso, dijo: "Gracias", pero fue interrumpida por la joven, que inclinó la cabeza y formó una sonrisa malvada.

"De nada por tomarme el tiempo de darte esta opción. Deja de hacer ruido con este proyecto de ley y déjate en paz". Ella inclinó la cabeza hacia el lado opuesto, "Hazte más fuerte y se pone peor". La mujer tomó un sorbo de su café con leche y se alejó. Sus ojos verde cristalino brillaban como los de un tigre a punto de atacar a su presa.

MTA trató frenéticamente de llamar la atención de los demás. Nadie vio la conversación. Los técnicos de emergencias médicas verificaron si MTA recibió golpes en la cabeza, mientras continuaba preguntando por la joven.

En el hospital, MTA llamó a Charlie y le rogó que no mencionara el incidente a los niños. Charlie estaba furioso.

Tener la casa destrozada es una cosa, pero ser atacado a la luz del día, rodeado de gente QUE NO HIZO NADA, era completamente diferente. ¿Cómo podría alguien, cualquiera, no actuar al presenciar la violencia?

MTA pasó menos de dos horas en la sala de emergencias y le quitaron fragmentos de vidrio de la parte posterior de los hombros. El personal de emergencias tomó fotografías para documentar las lesiones y ella brindó su declaración a la policía.

El café debe haber contratado a esta chica, por lo que sabrán exactamente quién es. Sus registros telefónicos conducirán a los matones con las tuberías, y posiblemente también a otras cohortes. Con todo el video de la chica admitiendo haber destrozado mi auto, ¿cómo no se podrían presentar cargos? Hoy es una victoria, incluso si fue aterrador. ¿Debo dejar ir todo esto? ¿Qué podría implicar 'empeorar'?

Al regresar al dojo, MTA vio a los niños en plena tontería, disfrutando de los ejercicios de entrenamiento que se extendían de un extremo a otro de la colchoneta. Charlie abrazó a su esposa y explicó: "Rosa ha superado al amo John. Empezó a llamar al simulacro que estaban haciendo 'gambas'. El ejercicio normalmente se llama 'gambas', pero Rosa insistió en que Ted y la palabra camarones nunca deben usarse en la misma oración. El Maestro John prometió que solo lo llamaría 'gambas' si Rosa y Ted ganaban en la carretilla con Ted usando sus manos para caminar. Carretilla fue un espectáculo absolutamente histérico, ya que Ted es tan grande y Rosa tan pequeña. Sin embargo, en realidad ganaron".

MTA comentó: "Ted debe estar haciendo muchas flexiones en su propio tiempo, si es que realmente ganaron".

Charlie luego susurró: "Nunca más te perderé de vista".

Esa noche, durante una cena con Beef Stroganoff, MTA convocó una reunión oficial del pelotón Cramer-Murphy. En un intento por evitar asustar a los niños, explicó brevemente que durante el día fue confrontada por un partidario pro-CCSP que la amenazó. MTA la describió como una mujer más joven con cabello negro lacio y hermosos ojos verdes. Ella transmitió las opciones: detener el ruido en este proyecto de ley y quedarse solo. Haz más ruido y se pone peor.

Rosa preguntó: "Mamá, ¿la mujer usó un collar colgante verde?".

MTA miró a Rosa, "¡SÍ!"

"Esa era Isabella. Ella es la que me pasó la pregunta en el Bogotá.

"Dado que ninguno de nosotros puede predecir el alcance de lo que implica 'empeorar', todos debemos estar de acuerdo sobre cómo queremos avanzar. ¡Esto tiene que ser una decisión familiar!". enfatizó MTA.

Malcolm y Charlie sabían sus respuestas, pero las retuvieron, lo que permitió que los niños sacaran conclusiones por sí mismos con la menor influencia posible.

Ted habló primero: "¡Me apunto!".

¡Cómo se atreve alguien a amenazar a mi nueva familia!

Jake respondió: "Nunca hubiéramos comenzado Jiu Jitsu si todo esto no hubiera sucedido. Si más fuerte significa más Jiu Jitsu, ¿puedo gritar desde las colinas? ¿Por qué no hay colinas en Florida?" luego preguntó.

Rosa citó a su abuela Mary: "La gente buena tiene que intentar marcar la diferencia, incluso si saben que pueden perder, ¡porque vivir y no intentarlo es mucho peor!".

La abuela es sabia. Chico, ¡espero que ella tenga razón!

Ted reprodujo al instante "Turn Down for What" de DJ Snake y Lil John, de la lista de reproducción de su teléfono.[2]

Malcolm comenzó a aplaudir: "Diablos, Ted, realmente puedes reunir a las tropas. ¡Ahora apaga esa basura!

Jake le arrebató el teléfono a Ted y presionó "Cum On Feel The Noize " de Quiet Riot.[3]

Malcolm, apagando esa canción, continuó: "En serio, ¿música de los ochenta? ¡Eso debe ser tu obra, Charlie! Llevémosles la lucha. MTA, la tendencia últimamente son los podcasts. La gente anhela esa entrevista larga, en lugar de fragmentos de sonido de noticias falsas. Charlie y yo podemos llegar a través de amigos. Muchos veteranos tienen podcasts con muchos seguidores ahora. Estamos obligados a conocer a alguien que pueda ayudarnos a ponernos en contacto y conseguir al menos una entrevista".

Rosa agarró el teléfono.

Charlie quería asegurarse de que los niños supieran el alcance de lo que podría ocurrir. "¿Te das cuenta de que esto significa que la probabilidad de ser intimidado cuando asistes a la escuela pública estará garantizada si hacemos esto?".

Ted dijo: "Por lo general, los demás no me intimidan, al menos no directamente. Puedo ignorar cuando la gente habla a mis espaldas, así que sí, estoy seguro".

Jake dijo: "Voy a tratar de ganarme mi franja gris en mi cinturón blanco para entonces, así que estoy bien".

"De ninguna manera harás eso", respondió Rosa. Luego dijo: "Aquí está mi respuesta", y golpeó el teléfono, tocando 'Make Some Noise' de Krystal Meyers.[4]

Ted la detuvo. "Rosa lección uno. Cuando vayamos a la escuela, NUNCA NUNCA le digas a nadie que escuchas a Christian Pop".

Rosa respondió: "¡Pero esa canción es genial! Estoy confundido."

Charlie dejó sonar la canción de Rosa. "Aquí hay una canción que me ayuda cuando los tiempos son malos. Pienso en todos ustedes y en los otros muchachos de nuestro pelotón cuando suena". Golpeó en 'Nothing Else Matters' de Metallica.

Rosa dijo: "Papá, eso no es para nada feliz. Nos amas, ¿por qué asocias esa canción con nosotros?

"No es la melodía, es la letra. Escucha las palabras. Se trata del amor por las personas más cercanas a ti".

[1] https://www.jiujitsubrotherhood.com/starting-brazilian-jiu-jitsu/una-breve-historia-del-jiu-jitsu/#Japanese?Jiu-Jitsu

[2] https://youtu.be/HMUDVMiITOU

[3] https://youtu.be/ZxgMGk9JPVA

[4] https://youtu.be/lvwzpxatTMg

13

ANTI-IGNO= JÓVENES QUE SE PREOCUPAN

Rosa revisó sus oídos para ver si estaban funcionando bien. "¿Realmente le preguntó eso a mamá? ¡Me encanta! Papá, ¿realmente trabaja contigo y el tío Malcolm? ¿Podrá convencerla de que tenga un cachorro Retriever?

Todos los niños estaban sentados con las piernas cruzadas frente al televisor, mirando el podcast de tres horas de duración con MTA y un Navy Seal convertido en podcaster. Se había retirado del servicio y dirigía una organización sin fines de lucro enfocada en rescatar perros militares retirados llamada Warrior Dog Foundation. MTA estaba siendo entrevistado por él en su fundación en Texas. La única pregunta de ataque que le hizo a MTA fue: "¿Por qué diablos no has cedido a dejar que tu hija tenga un perro?".

"Cariño, todo lo que sé es que si estuviera visitando la fundación, no creo que me iría con las manos vacías", dijo Charlie.

Malcolm, sentado al otro lado del sofá, dijo: "Diablos, probablemente me iría con dos perros. Y, soy alérgico. Los perros que trabajan codo con codo salvando nuestras vidas en combate no deben ser tratados como activos".

"Papá, ¿dijiste sombrero de culo?" Ted bromeó, sabiendo muy bien que dijo 'activo'.

Los podcasts de Mike normalmente son conversacionales, presentando a otros veteranos que tienden a haber publicado libros que comparten sus propias historias personales. La 'red de hermandad' conectó a MTA con él a través de un amigo de Malcolm. Mike estaba lejos de ser políticamente correcto y no le importaba en absoluto si la discusión se volvía política. Bromeó acerca de que las esposas de militares son más duras que sus esposos, y en un momento de la conversación, cuando MTA estaba visiblemente enojado por el proyecto de ley de CCSP, bromeó diciendo que tal vez debería haber tenido a su propia esposa como seguridad.

Sin duda, fue la primera vez que Mike recibió a una madre que educa en el hogar, sin importar una con un doctorado en ingeniería. Casi todas sus preguntas se referían a la comprensión del proyecto de ley CCSP y las ideas de MTA sobre diferentes soluciones.

MTA supo que había encontrado al tipo correcto cuando en un momento él dijo: "¿Crees que alguno de estos $ #! ¿Los anuncios en el Congreso incluso leyeron este proyecto de ley?

Los ojos de Jake se iluminaron con esto. "¿Eh, mamá no lo golpeó por decir una palabrota?"

"No te preocupes, amiguito, estoy seguro de que la esposa de Mike lo golpeará después, por tu mamá". Charlie miró a Malcolm: la inocencia de la juventud.

"Me quedé dormido dos veces leyendo este horrible proyecto de ley de CCSP, preparándome para este podcast. ¿Puedes creer lo que incrustaron en las 3.845 páginas? ¿Por qué se presupuestaría dinero para una vacuna contra la rabia en la educación pública?".

Texas, al igual que Florida, también planeaba convertirse en uno de los primeros en adoptar el programa, y Mike tenía un interés personal, con dos hijas en la escuela primaria. El hecho de que el proyecto de ley obligara a los más de 90 000 niños educados en el hogar de Florida y aproximadamente a los más de 350 000 niños educados en el hogar de Texas a ir a escuelas públicas iba en contra de todos los conceptos de libertad imaginables para él.

La entrevista terminó, MTA se despidió y se dirigió al aeropuerto para el viaje de regreso a casa. Tres horas más tarde, de vuelta en Florida, esperando fuera del área segura donde su madre aparecería después de que aterrizara su avión, Jake estaba pegado al teléfono de Ted, demostrando videos de perros Malinois con un rendimiento superior. Esta raza definitivamente estaba de vuelta en el rancho de esa fundación.

¡Este es el perro para mí!

El Malinois, como Jake, exudaba tanta energía que no podía quedarse quieto por mucho tiempo.

Los niños estaban ansiosos por ver qué tipo de perro traería MTA a casa. Cuando llegó con las manos vacías, sus ánimos estaban completamente destrozados, al punto de apenas saludarla. Cada uno tenía su propio perro especial seleccionado mentalmente. Jake quería un Malinois entusiasta, demasiado ambicioso y lleno de energía. Ted estaría agradecido por un pastor alemán jubilado, al que le gustaban los paseos tranquilos, el espacio entre las piernas y los abrazos. Y, Rosa estaba enamorada de la idea de un adorable cachorro Golden Retriever.

En lugar de un perro, MTA regresó con una misión. Iba a evitar que los doce estados se convirtieran en los primeros en adoptar CCSP. El podcast inició una avalancha de personas que se conectaron con ella, que en realidad querían hablar y comprender el CCSP. Su madre se mantuvo ocupada haciendo entrevistas por Skype, dando charlas e incluso organizando mítines. Por primera vez, tampoco estaba sola en sus esfuerzos. El grupo de protesta que inicialmente se opuso al proyecto de ley CCSP cuando se aprobó a nivel federal, volvió a la acción. Se apegaron al tema original en blanco y negro con rayas de prisión que usaron en el discurso del congresista Harris en Washington. La única diferencia era que ahora los medios de comunicación los buscaban activamente. La prensa siempre fue negativa, pero se aferraron al dicho de que 'incluso la mala publicidad es buena publicidad'.

Rosa no podía entenderlo. "Esa afirmación no tiene sentido. Si los críticos gastronómicos dan malas críticas a un restaurante, ¡pueden dejarlo fuera del negocio!".

Ted trató de explicar: "Que no se hable de ellos es peor".

"Pero TODOS hablarán de nosotros como los FREAKS ESCOLARIZADOS EN CASA. Mamá está en todas partes HABLANDO DE NOSOTROS, incluso mostrando fotos de nosotros". dijo Rosa, pero no exageraba.

MTA estaba EN TODAS PARTES. Se conectó con la gente y comenzó esfuerzos de base, formando alianzas con grupos de peticionarios en los doce estados, que estaban presentando proyectos de ley de su propia versión CCSP para convertirse en los primeros en adoptar. La conversación fue a nivel nacional.

Las rayas de prisión se convirtieron en una moda para todos los que se oponían al proyecto de ley CCSP, y las personas que se oponían al proyecto de ley continuaron el diálogo abierto bajo #ccspiskidnapping. Ted se regodeaba a menudo tomando todo el crédito por acuñar el hashtag.

Ideó una campaña de Twitter con su compañero de teléfono celular de verano Max Sweet, y los dos incluso crearon cuentas de Twitter anónimas. Todos los días, Ted tuiteaba un hecho contenido en el proyecto de ley CCSP. Max, a pesar de que temía la idea de que CCSP pasara en Nueva York, pretendía ser un antagonista y atacaba la declaración de Ted, alegando que era una mentira y algo peor. Los dos crearon guerras totales en Twitter. Ambos aprendieron rápidamente dónde estaba la línea, antes de que se suspendiera su cuenta. Compitieron entre sí sobre quién podía trolear mejor y engañar a la celebridad o figura deportiva más grande en la batalla.

Ted aprendió cuánta más tracción generaría un Tweet cuando estuviera acompañado de una imagen. No tenía la capacidad ni sabía cómo, pero pronto descubrió otras cuentas con ideas afines, que crearían memes increíbles contra CCSP para él. A menudo , les enviaba un mensaje directo (DM), antes de su tweet diario del día para pedir ayuda.

La moda de la raya de prisión se volvió peligrosa. La esencia de sus mensajes era que "las personas valientes usan rayas". Los mensajes recalcaron el hecho de que los que llevaban la raya eran valientes porque siempre existía la posibilidad de ser atacados por una turba 'anti -ignorancia '.

Anti- igno fue un nuevo término creado y abreviatura de 'anti-ignorance'. Anti-Igno fue el grupo de contraprotesta compuesto principalmente por estudiantes universitarios en apoyo de CCSP, que argumentaron fue creado para combatir el analfabetismo y la ignorancia. Desafortunadamente, los números de #ccspiskidnapping palidecieron en comparación con la multitud 'anti -igno . Antiigno era prácticamente un oxímoron, porque sus partidarios estaban extremadamente desinformados. Nunca investigaron el proyecto de ley de CCSP para comprender o articular sus puntos de vista, y se negaron rotundamente a hablar, especialmente en los debates. Eran conocidos por vestir de negro, cubrirse la cara y, cuando no usaban cascos mientras cometían actos de vandalismo y violencia, lucían birretes de graduación. Siempre viajaban en manadas de seis o más. Ciertamente no querías toparte con ellos solo mientras usabas rayas.

En Twitter, cuentas aleatorias agregaron rayas a sus fotos de perfil, e incluso formaron trenes de seguimiento de Twitter, todo bajo #CCSPISKIDNAPPING.

Mientras tanto, en Catskills, los niños Sweet esperaban en secreto que sus amigos de verano se mudaran junto a ellos de forma permanente para evitar CCSP, ya que aún no se había impulsado en Nueva York.

Decidieron crear un video fantasma en SSweet1776 y dedicarlo a MTA. Lo titularon *El infierno de CCSP* . Los cuatro niños convencieron a su madre para que los llevara a visitar Letchworth Village, que estaba a una hora y media en auto. Poco se dieron cuenta de que el lugar se estaría pudriendo, con carteles de "Prohibido el paso" colocados por todas partes.

Letchworth Village se inspiró originalmente en la propiedad de Thomas Jefferson en Monticello en 1911 y se asentaba sobre 2,362 acres. Debería haber sido increíblemente hermoso. Los niños incluso se habían vestido de pies a cabeza con trajes a rayas que encontraron en la tienda del Ejército de Salvación.

Sam se sintió horrible.

¡Cada vida tiene sentido! Geraldo Rivera lanzó ese viejo documental, Willowbrook : The Last Great Disgrace hace años. Con evidencia como esa, ¿por qué no se cerró este lugar mucho antes de 1996? ¿Cómo puede alguien descuidar a personas así? No

puedo creer que Letchworth Village no se haya convertido en otra cosa, en otra cosa.

De pie fuera de la cerca, rodeada de cuatro rostros tristes que miraban los edificios en ruinas ubicados entre hojas de otoño que caían, su madre preguntó con picardía: "¿Crees que los cortadores de alambre de tu padre todavía están en el baúl?".

Los niños la miraron con incredulidad.

Mirando hacia atrás a los niños, dijo, un poco a la defensiva: "Si MTA puede enfrentarse a ambos partidos políticos de nuestro gobierno, lo menos que puedo hacer es ayudarlos a ustedes, niños, con un poco de intrusión".

Max corrió hacia el coche. Sam, Cody y Scout preguntaron qué podían hacer a continuación.

"Ahora no vayas pensando que a tu mamá le gusta romper las reglas. Primero, NUNCA, NUNCA dejes que te atrape haciendo algo como esto. En segundo lugar, debemos mantenernos seguros y ser demasiado cuidadosos. Tercero, trata de no tocar nada. Y LO MÁS importante, la historia de tu padre es que un agradable y viejo guardia de seguridad tuvo la amabilidad de acompañarnos. ¡Él sabe que puedo convencer a la gente para que haga casi cualquier cosa!

Los niños descubrieron que su madre tenía una gran racha tortuosa oculta. Le pidió a Max que aparcara el coche detrás de unos arbustos, un poco más arriba de la carretera. "De esa manera, si se detecta, no sería obvio por qué el auto está aquí. Decimos que salimos a dar un paseo otoñal, tomando fotografías de las hojas como parte de un proyecto de investigación sobre la latencia de los árboles". Lo siguiente que los tomó desprevenidos fueron sus instrucciones sobre cómo cortar una línea recta en la cerca de alambre, comenzando desde la parte inferior hasta aproximadamente un metro de altura, en línea con uno de los postes de Vla cerca. "Hacerlo de esa manera hará que sea más difícil notarlo".

Las nubes grises y nubladas hacían que la configuración de los edificios pareciera espeluznante, incluso a las 3:00 p. m. Max comenzó el video, se enfocó en una gran nube oscura específica en el cielo, luego miró hacia arriba de la colina hasta la que ya estaba inactiva, posiblemente muerta. árbol entre todos los otros hermosos arces de otoño que acababan de empezar a dejar caer sus hojas amarillas y rojas.

Luego, a unos cinco metros de distancia, le pasó el teléfono a Cody, que estaba parado en uno de los enormes marcos de las ventanas rotas. El escenario mostraba el graffiti en el frente de la institución con ventanas rotas, puertas rotas y techo medio podrido.

Cody comenzó con hechos básicos, mientras Max se acercaba con el teléfono para asegurarse de que entendiera cada palabra. Cody dijo: " El manicomio de Letchworth Village se estableció en 1911 para ayudar a la sociedad al albergar a los niños y adultos mentalmente inestables, débiles mentales y físicamente discapacitados de la comunidad. Era una instalación administrada por el gobierno que hacía bien a la sociedad al ayudar a personas desesperadas que necesitaban atención las veinticuatro horas del día, los siete días de la semana. El manicomio de Letchworth Village constaba de 130 edificios y podía albergar a 3.000 pacientes. Sin embargo, eran buenos en lo que hacían, y en 1935, veinticuatro años después de que abrieron sus puertas por primera vez, excedieron enormemente la capacidad de 3000 pacientes".

Sam se hizo cargo cuando comenzó una ligera llovizna. El manicomio de Letchworth Village superó su capacidad en 1935, justo en medio de la Gran Depresión, que duró de 1929 a 1939. Esto fue en un momento en que incluso las personas sanas y capaces luchaban por sobrevivir. Las familias se vieron obligadas a abandonar a los enfermos y débiles de su familia. Muchos incluso abandonarían a los recién nacidos.

" ¡ Letchworth Village no rechazó a nadie! Algunos pensaron que eran santos por hacerlo. La apariencia de las enfermeras ayudando a los pacientes, subiendo estos amplios escalones blancos y la entrada con columnas al edificio principal, les dio a las familias la tranquilidad de saber que estaban haciendo lo correcto. Sin embargo, esas familias no vieron lo que realmente estaba pasando.

"Lo que no querían preguntarse era cómo, en medio de la Gran Depresión, Letchworth Village puede permitirse ser esta gracia salvadora".

La única nube oscura soltó una lluvia fría, cayendo con fuerza, pero los chicos no mostraron signos de querer entrar al edificio principal. ¡Fue ESPELUZNANTE! Scout se acercó, agarró la mano de su madre y dijo: "¡Las niñas son mucho más duras que los niños!" y entró sin dudarlo.

Max lo siguió, con el teléfono en la mano, y les dijo a Cody y Sam que montaran guardia y silbaran si veían a alguien acercarse. En el pasillo principal, Scout le sonrió a su hermano mayor y le preguntó: "¿Por qué siempre les das una salida?".

En ese momento, una puerta vieja cayó al suelo, de una bisagra vieja y oxidada. La mirada de Scout fue directamente a la habitación que una vez protegió la puerta. "Es una señal. Vamos por ese camino.

Max miró a su madre. "Por un centavo, por una libra", dijo.

Max luego respondió a la pregunta de Scout: "¡Por la misma razón por la que siempre te apoyo en tus estúpidas ideas!".

Sin embargo, Scout no estaba escuchando.

Dentro de la habitación había dos filas de diminutos marcos de cama de metal, blancos y oxidados, abarrotados a un pie de distancia uno del otro, cubriendo cada pared. Algunos tenían restos de colchones, la mayoría revelaba resortes de metal oxidado.

"Grabamos mi parte aquí mismo", anunció Scout. Max cumplió. Scout estaba de pie justo en el centro de las dos filas de camas diminutas, que se extendían hacia la parte trasera de la habitación infinitamente larga, como vías de tren que desaparecían en la distancia. ¡Parecía horrible!

Ella comenzó, "En medio de la Gran Depresión, Letchworth Village no era la gracia salvadora que las familias esperaban que fuera. Como pueden ver a mi alrededor, un gran número de niños fueron colocados aquí, no solo niños con discapacidades mentales o físicas, sino niños normales cuyas familias los abandonaron. ¡Letchworth Village nunca cuestionó ni rechazó a nadie, especialmente a los niños, incluso en medio de la Gran Depresión!

"En cambio, encontraron una forma de obtener ganancias. La ciencia necesitaba sujetos experimentales, y las vidas no contaban en Letchworth Village. La actividad más rentable fue probar medicamentos y vacunas. Se rumorea que los niños permanecerían atados a estas camas durante semanas, sin apenas ser alimentados. ¿Quién podría comer de todos modos, con cuerpos muertos y moribundos cubiertos de su propia inmundicia, tirados justo a tu lado?

"¡Imagínese el horror de abandonar a su bebé, con la esperanza de salvarlo de la inanición, y luego descubrir que morirse de hambre habría sido considerado amable y compasivo, en comparación con lo que realmente sucedió aquí!

"Además de estar embrujados, elegimos Letchworth Village porque CCSP es un proyecto de ley que está ansioso por llevarse a sus hijos. Al igual que CCSP, Letchworth Village estaba destinado a ayudar a las comunidades, sin embargo, una vez establecido, se usó para perpetrar el mal... ¡EL VERDADERO MAL!

Para el drama, Scout se alejó saltando, con su mano derecha tocando el extremo de cada marco de metal mientras recorría la fila cantando: "¡CCSP me está secuestrando, CCSP me está secuestrando!".

"Está bien, ¡suficientemente aterrador! Vamos. Además, los chicos todavía están afuera. Probablemente ya estén empapados", insistió su mamá.

Cuando estaban a punto de salir de la habitación, Scout se detuvo y señaló un viejo botiquín, inclinado sobre un costado, "¿Quién es ELLA?".

"¡Scout, no es divertido! No soy tan crédulo como Sam o Cody —espetó Max.

Quiere que abramos el armario. dijo el explorador. Max miró a su madre. Ambos tuvieron escalofríos.

"No, nos vamos", insistió su madre, alcanzando la mano de Scout. Fue muy tarde. La mano de Scout estaba agarrando la manija del gabinete y girándola.

Scout tuvo que tirar con fuerza para sacudir la puerta del armario. El más leve susurro de un pequeño estridente parecido a una sirena comenzó y se detuvo.

"Eso suena como un..." su madre hizo una pausa y luego entró en acción, ayudando a Scout con la puerta del gabinete. "UN GATITO", dijo ella, terminando su oración.

El pequeño cuerpo inerte de un gatito con rayas negras y marrones, ligeramente manchado, yacía allí, apenas capaz de abrir los ojos. Estaba solo. La familia supuso que se había quedado atrapado de alguna manera en el gabinete, y la mamá gata, incapaz de rescatarlo, simplemente lo dejó. Max lo envolvió en su sudadera para abrigarse, y todos corrieron hacia el auto para ver si podían hacer que bebiera un poco de agua embotellada.

Durante todo el viaje a casa, Max se sentó con la pequeña y cómoda criatura más pequeña que un puño acurrucada en su sudadera en su regazo, aferrándose a la vida mientras metía lentamente el dedo en la botella y colocaba gotas de agua en la lengua del pequeño gatito.

Su madre les advirtió: "No se encariñen, en caso de que no sobreviva".

"Si vive, ¿podemos llamarlo Casper?" preguntó Scout.

"No es un gato blanco. ¿Qué hay de Tigre? comentó Cody.

"¿Cómo se las arreglaron ustedes dos para mantenerse secos?" preguntó la señora Sweet.

"Dejó de llover en el momento en que estuviste adentro", respondió Cody. "Fue extraño, como si la lluvia hubiera ocurrido a propósito para hacerte entrar", dijo Sam.

"Fue a propósito". dijo el explorador.

"Nadie puede controlar la lluvia", dijo Sam.

"Kathleen puede", respondió Scout.

"¿Quién es Kathleen?" preguntó Cody.

"Kathleen es la niña que hizo caer la puerta y me hizo abrir el gabinete", respondió Scout.

"Scout, no había ninguna niña", dijo Max.

"¡Sí! ¡Había! Desapareció justo cuando encontramos a Casper. Quería que la ayudáramos. Ella dijo que fue abandonado al igual que ella.

Todos en el auto se quedaron en silencio durante mucho tiempo después de eso.

Después de llegar a casa, Ted y Max redoblaron sus esfuerzos para promocionar el video de YouTube. Lo titularon, ¡¡¡El infierno de CCSP!!! Regresaron y lo agregaron como un comentario etiquetado en cada cadena de discusión de Twitter con #CCSP #CCSPISKIDNAPPING que pudieron encontrar.

Max incluso creó una cuenta de Instagram, publicó fotos de Letchworth Village y enumeró el video en los comentarios. Fue la historia de fantasmas más vista que el canal había publicado hasta ahora.

El hecho de que los niños Sweet ganaran un gato mientras lo creaban, le dio a Rosa más municiones para rogar por un perro. Scout les envió fotos por correo electrónico. El gatito era adorable. Tenía pequeños puntos negros en las puntas de las orejas y una cola corta de aproximadamente la mitad de la longitud de un gato normal. El Sr. Sweet insistió en nombrar al gatito, Bob, y solo explicó que los niños pronto lo entenderían.

Después de ver el video de The Hell of CCSP, Rosa se sintió como una completa cobarde por no usar rayas. Con la esperanza de obtener apoyo externo, le preguntó al Maestro John: "¿Llevar rayas no va en contra de la regla de evitar la pelea a toda costa si es posible?"

"¡FUUU... FUDÍELOS!". El Maestro John se recuperó rápidamente y reformuló su reacción inicial. "Debes sentirte abierto a usar lo que quieras sin temor a lastimarte. Perdón por casi decir una mala palabra".

Esta no era la respuesta que Rosa esperaba obtener. Claro, apoyó a su madre, pero no quería llamar la atención de usar rayas.

En contraste, Ted y Jake vivían en franjas. Rosa finalmente proporcionó una afirmación falsa de que leyó en línea que las rayas horizontales hacen que una persona parezca gorda.

"Rosa, correrás más riesgos si usas arcoíris en la escuela que rayas cualquier día de la semana", dijo Ted.

"¿Qué? ¿Por qué?" ella preguntó.

"Mira, tienes que ser quien eres y mantenerte firme, sin dejarte intimidar", exclamó Ted. "En la escuela pública, los niños te molestarán por cualquier cosa. Recuerda lo que nos está enseñando Jiu Jitsu: defiéndete y sé fuerte en tus convicciones. El acosador encontrará a alguien más débil para atacar".

Ted se dio cuenta de que sus emociones se reflejaban en lo fuerte que estaba hablando en ese momento. No pudo evitarlo.

Odiaba la idea de que Jake y Rosa fueran molestados. Incluso se dio cuenta y se arrepintió de que era un poco matón en Miami. Tal vez por eso nadie se mantuvo en contacto con él después de que se mudó. Quizás no lo extrañaban, quizás no eran realmente amigos.

Mientras tanto, Courtney, el matón de la librería, se convirtió en el rostro de la coalición 'anti -igno '. La policía de Tampa pudo identificar a Courtney poco después de que Isabella publicara un video editado de la librería.

Sus compañeros universitarios informaron sobre Courtney, por la mera recompensa de $100 dólares. El video viral enfatizó a MTA apretando el brazo de la niña, de aspecto prácticamente rabioso.

Rosa rápidamente le preguntó a Ted: "¿Los niños de la escuela también nos molestarán por este video?".

Ted vaciló, luego solo asintió.

"Puedo lidiar con usar algo además de arcoíris o rayas para que no me molesten, pero no sobreviviría a que todos vieran a mamá atacando a una chica loca".

El video fue editado perfectamente. Se cortó antes de que Courtney gritara: "¡Vas a morir ahora!".

La librería anunció públicamente que MTA estaba prohibido en todo el país en cualquiera de sus instalaciones. La cafetería los superó, creando una campaña masiva en apoyo de los jóvenes "que se preocupan" como Courtney.

Produjeron en masa 'Courtney Cups', que representan el contorno de la cara de una niña rebelde con orejas arrancadas, con una máscara facial en forma de corazón. Hubo un debate público sobre si Courtney debería ser condenada por vandalismo. Claro, ella lo hizo, y el vandalismo fue malo, pero ella lo hizo por las razones correctas. Courtney finalmente fue declarada culpable, pero solo fue sancionada con servicio comunitario obligatorio. El verdadero insulto fue cuando se formó una cuenta de GoFundMe, lo que le dio a Courtney $428,733 en las primeras dos semanas que se estableció.

No obstante, todos los esfuerzos de MTA casi dieron resultado. El proyecto de ley puede haber sido aprobado a nivel federal por distracción y desvío, pero a nivel estatal local fue rechazado en gran medida. De los doce estados que lo propusieron, solo tres lo adoptaron, y esos tres lo aprobaron con márgenes extremadamente estrechos. Lo que más confundió a MTA fue que las burocracias gubernamentales más grandes, especialmente en educación, generalmente tenían un impulso demócrata. Los doce estados tendían a ser de tendencia republicana, y como Florida, que tenía republicanos de alto rango como el congresista Harris defendiendo el proyecto de ley.

MTA y Charlie estaban discutiendo la anomalía cuando Rosa alzó la voz: "¡Mamá! ¡Tu misión ha terminado! ¿Podemos dejar de hablar de CCSP y volver a ser normales?".

Rosa salió de la cocina. Charlie estaba a punto de ir tras ella cuando MTA lo detuvo. "Tiene mucho miedo de ir a la escuela pública".

Charlie miró a Jake, "¿Y tú? ¿No tienes miedo? Mirando hacia arriba de la cara sonriente que hizo en su puré de papas, Jake respondió: "De ninguna manera. Ted y yo hemos estado practicando algunos movimientos alterando ligeramente las lecciones del Maestro John. ¡Los niños se arrepentirán si me molestan!".

Jake dijo eso, hizo que MTA pensara en su propio matón personal, la ayudante del congresista Harris, Isabella. ¿Qué fue de nuevo, 'Hazte más fuerte y empeora?' MTA no solo fue ruidosa, también fue efectiva. Desafortunadamente, no fue lo suficientemente efectiva como para detener el CCSP en Florida, pero otros nueve estados lo detuvieron. Los otros dos estados que aprobaron CCSP fueron Texas y Georgia.

Cuando la represalia instantánea no sucedió, MTA oró.

Tal vez la asistente del congresista, Isabella, no tenga la habilidad. Tal vez con la aprobación del CCSP de Florida, se sintió victoriosa y dejó de lado los pensamientos de venganza.

Sé una cosa con certeza, no podría vivir conmigo mismo si no tratara de detener este proyecto de ley. Todos mis instintos me dicen que algo está realmente mal con este proyecto de ley.

¿Qué pasaría si las represalias de Isabella tuvieran como objetivo a los niños? Puedo aceptar cualquier consecuencia que me afecte, pero las represalias contra los niños serían un tema diferente.

14

¡CUANDO NADA SALE BIEN, VE A LA IZQUIERDA!

CCSP había pasado.

Mientras que la aprobación del proyecto de ley devastó a la mayor parte del 'pelotón', Rosa, por otro lado, declaró: "¡MISIÓN FINALIZADA!".

Para German Tiger Mom, la misión estaba lejos de terminar.

¡Mientras pueda respirar, voy a luchar contra esto! Sin embargo, por ahora lo dejaré de lado para aprovechar al máximo el poco tiempo que queda antes de que los niños sean obligados a ir a la escuela pública. Además, tengo que reunirme con los

administradores para arreglar la mejor ubicación para cada uno de los niños.

"Pero van a entrar a la escuela en enero, a la mitad del año escolar..." fue la excusa enlatada que todos los administradores de la Escuela Secundaria Robinson le repetían a MTA, en TO-DAS las solicitudes que tenía para la colocación adecuada de los niños.

Dios, ¿ensayaron?

De hecho, todos los administradores y maestros usaron la misma lógica.

Los gemelos calificaron para estar tres grados más altos académicamente que su grupo de edad. Ted, aunque no había sido educado en casa por mucho tiempo, calificó académicamente un grado más alto.

El Estado registró a los niños en la Escuela Secundaria Robinson, según su código postal. A MTA le encantaba la distancia de una milla de su casa, pero la escuela no estaba bien clasificada. La escuela había comenzado a implementar planes de estudio de aprendizaje técnico avanzado unos años antes. Dos programas escolares contrastantes funcionaron en un mismo edificio. Parte de la escuela se centró en el aprendizaje avanzado; la otra parte empujaba a los estudiantes con el fin de graduarlos. Los dólares de financiación estaban vinculados a las tasas de graduación, por lo que si se embellecían algunas calificaciones F o D para ayudar a pasar a los estudiantes, seguir adelante, mejor para evitar números de abandono.

MTA se reunió con los asesores que planeaban ubicar a los gemelos dos niveles de grado más allá de su edad, como estudiantes de primer año con el cuerpo estudiantil general. Esto los convertiría en niños de doce años sentados entre niños de catorce años, que recién ingresan a la escuela secundaria, pero académicamente más avanzados. Esa dinámica significó un desastre para los niños. A MTA ni siquiera le gustaba la idea de que Ted avanzara al décimo grado con estudiantes mayores, aunque sabía que nadie se atrevería a meterse con él.

No importaba cuánto intentara MTA que los niños entraran en las clases de aprendizaje avanzado, incluso si tenía que mantenerlos aprendiendo a su propio nivel de edad, la derribaron. "¡Es la mitad del año escolar! ¡Esos programas están llenos!".

Hmm, se debe haber enviado un memorando interno obligando a los maestros a repetir esa declaración exacta en todo el estado a todos los padres educados en el hogar.

Visiblemente molesto después de visitar Robinson High School, MTA condujo hasta Gracie Tampa South MMA con la esperanza de tener unos momentos de tranquilidad, solo para observar a los niños en el dojo y verlos entrenar. Por suerte para ella, solo otro padre observó el entrenamiento ese día y la mujer tendía a evitarla.

De alguna manera, la vista de Ted, Jake y Rosa en su entrenamiento, siendo niños típicos, la calmó.

Están lejos de tener dieciocho años, pero estos tres se están convirtiendo en personas de voluntad fuerte y buen corazón. Aunque tienen mucho que aprender, estoy seguro de que el mundo será un lugar mejor, porque ellos existen.

Mike, un estudiante de Jiu Jitsu de trece años, se había registrado para participar en un torneo de la Asociación Norteamericana de Grappling, o NAGA, como se le llamaba, programado para el 23 de noviembre en Kissimmee, Florida. Cuando el Maestro John le entregó a MTA el volante animando a sus compañeros a asistir para recibir apoyo moral, Jake lo arrebató.

El Maestro John le explicó a Jake: "El Maestro Matt requiere que antes de que alguien pueda competir, representando al dojo, esa persona, niño o adulto, debe pasar una prueba rigurosa para ser seleccionado como parte del equipo de competencia. Ustedes tres niños aún no están listos para calificar para el equipo, por lo que los torneos no son una opción. El volante está destinado a animar a los compañeros de estudios a asistir y observar".

MTA ocultó su alivio, ya que registrarse para competir habría costado $ 85.00 por niño, sin importar las tarifas adicionales que acompañan a la tarifa de registro.

Charlie y yo vamos a tener que hacer un presupuesto para los gastos de regreso a la escuela. Mientras tanto, la planificación de objetivos para clasificarse en el equipo de competición es gratuita y una distracción ideal para los niños frente a su reciente idée fixé sobre la vida en la escuela pública.

El Maestro John aplaudió y dijo: "Vamos a hacer algunos rollos". Con eso, puso el cronómetro electrónico en siete minutos y continuó: "¡Muy bien, niños! ¡Encuentren un compañero con el que emparejarse y, por el amor de Dios, sean fáciles el uno con el otro! Recuerda que esto es solo práctica y agradece a tus compañeros de entrenamiento".

Jake miró a su alrededor ansioso. Todos los demás niños habían estado rodando durante al menos un año. Jake, queriendo seguir con lo que sabía, buscó asociarse con Rosa o Ted. Mike, estando ahí mismo, le preguntó si quería rodar.

No puedo decir que no, pero Mike es el mejor de la clase.

El Maestro John se acercó a Mike. "Ya que vas a la competencia, trabajemos en tu juego de fondo. Mike empieza a bajar. Jake trata de pasar su guardia.

Con eso, el Maestro John ordenó: "¡Dése la mano y de nuevo, dije que no se preocupe!". Con eso, el temporizador electrónico dio tres campanadas agudas.

Mike comenzó en una guardia de mariposa sentado sobre su trasero con los talones hacia adentro. Jake se acercó a Mike tratando de pasar entre sus piernas. Mike rápidamente se deslizó hacia adelante agarrando el brazo derecho de Jake con su mano izquierda y simultáneamente agarrando la parte posterior de la cabeza de Jake con su brazo derecho. Cuando

Mike cambió de pie, acercando su talón izquierdo a su trasero, y extendiendo su pierna derecha detrás de la rodilla de Jake, Jake supo instantáneamente que Mike iba a hacer un barrido de ascensor.

Jake rápidamente hizo un perro mojado, moviendo la cabeza de lado a lado como lo haría un perro para deshacerse del exceso de agua. Debido a que hizo un perro mojado, Mike no pudo controlar la cabeza de Jake. Jake rápidamente agarró la muñeca derecha de Mike y disparó su otra mano detrás del tríceps derecho de Mike, casi en un apretón de manos.

Cuando Jake jaló a Mike hacia él, se movió rápido y se dio la vuelta para tomar la espalda de Mike. Jake se sintió instantáneamente agradecido de que Ted intentara este movimiento con él todo el tiempo. Cuando comenzó a tomar la espalda de Mike, el Maestro John gritó: "¡Ganchos y arneses, ganchos y arneses!". Mientras Jake trababa el cinturón de seguridad y lo sujetaba, llevó a Mike al lado del gancho inferior.

Mike agarró el brazo del estrangulador de Jake con ambas manos, evitando que Jake se hundiera en el estrangulador desnudo trasero. Jake siguió tratando de romper el agarre de Mike, pero cada vez que lo hacía, Mike volvía a agarrarlo. Jake estaba en un punto muerto. En una competencia, esto le costaría puntos a Mike, pero en la práctica no les hizo ningún bien a ninguno de los dos. Ted acaba de forzarlos, pero eso no funcionaría para Jake.

El Maestro John gritó: "Si no funciona, adelante".

Jake comenzó a rodar a Mike hacia su brazo de estrangulamiento, pero cuando Mike comenzó a despejar los ganchos de Jake, Jake pasó su pierna derecha sobre el hombro derecho de Mike, llevándolo de regreso al lado en el que estaban. De nuevo, Mike fue tras el brazo del estrangulador, pero esta vez Jake apartó la cabeza. Jake levantó la pierna y pasó por encima de la cabeza de Mike, preparándose para el brazo. Aislando el brazo izquierdo de Mike, Jake usó su peso contra Mike y bloqueó la barra del brazo.

El Maestro John gritó: "Rápido en las transiciones, lento en las sumisiones". Jake extendió el brazo de Mike inclinándose hacia atrás hasta que sintió un golpecito en la pierna. El Maestro John anunció rápidamente: "¡TAP! Déjalo ir, Jake.

¡Santa vaca! ¿Eso realmente sucedió? ¡De ninguna manera! De hecho, conseguí que alguien hiciera tapping, no solo alguien: MIKE.

Jake saltó y exclamó: "¡WOOWHOOO! ¡Funcionó! ¡No puedo creer que haya funcionado!".

En ese momento, el cronómetro electrónico hizo sus tres campanadas y la tirada terminó. "Buen trabajo chicos. Dale la mano a tus compañeros y colócate en la pared", dijo el Maestro John, mientras Jake todavía celebraba.

El Maestro John le dio a Jake 'la mirada'. Jake se calmó y ocupó su lugar con los demás en la pared, de izquierda a derecha, los cinturones más bajos hasta los cinturones más altos. Se alineó en un extremo, Mike en el otro.

Eso de verdad acaba de pasar?

Jake trató de ocultar el brillo en su rostro y no pudo.

MTA le susurró a la mamá de Mike: "¿Mike le permitió a Jake una victoria falsa?".

Abbey admitió: "No lo sé. Si lo hizo, no me lo advirtió.

Siendo las únicas madres observando la clase ese día, la mujer casi no tuvo más remedio que charlar con MTA.

Abbey y su esposo se conocieron como novios en la escuela secundaria, y ella lo ayudó a mantenerse en la universidad, y luego se arriesgaron más juntos cuando comenzaron una empresa de consultoría juntos. La firma consultora se convirtió en un éxito y aunque una adquisición 'confundió las aguas'. Él la animó a no trabajar, lo que le dio mucho tiempo para observar la práctica de Jiu Jitsu de Mike.

Abbey se enteró del caos por el que pasaron MTA y los niños. Sólo sabía lo que informaban las noticias.

"Me imagino que solo sé una fracción de la historia real. Para confesar, Mike es un buen amigo de Hunter Harris. Diría 'mejores amigos', pero Plant High School no permite el uso del término 'mejor amigo' debido a su política de no intimidación. El temor es que cualquiera que no tenga un 'mejor amigo' tendrá sentimientos heridos".

"Los padres de Hunter eran verdaderas piezas de trabajo. Me siento mal por el niño. Incluso traté de convencer a su madre de que dejara a Hunter vacacionar con nuestra familia durante el verano en un crucero por el Mediterráneo, pero Megan, la mamá de Hunter, no devolvió ninguna de mis llamadas ni mensajes de voz. Lamento no haberme esforzado más. Hunter parecía diferente después de pasar el verano de gira con el congresista Harris. Mike es bueno y confío en que sea bueno, pero estoy agradecido de que haya estado aprendiendo Jiu Jitsu, en caso de que la personalidad recién descubierta de Hunter los lleve al tipo de problema equivocado".

"Tengo que discrepar cortésmente contigo, Abbey. Cualquiera que sea la bondad que pensabas que tenía Hunter, ya no puede existir.

Luego, MTA abrió el canal SSweet1776 en su teléfono, inició sesión y mostró cuán horrible actuó Hunter cuando lo conocieron en The Bogota. El video privado completo mostró la diatriba de Hunter e incluyó la parte en la que Hunter golpeó a Rosa en la cara.

"Entonces, ¿inscribiste a los niños en Jiu Jitsu todo por Rosa? Solo pregunto porque a ella no parece gustarle mucho", comentó Abbey.

"Dios no, si fuera a inscribir a los niños en algo basado en Rosa, estaríamos en una clase de cocina. Y no una clase ordinaria, una clase de nivel de chef de Gordon Ramsey: ¡me imagino preparando algo como Beef Wellington! Ambas mujeres se rieron de eso.

Abbey confesó: "Odio la idea de CCSP. Mike es mi único hijo y, aunque asiste a la escuela pública, me encanta ser ama de casa. Mike significa todo para mí, tal vez más que Chip, ¡incluso mi esposo!".

Laughing Abbey continuó: "A menudo avergüenzo a Mike llevándole almuerzos caseros frente a sus compañeros de clase. Nada tan elegante como Beef Wellington, pero hecho en casa, no obstante. Cada día, cuando llega a casa, nos sentamos y repasamos lo que aprendió. De esta manera puedo añadir perspectiva a sus lecciones. Incluso contrato a un tutor para que lo ayude a aprender cualquier cosa que esté más allá de mí, por ejemplo, cuando su calificación en francés bajó a una B. Mi acento sureño no se prestaba a ayudar en lo más mínimo. Cuando llegue enero, estaré totalmente perdido".

"Oye, tal vez deberíamos tomar una clase de pintura o cocina juntas, ya que lo más probable es que Rosa sea más hábil en la cocina que nosotras dos", dijo Abbey.

MTA agradeció el acto de amistad, pero admitió: "Ya estoy explorando lo que se requiere para convertirme en un maestro certificado y hacer que los niños vuelvan a ser educados en el hogar".

Abbey, todavía atrapada en el tema de la comida, tenía otra sugerencia.

"La escuela secundaria HB Plant tiene un programa de nutrición estudiantil fenomenal en el que los niños ayudan y participan. Si a Rosa le gusta cocinar, le encantaría. Además, otra política anti-bullying que tiene Plant evitará que golpeen a Rosa por usar arcoíris".

MTA sonrió y respondió: "¡Eso sería genial! Por primera vez en su vida, Jake ha alcanzado a Rosa en tamaño, y estoy tratando de evitarlo, pero tiene acumulados doce años de venganza.

¡Rosa siempre lo empujaba! Ahora, por alguna extraña razón, cree que los arcoíris la ayudan a ser más fuerte que Jake, así que no estoy seguro de que alguna vez deje de usarlos".

¡Vaya, Paco tiene razón! Jiu Jitsu es ideal para los niños. Ya los está ayudando a ganar confianza y volverse más completos. También me ayudó a conectarme con Abbey.

Abbey parecía tan emocionada con su propia idea que prácticamente garantizó que podría inscribir a los niños en la escuela secundaria HB Plant. Abbey continuó informando a MTA sobre la escuela. "Está a solo cuatro millas de Robinson High, pero es completamente diferente.

"La inscripción de la escuela es de aproximadamente 2500 estudiantes, que es aproximadamente 1000 más que Robinson, pero el plan de estudios es más avanzado y la escuela tiene aulas más pequeñas. Es la mejor escuela que existe, pública o privada.

"Los estudiantes allí son extremadamente competitivos, académica y atléticamente. Los administradores se enorgullecen cada año, no solo del hecho de que todos se graduaron, sino también de cuántos graduados son aceptados en las universidades de la Ivy League.

MTA investigó la escuela más tarde ese día y encontró la información tan interesante que le habló a la computadora para pensarlo.

"Henry B. Plant está ubicada en el prestigioso código postal del área de Palma Ceia . ¡Incluso hay un prestigioso 'Palma Ceia Country Club' como parte del código postal exclusivo! *Guau*, es evidente qué tipo de niños asisten a esta escuela, ese zip incluye algunos de esos caminos laterales que tienen mansiones escondidas en ellos. Estoy seguro de que los niños nunca serán aprobados para asistir aquí. No hay nada de malo en dejar que Abbey lo intente de todos modos.

"Plant High está aproximadamente a tres millas más de nuestra residencia. La distancia de una milla de Robinson es más ideal, pero Plant parece mejor en todos los demás aspectos. Si CCSP es fiel a honrar la elección de escuela, inscribir a los niños en Plant debería estar bien.

"A Rosa le encantaría participar en un programa de nutrición. Ah, mejor espero para decírselo. ¡Con el asistente del congresista Harris buscando sangre, lo último que obtendremos es la aprobación para asistir a la misma escuela que su hijo! Si sucede lo peor y se nos niega la inscripción, puede ser una prueba más que puedo usar para respaldar mi derecho a la educación en el hogar".

Abbey incluso se ofreció a organizar y reunirse con los administradores en su nombre, alegando que tenía una influencia infinita en la escuela. No se atreven a rechazar a los niños sin escucharla. Abbey acreditó su influencia a innumerables horas de acompañamiento y recaudación de fondos que pueden ser importantes para algo por una vez.

Temprano en la mañana, un día después de su conversación con Abbey, el teléfono de MTA vibró con una llamada entrante de un número desconocido. El número tenía un código de área de Tallahassee.

El estado de Florida nunca podría revisar y aprobar el papeleo de inscripción de los niños tan rápido, deben estar negando la entrada de los niños a Plant.

Ella contestó el teléfono lista para discutir, la noticia exactamente opuesta adornó sus oídos. Todos los niños fueron aceptados en Plant. MTA decidió un día de celebración. La dedicatoria del video de fantasmas de los niños Sweet le dio la idea de experimentar y comenzar el día con su propio intento de contar historias de fantasmas.

"El edificio del juzgado de Tampa ahora es un hotel conocido como Amicus Curiae. El palacio de justicia cumplió 108 años en 2013, cuando se renovó, y necesitaba muchas renovaciones. Hasta ese momento, si era un ciudadano público que formaba parte de un jurado, todavía podía elegir los baños".

"¿Te refieres a niñas, niños y mamá de familia, o los nuevos baños neutrales transgénero?" preguntó Rosa.

"¿Esperar lo?" MTA retrocedió sorprendido. "¿Dónde aprendiste sobre los baños neutrales para personas transgénero?" Ella preguntó.

"Piper, de la clase de Jiu Jitsu lo mencionó. Ella dijo que los arcoíris reflejan una comunidad de personas confundidas si son niñas o niños. Hay chicas a las que les gustan otras chicas, chicos a los que les gustan otros chicos, chicas a las que les gustaría ser chicos y chicos a los que les gustaría ser chicas. Es algo bueno, más gente usando arcoíris. Son kryptonita sobre Jake".

GMT sonrió.

Los desfiles del orgullo siempre simbolizarán a Rosa feliz de que más personas usen arcoíris.

"Llevar arcoíris es algo bueno Rosa, pero todas las opciones que mencionas son personas que ejercen la libertad de elección, por eso este país es grande. Tenemos libertad. Las personas nunca deberían tener que hacerlo, pero su preferencia sexual puede ocultarse. La diferencia en los baños de los juzgados existió desde la época de la segregación y los días de la esclavitud. No puedes ocultar tu color de piel. Hasta que fue remodelado, el palacio de justicia tenía baños muy bonitos, o baños no tan bonitos del mismo sexo a unos seis metros de distancia. El sur era estúpido y permaneció fuertemente segregado durante tanto tiempo. La segregación no permitiría que los negros y los blancos estén juntos".

Ted intervino en la conversación. "Los sureños eran casi todos demócratas y solían linchar a los negros, así como a los republicanos blancos, mucho después de que terminó la

Guerra Civil. Andrew Johnson, un demócrata de Tennessee, que asumió el cargo después del asesinato de Lincoln, deshizo gran parte del bien que Lincoln logró en la Guerra Civil. Se deshizo de la protección de los antiguos esclavos. Lincoln solo eligió a Johnson como compañero de fórmula por motivos políticos, para ayudar a mostrar solidaridad entre el Norte y el Sur. No le gustaba el hombre en absoluto. ¿Sabes que las primeras leyes de restricción de armas se establecieron para desarmar a los negros para que no pudieran protegerse del Ku Klux Klan?

"Ted, estás estudiando mucho", dijo MTA.

"Lo sé y no es el tema más feliz, pero tenía que hacerlo. En el fondo tengo esta extraña sensación de que me han mentido. Me doy cuenta de que en la escuela solo se puede hablar de un límite, pero esto es algo importante y no entiendo por qué la escuela no lo cubrió. Cubrimos el Compromiso de los tres quintos, pero tan vagamente pensé que significaba que una persona negra no contaba tanto como una persona blanca. No me di cuenta de que se promulgó para evitar que los dueños de esclavos obtuvieran demasiada representación en el Congreso. Supongo que debería haber estado prestando más atención.

MTA respondió: "Está bien. Ya aprendiste la lección más importante: 'nunca dejes de aprender'. Todavía tengo MUCHO que aprender sobre cómo contar historias de fantasmas, porque el fantasma que acecha a Amicus Curiae, también conocido como el antiguo juzgado, es Charlie Wall. No un hombre negro, un malvado jefe del crimen organizado de la década de 1950.

"Charlie Wall misteriosamente terminó muerto cuando planeaba 'contarlo todo'. Rosa, la parte que te gustará es que Amicus Curiae ahora tiene un elegante restaurante llamado Bethel's Brewhouse. El hotel también se asocia con el Museo de Arte de Tampa. Niños, ¿disfrutarían un día de filmar un video de fantasmas, comer un almuerzo elegante y después ir al museo para variar?".

Rosa se miró los pies. MTA se preguntó si debería contarles a los niños las buenas noticias sobre la aceptación en Plant High School ahora o esperar hasta el restaurante.

Jake habló: "Mamá, ¿podemos estacionarnos en el estacionamiento de Fort Brooke si vamos? Está a solo un par de cuadras de allí".

"Claro, Jake. Sin embargo, ¿importa dónde aparcamos? preguntó MTA.

Con las manos extendidas frente a él y bajando la voz, Jake dijo: "En 1980, mientras excavaban el estacionamiento de Fort Brooke para asegurar sus cimientos, se desenterraron huesos: HUESOS HUMANOS, MUCHOS HUESOS HUMANOS".

Jake se levantó de la mesa de la cocina y comenzó a caminar mientras hablaba. "Al principio pensaron que los huesos pertenecían a tribus nativas americanas. Los indios Seminole alguna vez poblaron el área. Entonces se dio cuenta de que el área era un antiguo cementerio para soldados. Quizás soldados del escándalo de la carne embalsamada. Nadie está seguro. Incluso podrían haber sido más antiguos y haber pertenecido a los conquistadores.

"¡El descubrimiento fue visto por todos como un mero inconveniente! Nadie se atrevió a pagar dinero para examinar los huesos de forma forense, porque descubrir la verdad sobre los huesos habría impedido la continuación del tan necesario estacionamiento".

Jake hizo una pausa, para dramatizar. "¡La construcción del garaje continuó!".

Jake los miró a todos. Incluso MTA estaba encerrado, queriendo escuchar más. "La gente que construye garajes lo hace lo más barato posible. Los constructores no tenían que preocuparse de que el valor de reventa se viera afectado porque la gente no vive en garajes. El periódico local publicó un artículo sobre elaborados equipos de excavación que extraían todos esos huesos y los trasladaban a un santuario, pero era un engaño. Un engaño todo inventado para continuar y obtener permisos aprobados.

"Las personas que construyen garajes a menudo están 'conectadas' si sabes a lo que me refiero". Jake empujó sus dedos contra su nariz para indicar una nariz rota. "Por lo que sabemos, podría ser Charlie Wall vengándose de un negocio turbio. Lo que sí sabemos con certeza es que no hay santuario, ni documentación, ni equipos de excavación tampoco.

"Lo que es un hecho es que los hombres contratados para trabajar en el garaje repentinamente renunciarían, ¡NUNCA VOLVERÍAS A VERLOS! Ni siquiera regresaron para cobrar sus cheques de pago finales. Esto no se limitó a los trabajadores comunes. También desaparecieron los capataces. Se dice que los poltergeists de Fort Brooke, sí en plural, perseguían a los hombres hasta que se rendían, enloquecían o morían. Llevó mucho tiempo completar el garaje".

"Jake, los trabajadores de la construcción pueden ser mujeres. ¿Por qué tienes que ser tan acaparador de atención? 'Mírame. ¡Soy Jake, soy increíble en Jiu Jitsu y puedo contar historias de fantasmas asesinos!" Rosa resopló. "Mamá, ¿no quiero ir si el congresista Harris el Horrible vuelve a hablar?".

¡Ah, la verdadera razón por la que Rosa no está emocionada!

MTA dijo: "Rosa, este es realmente solo para nosotros. De hecho, tengo buenas noticias específicamente para ti que querrás escuchar. ¡Lamento que su experiencia en Bogotá haya sido tan terrible! Aunque hay un cambio de planes. ¡Tomaremos la camioneta de tu padre, después de la historia de Jake! ¡No hay forma de que me arriesgue a tener un poltergeist en mi auto! ¿Por qué demonios nadie detendría la construcción después de un descubrimiento como ese? ¡Horrible!".

15

EL ORIGEN DE CARPE NOCTEM

Fue la noche de domingo más extraña. Rosa señaló la luna. Una sonrisa anaranjada de Cheshire brilló a través del musgo español que colgaba de los robles. A las 9:00 p. m., los tres niños que habían estado esperando desde las 8:00 p. m. se estaban quedando sin cosas de las que hablar con German Tiger Mom, que estaba de pie conteniendo las lágrimas.

"¿Cómo es que no estás tan triste cuando papá y Malcolm son enviados? ¿Se van a la guerra, nosotros solo vamos a la escuela? preguntó Jake.

"Soy. Usualmente hago un mejor trabajo escondiéndolo", mintió MTA.

La verdad era que confiaba en Charlie y Malcolm como fuerzas a tener en cuenta. Sus hijos seguían siendo niños inocentes que podían ser usados, manipulados y explotados. Ella odiaba todo sobre el mundo en ese mismo momento. Los presentadores de noticias que se apresuraron a informar una mentira sin importar a quién doliera. Los políticos que ejercían influencia para su propio control personal del poder. Grandes corporaciones que hacen las cosas mal por unos centavos extra de ganancia. Y, lo peor, la parte de la población que era tan fácil de manipular.

Por primera vez, estoy cuestionando mi decisión de ser ama de casa.

Si me hubiera mantenido en mi carrera como ingeniero, Charlie y yo seríamos considerados uno por ciento, con Jake y Rosa asistiendo a los mejores internados.

En ese momento, tres A-10 Warthog atravesaron la noche, en dirección contraria al viento desde la pista cuatro de MacDill. Se dividieron a través de la vista como si estuvieran abofeteando la sonrisa de Cheshire de la luna. Enero, el comienzo de un nuevo año presupuestario. MTA los miró fijamente. Ayudó a distraerse de sus lágrimas.

¿Los fondos de 'Úselo o piérdalo', ya sea que se gastaron en combustible JP4, o los Warthogs se desplegaron para ayudar a las tropas con apoyo terrestre en las guerras en curso que no han estado en los titulares en mucho tiempo? Quizás esas concursantes de Miss Universo tenían razón : ' Paz mundial', la respuesta perfecta y poco realista a todo lo que es malo. Siempre imaginé darles remolinos a los concursantes que lo dijeron.

El autobús se detuvo. Era el autobús escolar estándar amarillo más básico y antiguo.

¡Estas cosas no han cambiado en siglos!

Los niños abordaron, habiendo sido superados en abrazos y besos por mucho tiempo por MTA.

Ted susurró: "Hacia atrás, cuanto más atrás, mejor". Jake siguió su ejemplo.

Rosa, corriendo para alcanzarlos, dijo: "¡Espera!". Fue muy tarde. Los chicos ya se sentaron a dos filas de la salida trasera.

Ted susurró: "Cuanto más fresco estás, más atrás te sientas en el autobús. Cuanto más atrás en el autobús, más puedes salirte con la tuya".

"¿Con qué nos estamos saliendo con la nuestra?" preguntó Jake, emocionado.

" Shhhh . Nada. Todo es cuestión de percepción. ¡Actua normalmente!" Ted dijo, mientras ocupaba toda la fila detrás de ellos.

Rosa dijo: "Verse bien y oler bien son aparentemente muy diferentes".

El olor era una mezcla de vinilo azul fresco, tierra seca y metal barato.

"¿Cómo apago mi nariz?" Rosa se quejó. "Ted, la parte de atrás del autobús huele como un baúl sucio".

Rosa miró a Jake. Jake se encogió de hombros.

Copiando a Ted, Jake sacó su nuevo teléfono 'requerido' y buscó videos de Jiu Jitsu. Rosa, sintiéndose excluida, hizo lo mismo, pero levantó la banda, Sartén.

Gracias a Dios por los auriculares. Christian Pop no es del tipo 'cool' de atrás del autobús.

Mirando a su alrededor, Rosa se dio cuenta de que la mayoría de los niños parecían tan confundidos como ellos, excepto que los otros niños ya se conocían. La otra diferencia que notó fueron las lujosas bolsas de equipaje cuadradas con ruedas y la ropa nueva de marca. Ella y Jake tenían su tienda-en-Walmart-mucha-ropa—según Hunter—y las bolsas de lona de camuflaje sobrantes de papá, que estaban reventadas por las costuras para contener lo que cada niño necesitaba: dos uniformes escolares, un juego de pijamas, ropa de gimnasia y cinco juegos de ropa interior limpia.

MTA no podía permitirse el lujo de comprar ropa nueva o bolsas de equipaje con ruedas para los niños, otra cosa que seguramente los molestaría. Las tarjetas de financiación escolar estaban vinculadas a la Escuela Secundaria Robinson para los niños. Esto los hizo inválidos. No tuvo más remedio que usar la tarjeta de crédito familiar para la lista interminable de cosas esenciales para la escuela. Dejándola sin otra opción, excepto pagar de su bolsillo y tratar con el Estado de Florida para procesar la documentación para el reembolso.

La vestimenta informal solo estaba permitida en el viaje en autobús a la escuela el domingo por la noche y el viernes, que incluía el viaje en autobús a casa.

Además, cada niño tenía que tener los utensilios de aprendizaje requeridos en las nuevas mochilas a prueba de balas transparentes obligatorias.

La educación es un mercado masivo de lavado de dinero. Los gánsteres notorios, como el difunto Charlie Wall de Tampa, no tenían nada que ver con los apretones de manos de hoy en día.

Solo los teléfonos costaban el doble que un iPhone nuevo y ya eran de tecnología antigua.

Las personas con las palmas de las manos grasientas definitivamente se están haciendo ricas en alguna parte.

Cuando Rosa se salió de la vía después de la tercera jugada, se dio cuenta, mirando por la ventana del autobús, ¡que estaba llegando a la escuela secundaria Robinson!

Todos los niños estaban saliendo del autobús hacia el auditorio. Como los niños fueron los últimos en salir del autobús, Rosa tuvo que interrumpir lo que parecía ser un círculo de chismes en toda regla para llamar la atención de los maestros.

"¿Qué quieres?" gruñó uno de los profesores.

Rosa estuvo a punto de retroceder, pero Ted, quitándole la bolsa de lona de la mano, dijo: "Mi hermana quiere saber por qué estamos en Robinson High School, no en Plant".

Para su disgusto, otra maestra se volvió, se puso las manos en las caderas y reprendió a los dos niños por no prestar atención. Después de lo cual el profesor gruñón volvió a hablar. "Te reconozco ahora. ¿No sois los hijos de esa mujer odiosa?

Los dientes de Rosa se apretaron con ira. Otra maestra, más amable, se paró frente a las dos mujeres, extendiendo su brazo para llevar a los niños de regreso con los demás.

"Por ahora, Plant High School pasará la noche en Robinson, porque la unidad de aire acondicionado necesita reparación. Todos ustedes están en el lugar correcto".

Estando en la parte trasera del autobús, los últimos en entrar al auditorio, Jake, Rosa y Ted se quedaron atascados con las últimas dos literas que quedaban junto a las puertas del auditorio.

" ¡ Guau ! ¡Tenemos que quedarnos despiertos hasta pasada la medianoche, y ni siquiera es Año Nuevo!". Jake se jactó mientras miraba el reloj justo encima de su cabeza sobre las puertas.

Un asistente residente condujo a los niños al vestuario de su género preferido, alfabéticamente por apellido, para cambiarse a pijamas. Eran casi las 2:00 am cuando se acomodaron.

Por lo que pareció ser la quinientasésima vez, escucharon un fuerte clic-clic que se apagó hasta convertirse en un clic-clic más silencioso cuando otro niño se levantó para ir al baño. Ted se dio cuenta de que las puertas del auditorio eran objetos inanimados, pero los visualizó riéndose de él. Ted se sacudió, de espaldas a las puertas. No sabía qué era peor, si el chasquido o el efecto estroboscópico del pasillo iluminado.

Incluso los prisioneros fueron divididos en dos por habitación. Plant's Junior High, que incluía a estudiantes de séptimo, octavo y noveno grado, fueron las únicas calificaciones enviadas a Robinson, pero Ted aún pensó que debía haber más de 1,000 estudiantes.

¡Esto es pura locura!

Al darse la vuelta, Ted se encontró mirando cara a cara a Jake, que colgaba boca abajo de la litera de arriba. Jake susurró: "¡Sé algo con lo que podemos salirnos con la nuestra! Hagamos lo que hagamos, mantengamos estas camas, son las mejores para eso".

Ted, antes de cubrirse la cabeza con las cobijas, respondió: "Bien, pero solo si comienzas a cepillarte más los dientes. Dang, ¿MTA hizo chucrut para la cena?

Rosa, escuchando cada palabra, respondió: "Sí, con salchichas Bratwurst de cabeza de jabalí. Ella me dejó hacer la parrilla. Incluso tosté los rollos de sésamo en la parrilla. Van mejor que la semilla de amapola. Es como una versión alemana de un American Sloppy Joe, o un hoagie italiano de albóndigas. ¡Estaban deliciosos! ¿De qué nos estamos saliendo con la nuestra? Susurramelo.

Jake se inclinó sobre las literas superiores hacia Rosa, le puso la mano en la oreja y susurró: "¡Descubrí cómo podemos seguir practicando Jiu Jitsu! Sin embargo, tenemos que esperar unos días".

Jiujitsu?

Rosa estaba un poco decepcionada, pero salirse con la suya sonaba divertido, así que respondió: "¡Cuenta conmigo! Ted tenía razón sobre tu cepillado. Rosa se cubrió la cara con la cobija, imitando el ejemplo de Ted.

Los niños se despertaron con los címbalos de la banda sonando por un niño de nariz puntiaguda, aproximadamente un año mayor que Ted. Luego pasó a dictar a través de un megáfono. "La rutina todos los días es seguir el mismo formato que la noche. Hacemos esto en orden alfabético, según el apellido. Para aquellos de ustedes DEMASIADO ESTÚPIDOS para entender, cuando se diga la letra de su apellido, ingresen al vestuario de su género preferido para cambiarse y ponerse los uniformes escolares".

Este cara de rata que golpea los platillos se cree el jefe.

"¿Quién es el idiota?" preguntó Ted, pero nadie respondió.

Los niños decidieron que no estaría de más seguir la rutina por ahora.

Rosa se sintió fuera de lugar cuando se dio cuenta de que la mayoría de las niñas de trece años, y todas las de catorce años, usaban sujetadores. Con la esperanza de aislarse, caminó hacia la parte trasera del vestuario, solo para encontrarse con dos chicos muy incómodos. Decidió cambiarse la blusa en un cubículo cuando orinaba.

Guau, ¿mi cuerpo es diferente al de las otras chicas? Estas chicas parecen casi adultas. Algunos incluso se preocupan por el maquillaje .

"¡Los casilleros son solo para los estudiantes de Robinson!".

Eso es bueno, al menos ahora puedo esconderme cuando me cambio y nadie se dará cuenta, esperando que me cambie frente a un casillero específico .

Rosa habría sonreído al escuchar eso, si no lo hubiera dicho a todo volumen en su oído a través de un megáfono mientras salía de su vestuario 'preferido', con nariz puntiaguda, sin barbilla, cara de rata.

Volviendo a su catre antes de que Jake regresara, dijo: "Ted. ¡Deberíamos llamar al idiota Willard!

Se olvidó de que estaba en un lugar tan cerrado. Media docena de niños que estaban alrededor se rieron, y un niño a cuatro catres de distancia, todavía tratando de dormir, decidió gritar: "¡Oye, WILLARD! CHUPALO! El megáfono, ¡VAMOS A CHUPARLO, WILLARD!

Esto hizo reír a una buena parte del auditorio.

"Rosa, pensé que tenía que preocuparme de que te intimidaran, no de convertirte en un matón", dijo Ted, sonriendo de oreja a oreja. "Sin embargo, Willard es un nombre apropiado, y lo está pidiendo. Está bien, puedes ser malo con Willard, ¡pero solo con Willard!

"Deje su equipaje en sus catres y solo lleve sus mochilas con usted a los autobuses". Willard fue implacable con el megáfono.

"A los estudiantes se les asignan autobuses específicos solo en el viaje de la mañana. El viaje en autobús tomará el lugar del salón de clases. ¡Está basado en la PRIMERA LETRA DE SU APELLIDO!".

"¡Willard es intolerable!" dijo Ted.

"Tomará el autobús alineado con su salón de clases durante el transporte a Plant High School. El salón principal y el pase de lista se llevarán a cabo en el autobús para ahorrarle tiempo a su maestro. Después de la última clase, sus hijos deben reagruparse en cualquier autobús disponible, para ser conducidos de regreso a la Escuela Secundaria Robinson. Los autobuses funcionan de 3:30 pm a 4:30 pm esta semana y se extienden hasta las 5:30 pm la próxima semana para actividades extracurriculares", continuó Willard.

"¡Tanto por estar en un autobús solo dos veces por semana!" dijo Ted. "¿Por qué Willard dice 'ustedes, niños'? Dudo que sea mayor que nosotros.

La clase principal a la que se dirigía a las gemelas estaba en el Autobús 2. Ser redirigido desde el Autobús 1 le permitió a Rosa tomar un asiento tres filas atrás.

Por favor, oh por favor, ¿déjame tener un asiento en el autobús con una ventana que funcione? ¡El olor a autobús por la mañana me hará vomitar!

Justo cuando Rosa bajó la ventana para sentir una ligera brisa, una voz atronadora gritó: "¡TU NOMBRE ES MURPHY!

¿DE VERDAD CREES QUE MMMMmm SE SIENTA AL LADO DE G? BUENO, ESTOY ESPERANDO?

Rosa se volvió y se congeló al verlo. Un hombre enormemente alto, que llevaba una gorra de tweed gris anticuada, con la parte delantera muy baja hasta las cejas, estaba inclinado sobre ella. Su brazo izquierdo se extendía recto, cubriendo la distancia de una fila entera de autobús mientras señalaba hacia atrás.

Jake, a dos filas de la parte trasera del autobús, le hizo señas a Rosa para que se uniera a él.

Rosa se agachó para salir del banco. Mientras pasaba junto al enorme hombre que resoplaba, agachándose bajo el tronco de un árbol por brazo, todavía esperando su respuesta, no pudo evitar observar: "¿Tomaste bagel de cebolla con salmón ahumado para el desayuno?".

Ante esto, el hombre se sonrojó con furia. "¡AHORA!" él gritó.

Rosa trepó por encima de los asientos y los niños para volver junto a Jake. Jake, riéndose, susurró: "Puedes quedarte en el asiento junto a la ventana, pero no estoy seguro del bien que te hará. No creo que funcione. Nikki en la cama debajo de ti me advirtió sobre él esta mañana. Lo siento, no lo mencioné. Estaba seguro de que te sentarías a mi lado. El apellido de Nikki también comienza con M. Ella lo tuvo para Homeroom y Biología el año pasado. Su nombre es Profesor Luger. Ya memorizó todos nuestros nombres y nuestras caras.

"El profesor Luger es el único maestro que no tiene que decir nuestros nombres para pasar lista. Además de Homeroom, imparte clases de ciencias. No te dirijas a él como señor o maestro o algo diferente al profesor Luger. Es un sargento de instrucción retirado, enojado con el mundo porque tiene que trabajar en lugar de jubilarse. Si te hace sentir mejor, Nikki dijo que se rumorea que su ex esposa se llevó todo en un feo divorcio y también recibe la mitad de su pensión militar.

"Puedo ver por qué alguien se divorciaría de él. Lo que está más allá de mí es ¿cómo alguien se casó con él en primer lugar? Rosa se preguntó en voz alta a Jake, mientras intentaba abrir la ventana, sin suerte.

Eran las 10:00 am cuando los gemelos vieron a su primer maestro parado en una pizarra. La clase era Temas Sociales Contemporáneos. Estaba catalogado como un curso de historia y, según la descripción que tenía MTA, la impresión era que la historia estadounidense se centraba en la Guerra Civil.

Jake le susurró a Rosa: "Mamá ya nos habría pedido que termináramos Matemáticas, Inglés e Historia. Esto va a ser muuuuy fácil. Me pregunto si sus experimentos científicos al menos serán geniales".

"LEVÁNTATE", gritó la Sra. Fischer. "EL QUE HABLÓ, ¡LEVÁNTATE!".

Jake se congeló. Todo lo que hizo fue susurrarle a su hermana por qué estaba gritando esta mujer. Tal vez alguien más estaba hablando y él no se dio cuenta. Jake miró a su alrededor, todos los ojos estaban puestos en él.

"Puede que me esté quedando ciego, ¡pero escucho TODO!" Luego, el maestro agarró el frente del escritorio de Rosa, burlándose de Rosa y exigiendo: "Estabas hablando, ¿no?".

"No, yo...", Rosa fue interrumpida por la maestra.

"Claro que no fuiste tú, eres una niña. ¿Quién te habló?

"Lo hice", dijo Hunter, sentado cerca de la parte de atrás de la clase.

"No, lo hice", replicó Mike desde unos asientos frente a él.

Rosa y Jake se dieron la vuelta sin darse cuenta de que Hunter Harris estaba sentado en la misma clase.

Jake espetó, "Hunter. ¡Idiota!".

"¡Esa es la voz! Tienes detención. ¿Cuál es tu nombre?" La Sra. Fischer gruñó.

Riendo, Hunter dijo: "Su nombre es Jake Murphy, y estaba hablando con su hermano queer Rosa". Todos los niños se rieron del comentario de Hunter.

Rosa no podía encorvarse más en su asiento.

A la Sra. Fischer no pareció importarle, "¡Ambos Jake, Rosa detención! Ahora ni una palabra más de nadie".

Cuando salieron de la habitación, Hunter, rodeado por sus amigos, miró a Jake sacudiendo la cabeza. "Idiotas".

Rosa agarró el brazo de Jake, "Él no vale la pena".

Era su primera clase oficial del día y la única que compartían Jake y Rosa. Sin embargo, no sabían que en el momento en que la Sra. Fischer los registró en la aplicación de la escuela para detención, cada uno recibió cinco deméritos que contaron en contra de ellos en un puntaje general de espíritu escolar. El ingenioso nombre de la aplicación era 3S, que representaba el School Spirit Score. A diferencia de la educación en el hogar, la escuela pública permitió que tantas variables influyeran en el plan de estudios de los niños.

Las clases elegidas de Rosa incluyeron Francés Nivel Uno, Ciencias Ambientales y un curso de Artes Visuales.

Los tres me pueden ayudar con la cocina. El francés me ayudará cuando viaje al extranjero estudiando cocina en París. La ciencia ambiental es un requisito previo para la química de los alimentos. No se puede ocultar este de mamá, con el libro de texto principal titulado, 'Jarabe de arce real'. Las artes visuales pueden ayudarme con la estética del enchapado, aunque eso es una exageración, pero al menos se ajusta bien a mi horario.

Jake tomó el enfoque opuesto y eligió temas que ya aprendió o pensó que serían divertidos para sus elecciones electorales. Eran Robótica, Historia de los Estados Unidos y Criptozoología.

Todos los niños estaban confundidos con los niveles de grado sugeridos en sus materias optativas. Rosa se dio cuenta de esto mientras estaba sentada rodeada de jóvenes de diecisiete años en Artes Visuales.

Jake pensó que su mayor problema era pasar de una clase a otra. Álgebra iba a ser la caminata más larga desde que estaba claro en todo el campus de la escuela desde Criptozoología.

La clase de robótica, que Jake pudo hacer con mucho tiempo, se convirtió instantáneamente en una pesadilla.

Al entrar, la maestra, la Srta. D'Alesandro, lo llamó frente a todos sin permitirle reclamar un asiento. "Clase, ahora clase, tenemos un nuevo estudiante, Jake Murphy. Jake y su hermana gemela Rosa son nuevos en nuestra escuela. ¿Dale la bienvenida a Jake? Jake, dinos por qué te interesa la robótica.

Jake se movió mientras estaba de pie frente a un salón de clases lleno de niños mayores que él. "Bueno, pensé..."

"Jake, en realidad no nos importa. Lo que sí nos importa es por qué tu mamá siente que los educadores públicos son tan aterradores que fue tan lejos como para rastrear a una chica universitaria en una librería y romperle el brazo. No es necesario que responda, tome asiento. Oh mira, el único que queda es el centro delantero. ¡Justo donde puedo mantener mis ojos en ti!

Rosa estaba sorprendida por la cantidad de tiempo que pasaba preocupándose de dónde estar y a qué hora, regresando a su casillero entre clases, solo para cambiar de libro y correr a su próxima clase, todo en un esfuerzo por no llegar tarde o ser señalado. cualquier razón.

El programa de nutrición para esa primera semana ya estaba planeado, pero el miércoles le dijeron que cualquiera que quisiera participar debería reunirse después de la escuela en la cafetería.

No puedo esperar para contarle a Jake sobre esto. ¡Espera, Dios mío! ¿Realmente extraño a Jake? La escuela realmente me ha dado la vuelta.

Rosa comenzó a contarle a Jake sobre su día cuando entraron por la puerta del salón de clases de la Sra. Fischer. El ruido de las sillas de metal golpeando era apenas audible sobre su voz. Tanto Jake como Rosa se volvieron aún más ruidosos mientras descargaban los eventos de sus días. Era la primera vez en todo el día que tenían la oportunidad de hablar entre ellos y en privado.

Jake insistió en que Rosa debería cambiar su última clase de artes visuales a criptozoología. "¡Es impresionante! El maestro, el Sr. Sylvia, es tan relajado. No le importó que llegara tarde. Ni siquiera tuve que explicar cómo correr por el campus. ¡Obtenga esto, investigaremos dónde podría vivir Big Foot! ¡ Excepto por la clase que huele a mofeta, es tan genial!

La Sra. Fischer los interrumpió, entrando agitando los brazos. "¡TRANQUILO! ¡No se puede hablar cuando estás en detención, especialmente cuando estás en detención por hablar! Mantengan sus escritorios vacíos o tendrán DOBLE DETENCIÓN si los atrapo escribiéndose.

¿Qué diablos es la doble detención?

Después de lo que fue un día bastante ajetreado, dedicado a averiguar dónde estar ya qué hora, Rosa apoyó la cabeza en los brazos mientras se dormía, observando a otros estudiantes que se apresuraban en el pasillo.

Cuando Rosa comenzó a despertarse, se dio cuenta de que ya no pasaba nadie. "Milisegundo. Fischer sabe que tenemos que tomar el autobús de regreso a Robinson, ¿verdad?

La manecilla de las horas del reloj había dado dos vueltas completas. "¡Son casi las cinco!".

Por primera vez, Rosa prestó atención al calor que hacía.

Recién es enero. Qué calor hará en marzo. Con suerte, la escuela arreglará el aire acondicionado para ese momento.

Su escritorio tenía una huella sudorosa de su mejilla y brazos.

¿Cómo es posible que una instalación de Florida no tenga aire acondicionado?

"¿Se olvidó de nosotros?" preguntó Rosa, mientras miraba hacia Jake. Jake distraído en un mundo propio fue tomado por sorpresa, como si él también acabara de despertar.

"¿Estabas durmiendo?" preguntó Rosa.

"No, estoy practicando la visualización. Conoces ese libro que me regaló mamá. Creo que tengo un nuevo método para escabullirme de la guardia de Mike la próxima vez que volvamos a rodar.

"¡Pensé que te había dicho que no hablaras!". Dijo la Sra. Fischer con voz retumbante al entrar.

"¿No es la detención solo una hora?" preguntó Rosa.

"¡Eres un sarcástico!". La Sra. Fischer respondió.

"No, es que ya son dos horas y bueno, ¿el último autobús?" preguntó Rosa tímida como un ratón.

"¡Multa! ¡Vamos!" gruñó el profesor. Jake y Rosa tomaron sus mochilas y corrieron hacia la sección de autobuses del estacionamiento, pero no quedó ningún autobús.

"Podemos caminar, tal vez trotar un poco. Robinson está a sólo cuatro millas. Jake dijo sacando un GPS en su teléfono escolar requerido.

"Nos perderemos la cena". dijo Rosa, mirándolo por encima del hombro.

Pasamos corriendo por casa. Mamá encontrará algo para que comamos. dijo Jake.

"¡NO! ¡Mamá no puede saber que la cagamos en nuestro primer día! ¡No vamos a parar y no te atrevas a enviarle un mensaje de texto!", exclamó Rosa, dejando caer su brazo derecho dejando que su mochila golpeara el pavimento.

Jake, confundido, preguntó: "¿Pero por qué? Ella estará bajo..."

En ese momento, un nuevo y brillante Lincoln Corsair negro se detuvo dando vueltas y se detuvo justo frente a ellos. La sólida ventanilla del lado del conductor, teñida de negro, bajó.

"¡Oye! Mike y Hunter mencionaron que la Sra. Fischer los atrapó. ¿Necesitas que te lleven?" preguntó Abadía.

Rosa estuvo de acuerdo, pero Jake, que ya había planeado su caminata, dijo con su voz más educada: "¡No, gracias!".

Se volvió hacia Rosa, "¡Hunter es el enemigo!".

Rosa se encogió de hombros y dijo: "Mike es nuestro amigo", mientras corría alrededor del vehículo y se subía a la escopeta. Jake arrojó su mochila primero, echó un último vistazo y se subió a la parte de atrás.

Se supone que no debemos subirnos a los autos de extraños, ¡pero mamá se enojaría aún más si dejo que Rosa vaya sola!

Abbey entabló conversación con Rosa. "Entonces, el flaco de la Sra. Fischer es que está ciega como un murciélago. Ella lo compensa asegurándose de que nadie interrumpa su clase. Para ella, 'perturbador' significa hacer cualquier tipo de ruido, incluso si responde a una pregunta que hizo.

"Cuando Hunter ofreció su respuesta 'Sí, lo hice', fue su forma de distraer a la Sra. Fischer. Por eso Mike lo siguió con un 'Sí, lo hice'. Se garantiza que si tres estudiantes de diferentes áreas del salón de clases dicen 'Yo hice' nadie recibe detención. ¡Jake, Hunter estaba tratando de ser amigos!

"Oh, otra cosa con la Sra. Fischer, si te quedas atrapada en detención, haz ruido al principio para que sepa que apareciste, pero escápate después de quince minutos. Esa vieja murciélago no puede ver el reloj, así que te dejará allí a las cinco si no lo haces.

Rosa preguntó: "¿Hunter estaba tratando de ser amable?".

"Sí, el era." Respondió Abbey mientras entraban en el estacionamiento de Robinson.

Jake salió demasiado rápido para que ella siquiera escuchara su agradecimiento.

Conocemos a Abbey. Mamá habría estado bien con esto si lo hubiera sabido; ¿Pienso?

Abbey le entregó a Rosa dos bolsas. "En caso de que te hayas perdido el horario de la cafetería". Abbey se fue.

"¡JAKE!" Rosa agarró su brazo con su mano libre para enfatizar la mayor importancia.

"¡Estas bolsas son de Outback Steakhouse! Comamos antes de entrar —insistió Rosa.

Cruzaron una calle llamada Mango Avenue, que pasaba justo en frente de la escuela. El otro lado tenía canchas de baloncesto, una piscina comunitaria y un centro de recreación. Abarcaban solo una pequeña esquina del parque The Bobby Hicks, que incluía un gran lago de agua dulce con muelles.

"Apuesto a que este lago tiene caimanes", comentó Rosa.

Jake preguntó: "¿Cómo supo Abbey a qué hora estaríamos allí?".

"¡Oh, Jake, deja de preocuparte!" Rosa respondió: "Probablemente estaba de regreso a casa después de recoger a Mike y Hunter de la escuela para escabullirse a cenar. ¿Sabes que el Outback en Henderson Boulevard es el original? Comenzó toda la franquicia".

La cena estuvo deliciosa, admitió Jake, mientras terminaba de comer hasta la piel de su patata horneada cargada. Rosa, por el contrario, guardó la mayor parte de su bistec para Ted, pero devoró la papa y las verduras al vapor.

Al entrar al auditorio, Rosa pudo ver que sus bolsas de lona habían sido rebuscadas. Era imposible ocultarlo ya que su ropa apenas cabía en las bolsas de lona la primera vez que empacaron.

Ted dijo: "Estaba en el primer autobús de regreso, ansioso por volver a AC. Aparentemente, la mayoría de las bolsas fueron rebuscadas. Willard ya dijo por megáfono que no deberíamos enfocarnos en eso. Que lo más probable es que algunos de los estudiantes de Robinson buscaran una broma, y 'deberíamos estar halagados de que nos reconozcan en absoluto'.

"A los maestros no les importa ya que hasta ahora nadie reporta nada de valor perdido. ¿Sabes que los estudiantes de segundo y tercer año se quedan en el auditorio de la Academia de los Santos Nombres en Bayshore, y los estudiantes de último año no tienen que pasar la noche? Supongo que así es como nos están acomodando a todos aquí. No puedo esperar a crecer".

"Ted, ¿ya te pusiste el pijama?" preguntó Rosa entregándole su bistec.

"Ya me duché, también. Se suponía que uno de los apartamentos que mi madre y yo alquilamos en Miami sería el siguiente nivel de eficiencia energética autosuficiente. Tenía algunas cosas realmente geniales, como un jardín en el techo, pero si no eras el primero en ducharte durante las horas pico, no obtenías agua tibia".

Jake miró a Ted, "¡Eres brillante!".

"¿Te diste cuenta de eso ahora?" Ted respondió, bromeando.

Jake continuó: "Estaba tratando de averiguar cómo podríamos escabullirnos temprano para practicar Jiu Jitsu. Podemos hacerlo duchándonos y cambiándonos temprano".

"No te olvides de cepillarte", Ted lo fulminó con la mirada.

Rosa sonrió, "Eso funciona para mí", aunque su motivación era evitar ducharse y cambiarse frente a las otras chicas.

Los gemelos agarraron sus pijamas, pero Rosa no pudo encontrar su blusa. "¿Por qué alguien robaría mi vieja camiseta de pijama?" se preguntó en voz alta.

"Probablemente porque tenía rayas de arcoíris", dijo Ted entregándole una camiseta extra que tenía.

Jake se concentró en observar la rutina.

Tres horas por la mañana para cambiar por orden alfabético, y tres horas por la noche.

El horario de la cafetería es de 7:00 am a 9:00 am por la mañana y de 4:00 pm a 6:00 pm por la tarde. De 6:00 pm a 8:00 pm, los maestros y administradores caminan para asegurarse de que todos los estudiantes tengan la solicitud escolar obligatoria descargada en sus teléfonos. Deben recibir lecciones sobre cómo usarlo hoy y mañana.

Willard pasaba por las puertas de salida junto a sus camas casi a intervalos de media hora.

Pero, ¿y la próxima semana?

Jake preguntó cortésmente en el pase de Willard sobre una agenda para la próxima semana de 6:00 p. m. a 8:00 p. m.

"¡Mi nombre no es Willard, monstruo educado en casa! ¡Es TOMMY!".

Ted, Rosa y media docena de otros niños comenzaron a reírse.

"Jake, no es de ti de quien nos estamos riendo. Es Willard," susurró un niño en la cama cerca de los pies de Jake.

Rosa preguntó: "Jake, ¿por qué te importa?".

"Parte de la misión Carpe Noctem ," dijo Jake.

Al sentir a la audiencia a su alrededor, Rosa bromeó: "Jake, eres un idiota".

"Los pasillos están despejados. No hay calendario de rotación, ni de Willard ni de nadie más. Hasta ahora, todo bien para Carpe Noctem ", informó Ted mientras se sentaba en la cama chirriante.

Rosa miró hacia arriba. Ted, ¿tú también?

"Es nuestra misión Rosa. Dijiste que querías entrar anoche. ¿Te estás acobardando?

"No. Es solo, ¿por qué lo llamas una misión? dijo Rosa, perpleja.

"Rosa, ¡TODO es una misión!" Respondieron al unísono.

Bueno, si Ted lo estaba diciendo, entonces debe ser lo suficientemente genial como para no molestarlos.

"Oye, Jake, no le digamos a mamá que nos castigaron el primer día", susurró Rosa, preocupada después de que apagaron las luces.

Ted sonrió, "¿Es ahí donde estaban ustedes dos?". Riendo, dijo: "Eso es 'la parte de atrás del autobús genial'. Ustedes dos van a encajar bien. Detención en su primer día. ¡Estoy orgulloso!".

Rosa, inclinándose desde la litera superior peligrosamente cerca de hacer que se volcara, mirando hacia Ted, dijo: "Lo digo en serio, Ted. MTA no se entera. ¡Te di mi bistec!

"Está bien, prometo no decir nada", dijo Ted, feliz.

Su sonrisa se desvaneció en el tercer CLIC CLIC , clic clic sin embargo.

Será mejor que Jake tenga razón en mantener estas camas como parte de la misión Carpe Noctem porque estoy empezando a escuchar CLIC CLIC , clic clic peor que los latidos en "Tell-Tale Heart" de Edgar Allen Poe.

El pecho de Jake se agitó. Un olor a pescado le hizo cosquillas en la nariz. Los olores no hacen cosquillas, ¿pero los bigotes? Al abrir los ojos a centímetros de su cara, brillantes ojos ámbar adornados con motas doradas, le devolvió la mirada. Eran asombrosos y se destacaron aún más cuando notó que estaban rodeados de terciopelo negro. Jake se quedó mirando. El calor lo envolvió. Un contenido abrumador lo abrazó. La pantera ronroneó.

El agua salpicó a Jake de ambos lados. Miró, reaccionando. La pantera desapareció. Estaba solo otra vez. Solo en un gimnasio lleno de otros mil estudiantes.

Todo era nuevo para Jake y Rosa ese día. Era su segunda noche lejos de su familia, su segunda noche alojados en un lugar extraño. Jake trató de mantenerse despierto para asegurarse de ser diligente observando todo lo posible para Carpe Noctem . Una misión compartida que lo une a Ted y Rosa. Prevalecerán. Ellos deben. ¿Qué otra opción tenían?

La tarde llegó a una hora en la que observar no tenía sentido. Cualquier movimiento u observación posterior a esa hora sería irregular y no serviría para la planificación de Carpe Noctem . Al escuchar una respiración lenta y rítmica en la litera de Ted debajo de él, Jake se quedó dormido alrededor de la medianoche. Fue solo debido a su extraño sueño que se despertó a la extraña hora de la 1:00 a.m.

Las puertas del pasillo chasquearon.

Lo más probable es que las personas usen el baño.

Jake escuchó que la respiración de Ted se tambaleaba y luego volvía lentamente a un ritmo.

Que extraño sueño. Me pregunto si significa algo. ¡Qué hermosa criatura!

Concentrándose en su propia respiración, Jake volvió a dormirse. La manta de Jake, que cubría sus piernas y brazos, se tensó. Medio dormido, dio vueltas y luchó por sentarse, pero la manta, apretada por ambos lados, no cedió. Justo cuando estaba lo suficientemente alerta como para gritar, una almohada lo silenció. No podía ver, apenas podía respirar y solo escuchaba una risa ahogada, una risa de niña. Los golpes en las piernas vinieron después.

"¡Oye!" Nikki gritó mientras empujaba a la chica más cerca de ella. La niña soltó su agarre de la manta y torpemente cayó al suelo.

El otro lado de la manta cedió. La chica que tiraba con fuerza de ese lado cayó hacia delante llevándose la manta, medio aterrizando en la pierna de Ted despertándolo. Ted se apresuró a ponerse de pie frente a ella. Sin saberlo, colocándose entre Nikki y la chica que empujó.

Las manos de Jake, liberadas, agarraron la almohada y empujaron al agresor, asfixiándolo hacia adelante.

"¡Ay, mi brazo!" una linda chica asiática jadeó. Saltó al suelo apretando el codo y se paró junto a la chica que inicialmente despertó a Ted.

"¡Uy, litera equivocada!" una cuarta chica rubia dijo saliendo del pie de la litera del chico, "¿O fue?". Extendió su mano izquierda para ayudar a su amiga en el piso. "No te preocupes, ya tengo mucho en video. ¡A Hunter le encantará esto! dijo mostrando un elegante teléfono celular en su mano derecha.

"Lily, ¿qué diablos te pasa?" exigió Nikki, mientras salía de detrás de Ted y se enfrentaba a la rubia.

"Oh, mira, si no es 'Hormigas en sus pantalones'. ¡No te preocupes, no te dejaré fuera esta vez! No querría que tu madre llamara a la mía y nos obligara a pasar el rato juntos otra vez —proclamó Lily mientras ponía boca abajo lo que parecía ser una granja de hormigas en la cama de Nikki.

Las cuatro chicas se rieron cuando la tierra cayó a través de la tapa abierta de la granja de hormigas. Lily lo estaba sacudiendo, hormigas voladoras y arena por todas partes.

"¡Lo siento no lo siento!" Lily dijo mientras se aseguraba de darle una sacudida extra y dejar caer el contenedor de la granja vacío sobre la almohada de Nikki.

"Oh, y si debe saberlo, íbamos a venir aquí por usted, 'Señorita. Hormigas en tus pantalones', ¡pero los regalos siguieron llegando cuando notamos que dormías junto a los monstruos educados en casa!

El grupo rió. Salieron volviendo hacia el otro extremo del gimnasio.

"¿Estás bien?" Nikki preguntó sobre sí misma con Jake e ignorando su cama cubierta de hormigas.

"¿Quiénes son?" preguntó Jake mientras se inclinaba, tocándose los moretones en sus piernas.

"Lo siento Jake. Son Lily y sus amigos. Llámalas las chicas geniales, las chicas populares, las chicas ricas, lo que sea. Lily y yo solíamos ser amigos hasta que... bueno, es una larga historia, pero ya no lo somos. Su elección. Lily ha estado enamorada de Hunter desde la primaria. Lo más probable es que piense que el video lo impresionará o algo así. Ella siempre me está apuntando. Debería haberte advertido cuando escogiste las literas a mi lado.

"¡Esto es con lo que te golpearon!" dijo Ted, extendiendo un calcetín con una barra de jabón dentro.

"Estás bien. ¡Endurecer! Herido o no, no puedes quejarte de que las chicas te golpeen", dijo Ted.

"Pensé que estaba seguro durmiendo todo el camino hasta aquí, lejos de casi todos". Nikki se volvió para ocultar su rostro.

"Oye, no llores. Arrastremos la almohada y las cosas de la manta hasta el pasillo y echémoslas en un basurero antes de que las hormigas lleguen a todas partes", dijo Ted, agarrando las esquinas inferiores.

"Jake, ¿puedes quitarle las hormigas restantes mientras nos vamos?".

Ted tenía a Nikki limpiándose los ojos y sonriendo cuando regresaron. Su sonrisa se hizo más amplia mientras miraba su cama perfectamente hecha. Había arrugas en las esquinas de las sábanas. También estaba adornado con otra manta y una almohada, la manta y la almohada de Jake.

—¡Jake, gracias!

"No es nada. Las sábanas solo necesitaban un batido. Además, no voy a volver a usar una almohada o una manta después de eso de todos modos". Jake suspiró, luego, después de un poco de vacilación, se rió entre dientes. "Contaría un chiste sobre hormigas en una cama, ¡pero aún no lo he inventado!". Su risa creció. "No voy a mentir, mi cama está rota".

Nikki también se rió: "Para ser honesto, pensé que era el único niño de nuestra edad que encontraba divertidos los juegos de palabras. ¡Esos son histéricos!".

"¡No, no, no lo son! ¡No te atrevas a alentarlo, Nikki! Ted dijo bruscamente, antes de reírse también.

"Espera, oh chico, no me estoy riendo de los juegos de palabras. ¡Me estoy riendo de eso! Eso es gracioso", dijo Ted señalando a Rosa.

Rosa, que durmió durante toda la prueba, se estaba golpeando inconscientemente la nariz. Sobre ella trepó una diminuta hormiga corriendo frenéticamente más rápido que su mano.

"Si tan solo tuviéramos crema de afeitar", dijo Ted, sonriendo.

"Es como Los viajes de Gulliver cuando es un gigante..." dijo Jake.

Nikki terminó su oración, "---y en lugar de la isla de Lilliput, es la hormiga que Lily se puso en la nariz".

Ted puso los ojos en blanco. "Este Hombre Montaña se va a volver a la cama. Buenas noches ustedes dos.

Justo cuando todo se calmaba, sonó un megáfono y Willard gritó: "¡QUIÉN SE ROBO MI GRANJA DE HORMIGAS!".

Nikki se llevó un dedo a los labios y sacudió levemente la cabeza, indicando a Ted y Jake que los tres no deberían decir nada.

Willard continuó, su grito cambió y se volvió frenético, "¡NO ME IMPORTA QUIÉN LA TOMÓ! ¡ERAN MÍAS Y LAS QUIERO DE VUELTA! ¡ESTO ES UN ROBO!".

Enfurecido por haber sido ignorado, Willard comenzó a quitarles las mantas de los niños que dormían y pateó los colchones de las literas inferiores.

"¡ES UN ROBO! ¡ROBO! ¿ME HAS OÍDO? ARRESTAREMOS A QUIEN HIZO ESTO. ¡ARRESTADO POR HURTO!".

El megáfono cayó hasta la cintura de Willard. "Son mis mascotas, mis amigos".

Ted se dio la vuelta, apartando la mirada del chico derrotado. Espera, Willard está molesto por las hormigas. Está ayudando a un sistema que nos obliga a permanecer en la escuela cinco días completos a la semana. Recuerdo como MTA dijo: '¡Nos están robando a nuestros hijos!' MTA debe sentirse peor que Willard en este momento. Ella nos ama y nos llevaron, pero ¿cómo se arresta a todo un gobierno por hurto?

Jake vio que dos niños muy grandes se acercaron y le entregaron la granja de hormigas vacía a Willard.

Willard comenzó a llorar y luego volvió a gritar por el megáfono. "¡ENCONTRARÉ QUIÉN HIZO ESTO! ¡LO RESOLVERÉ! ¡NO PUEDES TOMAR LAS COSAS QUE A LA GENTE LE IMPORTAN! ¡CUANDO YO LO HAGA, ESTARÁS ACABADO! ¿ME ESCUCHAS? ¡ACABADO!".

Los dos cómplices siguieron a Willard cuando salió furioso.

A la mañana siguiente, Rosa finalmente se movió. Ted y Nikki ya se habían ido a la cafetería a desayunar. Jake, que había estado despierto toda la noche, gruñó: "Mira quién está finalmente despierto. ¿Dormiste muy cómodo ahí arriba? ¿Fue agradable y tranquilo para ti?

Rosa miró a su alrededor antes de decir: "Jake, estuve despierta todo el tiempo. La chica en la litera debajo de mí saltó antes de que las cosas empeoraran de todos modos o yo lo habría hecho. ¿De verdad querías que hiciera algo para etiquetarte con el estigma de ser el chico que tiene que hacer que su hermana pelee sus batallas? Ahora sé inteligente, ve a buscar una manta y una almohada nuevas antes de que Willard sospeche de ti. Te dije que te respaldaría. ¡Es lo que hacen las hermanas mayores!".

"Más vieja por noventa segundos no cuenta".

"Eso es cinco veces más que la pelea de Coner McGregor que nos hiciste ver. ¡Apuesto a que él no se queja de que un montón de chicas lo golpeen!